NOUS DEUX
À L'INFINI

FLEUR HANA

NOUS DEUX

À L'INFINI

ROMAN

HARPERCOLLINS FRANCE
83-85, boulevard Vincent-Auriol, 75646 PARIS CEDEX 13.

www.harlequin.fr

ISBN 978-2-2803-9159-7 — ISSN 2271-0256

1
∞
Lui

Je me vautre sur mon clic-clac et rejette la tête en arrière. Mes yeux s'arrêtent sur le plafond et je contemple un instant les auréoles d'humidité en lâchant un soupir agacé. Il faudrait vraiment que je fasse quelque chose pour ça… Appeler la proprio ? Monter voir la voisine pour vérifier si elle a une fuite ? Non, tout ça me gonfle. Alors je ne fais jamais rien, même si mon studio miteux me soûle. Cela dit, je n'ai pas le droit de me plaindre : j'ai un toit au-dessus de la tête. Moisi, certes, mais je ne suis pas à la rue et je connais des gars qui sont dans une situation bien pire que la mienne. Ce qui m'emmerde le plus est que j'ai une maison, et une belle, grande, équipée… et dont je ne suis pas l'unique propriétaire. Oui, je pourrais m'y installer. Mais cela impliquerait d'y croiser mon connard de frangin et sa copine.

Sarah Jones.

J'ai bien essayé avec elle, mais rien à faire, c'est une incorruptible. Elle m'a démontré à plusieurs reprises qu'elle ne trahirait pas Sandro — dont une fois où son genou a fait plus ample connaissance avec mes burnes. J'ai beau être déterminé, je tiens à cette partie de mon anatomie. Alors la croiser, pourquoi pas, mais de loin.

Quant à mon frère… À chaque fois que je le vois, j'ai devant les yeux une scène que j'essaie d'oublier. Il réveille en moi des instincts de vengeance que je tâche d'étouffer du mieux que je peux… Ouais… En fait, je n'étouffe rien du tout, c'est une des raisons pour lesquelles je préfère ne plus avoir affaire à lui. Je doute que me retrouver en taule pour fratricide soit un plan judicieux pour mon avenir.

Alors j'attends. Quoi ? Que ça se pète la gueule entre lui et Sarah, et avec les suivantes, parce qu'il ne mérite pas d'être heureux. Moi, j'aurais pu l'être mais je suis passé à côté d'une vie bien différente de celle que je subis actuellement. À cause de lui. Je sais être patient : le jour où Sarah se cassera, je serai là et je n'éprouverai pas le moindre soupçon de compassion à l'égard de celui qui partage une partie de mon ADN. Il a cessé d'être mon frère à la seconde où j'ai ouvert cette porte il y a des années.

Je me lève en soupirant, encore. Je me fais l'effet d'être un petit vieux fatigué par son existence. Il y a de quoi, si on fait le bilan, je suis : trentenaire, célibataire, je vis dans un appartement décrépi et je n'ai aucune perspective de changement réjouissante… Ce qui ne m'empêche pas de faire mon boulot. Que ce soit celui qui a lieu quand le soleil est levé ou l'autre qui démarre lorsqu'il se couche. En ce moment, j'effectue le second sans aucune motivation, d'accord, mais je le fais. J'aime ce taf, à la base ça m'éclate et les gars sont faciles à vivre, bosser avec eux me plaît. C'est juste que j'arrive à un point où tout me gonfle. Malgré ça, je reste consciencieux, quoi qu'il arrive. La preuve en est que cette nuit encore j'ai été capable de passer une soirée dans ce ridicule slip brillant, face à des nanas en chaleur, sans que rien d'embarrassant ne se produise. Je fais ce travail depuis des années et j'en ai connu des situations gênantes selon qui se trouvait en face de moi. Je me souviens de cette fois où une des invitées a attiré l'attention de ses copines sur mon érection… Je n'avais nulle part où me planquer et je n'ai pas eu le choix, j'ai assumé, bien sûr. Un brin d'humour, un clin d'œil, un compliment bien placé et elle était au final plus troublée que moi. Mais dernièrement, rien. J'imagine qu'on se fait à tout et que j'ai enfin réussi à être totalement pro. Yoan, mon boss, serait fier de moi. Ça fait un bout de temps qu'il me demande de me tenir à carreau, du coup c'est un peu un aboutissement pour lui. En fait, il me dit plutôt « de garder ma bite hors des clientes » et ce, à chaque fois qu'une fille l'appelle pour tenter de récupérer mon numéro de téléphone après une nuit passée avec moi.

J'entre dans le placard qui fait office de salle de bains. C'est plus une salle d'eau, d'ailleurs. Si je tends les bras, j'arrive à toucher les deux extrémités sans aucun souci — je suis grand, d'accord, ça joue. Les lieux ne sont clairement pas faits pour un type d'un mètre quatre-vingt-six. En attendant, je fais avec. J'allume la douche et tourne le mitigeur au maximum vers le chaud. J'ai besoin de m'anesthésier un peu après cette soirée. Je pue la gonzesse après avoir été tripoté par toutes ces mains manucurées et parfumées. Elles sont très bon chic bon genre quand on les croise dans la rue et puis elles se rassemblent dans une pièce, on fait rentrer quelques gogo-dancers et c'est la folie. Elles deviennent hystériques. Je pense que ça doit avoir un rapport avec les hormones ou quelque chose comme ça. Parce que je n'ai jamais vu des mecs réagir de cette façon.

On dirait des animaux en rut ! Chaque fois, avec les gars, on a l'impression de risquer notre peau. Surtout quand elles picolent, et dans ce type d'événement elles picolent *beaucoup*.

Quand j'ai l'illusion de sentir à nouveau autre chose qu'un capiteux parfum féminin, je me traîne hors de la douche et attrape sur le sol mon vieux pantalon de pyjama. Je l'enfile, juste le temps de préparer mon lit. Je n'aime pas me balader les couilles à l'air, on ne sait jamais ce qui peut se passer. Je déplie mon canapé-lit. Je pourrais me contenter de me coucher direct dessus, mais j'ai besoin d'un minimum de confort ; enfin, de l'illusion de confort qui m'aide à ne pas trop déprimer. Au moment où je termine de faire mon lit, j'entends trois petits coups discrets. Il est 2 heures du matin, je doute que ce soit chez moi. C'est tellement mal isolé, ici, que quand le voisin tire la chasse c'est son et lumière dans mon appart. J'éteins la lumière et, pile quand je m'allonge, les coups reprennent, un peu plus fort. *Merde, c'est chez moi…* Je pourrais juste ignorer la personne qui vient me prendre la tête au milieu de la nuit. En plus, si c'était un des gars, il aurait appelé avant de se pointer, donc je ne vois pas qui ça peut être.

— Dante…

La voix a beau être un peu étouffée par la porte qui nous sépare, elle m'est étrangement familière sans que je parvienne à la situer. Je reste comme un con, immobile dans mon lit, parce que je ne vois vraiment pas ce qu'elle foutrait dans le coin si c'est bien celle à qui je pense.

— Je sais que tu es là, je t'ai entendu. C'est Lola ! Ouvre-moi !

C'est bien ce que je craignais, je n'ai pas rêvé : la petite sœur de mon ex est bien devant ma porte, à une heure improbable, et attend que je réagisse. Je me lève parce que je la connais :

elle est foutue de tambouriner jusqu'à ce que mort s'ensuive alors qu'il suffit qu'elle éternue pour ameuter tout l'immeuble.

J'ouvre la porte, juste assez pour la voir, pas trop non plus, histoire qu'elle comprenne que ce n'est pas une invitation. Mais bien sûr, il en faut plus à Lola pour se décourager.

— Salut !

Elle chantonne ? Il est 2 heures du mat et elle chantonne ? !

Elle fonce devant elle, ne me laissant pas d'autre choix que m'écarter si je ne veux pas me manger la porte dans la tronche. Je la regarde s'incruster avec deux grosses valises et reste interdit, tant je suis incapable de trouver les mots pour lui dire à quel point elle m'emmerde.

Si, en fait, je finis par les trouver :

— Qu'est-ce que tu fous là ?

Je referme la porte. Je n'ai pas franchement envie qu'elle se sente la bienvenue, mais je n'ai pas non plus besoin que tous mes voisins profitent de ce qui va suivre : vu l'état dans lequel je me trouve, je doute que ce soit joli.

Elle se retourne et me fait face. Elle m'arrive à peine au niveau des épaules, pas tout à fait, même. Lola, c'est une petite chose agaçante, elle l'a toujours été : suffisamment insolente pour toujours exprimer le fond de sa pensée et assez insouciante pour se foutre des conséquences. Elle se tient là, au milieu de mon studio, tout sourires avec sa coupe de cheveux stricte et sexy, son éternel carré plongeant et sa frange bien droite qui lui donne un air espiègle. Malgré toutes les années écoulées sans lui parler, je retrouve immédiatement la même gamine avec qui j'ai passé tant de temps à l'époque. Ses yeux en amande me scrutent alors que son petit nez retroussé me nargue. *On dirait une gosse. Une saleté de gosse.*

— Moi aussi je suis ravie de te voir, ex-futur-beau-frère ! finit-elle par lâcher en posant ses bagages sur le sol.

— Lola, tu as vu l'heure qu'il est ?

Je tente de ne pas trop lui montrer à quel point elle me soûle déjà. Peine perdue, je suis incapable de faire semblant.

— Sérieusement, tu me veux quoi ?

Je la contourne pour retourner dans mon lit. Elle s'incruste chez moi et s'attend à quoi ? C'est le milieu de la nuit ! J'ai juste envie de me coucher et dormir. Mais non, car lorsque Lola débarque, il faut mettre sa vie en pause et s'occuper d'elle. Je suis sûr qu'elle prend son pied à voir à quel point elle m'emmerde.

Elle ne répond pas, le silence n'est pas coutumier avec elle. C'est pour ça que j'arrête de râler et me retourne afin de lui accorder un peu d'attention. Et je comprends.

— C'est quoi l'histoire, cette fois ?

— J'ai fait une boulette…, m'avoue-t-elle en tortillant ses mains comme une petite fille embarrassée.

Et une petite fille, c'est exactement ce qu'elle est pour moi. Elle a beau débarquer avec son jean moulant, ses bottes de moto que je pourrais trouver sexy sur quelqu'un d'autre et son chemisier trop décolleté pour être honnête, elle n'en reste pas moins une gamine exaspérante. Mais cette gamine, je l'ai vue traverser l'adolescence et, même si ça me gonfle de le reconnaître, elle me touche malgré tout. Alors je soupire — une énième fois — et m'assois sur le lit. Je tapote l'espace à ma droite.

Lola n'a que cinq ans de moins que Carmen, sa grande sœur. Mon ex. Celle que j'aurais dû épouser. Celle qui était censée devenir ma femme. Celle qui aurait dû s'appeler Carmen Novelli aujourd'hui et avec qui je vivrais sûrement dans une maison en banlieue, avec un chien et tous les accessoires de la parfaite petite famille… Je chasse les souvenirs que Lola fait remonter à la surface.

Elle me regarde, les larmes au bord des yeux. Elle n'a jamais fait son âge et on pourrait facilement la prendre pour une adolescente de dix-sept ans, plutôt que pour la jeune femme qui approche la trentaine qu'elle est vraiment. Déjà quand elle avait vingt ans, c'est comme ça qu'elle arrivait à attendrir son monde et, malgré tout ce que je peux pester, je ne fais toujours pas exception.

Durant les années où j'ai été en couple avec Carmen, j'ai vu Lola se fourrer dans des situations plus catastrophiques les unes que les autres. Depuis le temps que je ne l'avais pas fréquentée, je suppose que si elle est là, cette nuit, c'est qu'elle doit sacrément être dans la merde et qu'elle n'a pas changé. Et aussi fatigué que je puisse être, je ne peux pas la laisser dehors alors que je sais qu'elle a besoin de moi.

Elle vient s'installer à côté de moi et éclate d'un coup en sanglots. S'il y a bien un truc que je ne sais pas gérer, c'est une fille qui pleure. Je suis sûr de dire le truc qui va aggraver la situation au lieu de l'arranger, c'est un don que j'ai. Mais bon, là, c'est Lola… Je passe un bras autour de ses épaules en espérant que ça ne lui donne pas envie de pleurer encore plus. Raté : elle se niche contre moi en hoquetant. Agacé, je lève les yeux au plafond — mauvaise idée, c'est toujours aussi vétuste et ça accentue mon irritation au lieu de me détendre. Ce n'est pas que je sois vraiment un enfoiré de première comme tout le monde semble le penser dans mon entourage, mais… j'aimerais vraiment dormir un peu étant donné que j'attaque ma tournée de patients en début d'après-midi et que je ne peux pas me permettre d'avoir la tête dans le cul. OK, je ne suis pas un enfoiré parce qu'elle vient de baver sur moi et je ne l'ai pas virée de mon épaule. À moins que ce soient des larmes… non, définitivement de la bave !

— Et si tu me racontais ça demain ? je lui propose dans un ultime espoir de pouvoir me coucher. Je suppose que si tu débarques avec des valises c'est que tu es à la rue. Donc, on va se coucher, dormir et on en reparlera après une bonne nuit de sommeil. Parce que, Lola, je suis claqué, *vraiment* claqué…

Elle relève la tête et j'essaie de me retenir de rire. Elle a le nez qui coule, les yeux gonflés et la lèvre inférieure tremblotante. Ce ne serait pas charitable de me moquer d'elle. Ni très solidaire. J'ai quand même du mal à contenir un sourire et je décide de m'allonger pour le masquer et éviter qu'elle ne se vexe.

— Allez, éteins et couche-toi !

— Euh… Dans ton lit ?

Elle renifle un coup, mais au moins elle ne pleure plus. Mission accomplie.

— Je ne suis plus du genre gentleman qui dormirait sur le tapis afin de préserver ta pudeur. Je ne vais pas t'offrir mon lit en souvenir du bon vieux temps. Tu es venue chez moi, j'habite dans un studio, tu t'imaginais quoi ? Que j'allais te filer mes clés et me tirer ?

Non, impossible de faire semblant de ne pas être sur le point de me mettre en colère. Si seulement je pouvais juste dormir un peu, je suis sûr que je prendrais tout ça avec beaucoup plus de sérénité.

— Non… je… enfin… D'accord…

— Ne t'en fais pas, je la rassure en me retournant, tu n'es pas mon type, je suis fatigué et tu es bien trop jeune pour moi. Alors éteins et couche-toi, merci.

Je l'entends renifler encore une fois, se lever et nous voilà plongés dans la pénombre. Je n'attends pas qu'elle me rejoigne, en ce qui me concerne, elle peut dormir par terre ou dans la douche, c'est le cadet de mes soucis. Je me laisse lentement sombrer et regrette juste de ne pas pouvoir retirer mon pantalon, je préfère vraiment me coucher à poil… Tant pis.

Le matelas s'affaisse légèrement derrière moi et je m'endors enfin.

2
∞
Lui

Je n'ai pas aussi bien dormi depuis une éternité. Je m'étire lentement, savourant cet instant entre le sommeil et le réveil, celui où on n'a pas encore quitté le confort de nos rêves pour plonger dans une réalité pas toujours très attirante. Une odeur de café me chatouille les narines. Je me retourne dans le lit, difficilement, ma courte nuit n'a malgré tout pas comblé mon besoin d'heures de repos… et Lola n'est plus là. Avec un peu de bol, je vais me lever et elle sera partie et… D'accord, il n'y a absolument aucune chance pour qu'elle se soit barrée en me laissant une cafetière chaude.

Et puis d'un coup, j'ai la certitude qu'elle est là, à quelques mètres de moi, tout simplement parce qu'elle se met à chanter. J'ouvre les yeux et compte jusqu'à dix dans ma tête. Puis jusqu'à vingt. Non, ça ne m'aide pas du tout à me détendre. Les événements de la nuit sont encore trop frais dans ma mémoire. Je me redresse et m'appuie sur un coude.

Lola est en train de danser et chanter. Le son est vraiment… curieux. Bon sang, est-il possible d'être si petite et mignonne et de chanter aussi faux ? Aussi mal ? Je crois que je viens de découvrir une nouvelle arme de torture et je suis sûr que si je la vendais au gouvernement je pourrais en tirer un prix intéressant. Sérieusement, il n'existe pas une loi quelque part pour interdire de chanter aussi mal ? Elle se tient devant la fenêtre située au-dessus de l'évier, dans ce qui me sert de cuisine et qui n'est en réalité qu'un des quatre murs de mon studio. Elle porte un petit short de sport noir, un débardeur rose fuchsia qui m'agresse les rétines, et elle a remonté ses cheveux en un bordel de pinces et trucs de filles. Elle ondule les hanches de gauche à droite et sa voix monte dans les aigus. J'ai peur que les voisins portent plainte, alors je lui crie :

— Lola !

Mais elle a ses écouteurs, ça ne sert à rien, elle ne m'entend pas.

— Girls, just wanna have fu-un ! Ouhouh, girls, just…

Je me résigne à me lever et m'approche d'elle en deux enjambées. Je lui administre une tape derrière la tête. Elle sursaute et se retourne en me lançant un regard noir. Je veux dire… littéralement noir. Entre ses pleurs de la veille et le fait qu'elle ne se soit vraisemblablement pas démaquillée avant de se coucher, ses yeux sont en fait deux taches sombres, un peu à la mode de Fétide Adams. Elle danse toujours, mais au moins elle a cessé de chanter. C'est une victoire. Elle retire un écouteur et me lance :

— Quoi ?

— Tu chantes atrocement faux. Contente-toi de danser. Et encore…

J'agite mollement la main de haut en bas pour lui signifier ce que je pense de son show matinal. Plutôt que de m'attaquer à cette fille en étant à jeun, je décide d'opter pour une bonne tasse de café. Je me sers un mug, ajoute un sucre et retourne me jeter sur le lit. Je ne suis pas habitué à ce genre de réveil. D'ordinaire je suis seul, j'émerge en douceur et pas contraint et forcé par un concert privé qui donnerait envie à n'importe qui de se crever les tympans avec le premier objet pointu à portée de main.

— Je ne chante pas faux, finit-elle par me répondre. C'est juste qu'avec les écouteurs je ne m'entends pas, alors forcément, ce n'est pas très juste.

— C'est *complètement* faux.

— Personne ne s'est jamais plaint.

— Parce que tu as achevé tous ceux qui t'ont déjà entendue chanter. Hémorragie cérébrale.

Je l'observe du coin de l'œil. Elle retire son deuxième écouteur et pose son lecteur MP3 sur la table basse.

— De rien pour le café, Dante.

— De rien pour l'hébergement, Lola.

Elle croise les bras et je me retiens de sourire. Elle n'a pas changé depuis toutes ces années. Elle a beau grandir, elle reste la même minette avec les mêmes attitudes : adorable, exubérante, sûre d'elle malgré sa jeunesse, et agaçante, mais ça, c'est par défaut dans sa configuration. Je pense que ça fait partie de sa personnalité. Je prends une gorgée en la regardant par-dessus ma tasse. Je la vois sourire comme si elle préparait un mauvais coup.

— Quoi ?

Son sourire s'élargit et elle s'approche avant de se pencher et de ramasser quelque chose par terre. Son sourire devient triomphant, je n'aime pas ça du tout. Elle manigance quelque chose et je sais d'expérience que, lorsque Lola prépare une entourloupe, ça se finit toujours mal. Elle se redresse et agite au bout de son index le slip en skaï doré qu'elle a trouvé sur le sol. J'ai dû balancer ça hier, avant d'aller me doucher. Ce n'est pas comme si c'était bien rangé chez moi…

— Tu as quelque chose à me dire, Dante ? me demande-t-elle en arborant une moue faussement choquée.

Frapper une femme, c'est mal ? Oui, je crois que c'est mal, pourtant, j'ai la main qui me démange et elle mériterait bien que je lui donne une bonne fessée pour lui apprendre à la boucler. Surtout quand elle est dans une situation précaire où elle a besoin de moi.

Sa frange bien droite lui donne un air innocent qui ne me trompe pas : elle ne va pas me lâcher avec ça !

— Oui, Lola, j'ai quelque chose à te dire : tais-toi. Je suis en train de me réveiller et tu parasites mon environnement. Alors juste… ferme-la.

Je replonge dans mon café, ayant définitivement besoin de plus de munitions avant de poursuivre cette conversation. Mais Lola n'a jamais su comprendre quand elle devait s'arrêter. Elle est du genre à te harceler jusqu'à ce que tu craques et lui dises ou fasses ce qu'elle attend de toi, juste pour qu'elle te lâche un peu. Alors au lieu de choisir la prudence, elle me rejoint sur le lit et s'installe à côté de moi en rebondissant un peu. Mon café déborde et je jure en sentant des gouttes sur ma main.

— Putain, Lola !

Elle se contente de faire tourner le slip sur son doigt, sans cesser de sourire tandis que je m'emporte :

— Toi et moi, dans ce studio, dans une dizaine de mètres carrés… ça ne va pas être possible.

Je lui arrache mon « uniforme » des mains et l'envoie à l'autre bout de la pièce. Pas très loin, donc, mais au moins elle arrête de le secouer sous mon nez.

— Tu es un gigolo ? me demande-t-elle en prenant un ton trop innocent.

— Je suis gogo-dancer, ce n'est pas du tout la même chose.

Elle ne va pas me laisser tranquille, non, aucune chance. À première vue, elle est petite et mignonne, mais en réalité, c'est une teigne. Alors elle s'assied en tailleur et s'oriente de manière à m'accorder toute son attention, dont je me serais bien passé. Puis elle plisse les yeux et me demande :

— Ah oui ? Et ton boulot d'aide-soignant ?

— C'est toujours d'actualité. Mais c'est un mi-temps et j'ai besoin de pognon, Lola. Un travail en vaut un autre du moment qu'on touche le salaire à la fin du mois.

Je sais que mon exaspération est perceptible ; le pire c'est qu'au fond je n'en ai rien à faire qu'elle se vexe. Je ne l'ai pas invitée, elle supportera mon attitude. Nous n'avons même pas passé plus d'une heure ensemble, si on ne compte pas le moment où j'ai dormi, et elle me tape déjà sur le système. Elle me rappelle trop de choses que je n'ai pas envie de me rappeler. Et puis elle est… *elle*. C'est dans son packaging d'être une chieuse.

— Je peux voir ?

Je recrache un peu de café par le nez et me redresse, un cran plus énervé, avant de crier :

— Ça va pas bien ? !

Elle me regarde quelques secondes sans rien dire et murmure :

— D'accord, je déconne, inutile de péter les plombs comme ça…

Elle lève les mains, paumes vers le haut, et hausse les épaules, comme si ce n'était pas important. Comme si elle ne faisait pas tout pour me pousser à bout. *Sérieusement, elle est petite, je pourrais facilement dissimuler son corps ; je suis sûr qu'elle rentre dans mon frigo.* Je ne viens quand même pas de penser ça ? Si ? Merde… Elle est douée, elle est en train de me transformer en psychopathe…

— Et si tu me disais pourquoi tu es venue sonner à 2 heures du matin chez un type que tu n'as pas vu depuis plusieurs années ?

Ça me semble plus prudent de changer de sujet et ça me permettra de finir mon café un peu plus tranquillement.

— J'ai couché avec Antoine Beaumont.

— Tu as fait quoi ? je hurle en me levant d'un bond.

Je m'éloigne d'elle et me retrouve contre le mur en face du lit. Je sais que je me comporte comme si elle était contagieuse, mais j'ai une information de taille à digérer et… il vaut mieux laisser cette distance de sécurité entre nous, je serais vraiment capable de lui mettre la fessée à laquelle je pensais.

Elle hausse à nouveau les épaules, comme si ce n'était pas important, sans me quitter des yeux. Elle est loin d'avoir l'air aussi affectée qu'elle l'était cette nuit en arrivant. Comment peut-elle changer si rapidement ? Cette gamine est d'une insolence à toute épreuve.

Mais merde ! Elle a couché avec l'associé de son père ! Il a au moins… plus du double de son âge ! C'est comme un oncle pour elle, c'est presque incestueux ! Sauf que tout ça ne me concerne pas et que je me fous de ces histoires, non ? Mais honnêtement, je ne suis pas certain de pouvoir m'en remettre un jour… Lola et Antoine ?

Je vais poser ma tasse dans l'évier puis me retourne vers elle pour lui demander :

— Il est toujours marié ?

Je m'assoie sur la table basse, pas trop près d'elle, et croise les bras en attendant qu'elle daigne me répondre.

— Toujours…, murmure-t-elle.

Je ne suis même pas sûr qu'elle soit honteuse. Elle est peut-être juste contrariée de s'être fait surprendre et de devoir, pour une fois, répondre de ses actes.

— C'est encore l'associé de ton père ?

Je ne sais pas pourquoi je lui pose toutes ces questions. Je suis en train de m'impliquer dans sa nouvelle galère, bien malgré moi. J'ai donné, pourtant… *Je dois être masochiste, je ne vois que ça.*

— Oui, enfin… plus pour longtemps, répond-elle plus doucement.

Peut-être bien qu'elle ressent un peu de honte, après tout ? Son cas ne serait pas complètement désespéré ?

Je ferme les yeux, expire lentement afin de conserver mon calme, et redresse la tête avant de poursuivre mon interrogatoire :

— Laisse-moi deviner : l'affaire s'est ébruitée ?

— On va dire que j'ai légèrement gaffé…

— Légèrement ?

— Complètement.

— Merde, Dolorès ! Ta mère a dû péter les plombs en apprenant ça !

— Tu ressembles à mon père quand tu parles comme ça… Et quand tu m'appelles comme ça, aussi. Tu ne m'appelais pas Dolorès, d'habitude…

— D'habitude, tu ne débarquais pas chez moi pour m'annoncer la plus grosse connerie de ta vie ! Je te rappelle aussi qu'il n'y a plus de « d'habitude » entre nous. Et n'essaie pas de changer de sujet !

— D'accord… Ma mère m'a mise à la porte. Carmen ne m'adresse plus la parole. Mon père s'est disputé avec son associé et la femme d'Antoine a demandé le divorce.

Elle a lâché toutes ces informations d'une traite, comme si les dire le plus vite possible pouvait atténuer les conséquences désastreuses de ses actes. Je me passe les mains sur le visage en essayant de trouver quoi dire. J'ai du mal à la réconforter, là, tout de suite…

— Sans déconner, tu as bien réussi ton coup… On donnerait ton nom à une tornade dévastatrice, ça ne m'étonnerait même pas. Catégorie 5.

— Pour ma défense…

— Laisse tomber, Lola, laisse tomber la défense. Je ne vois pas du tout comment tu pourrais me donner une vision plus brillante de la situation.

— Non, mais oh ! Je ne suis pas seule, dans cette histoire ! Il faut être deux pour avoir fait ce que nous avons fait ! s'écrie-t-elle en se levant.

J'ai à peine besoin de pencher la tête en arrière pour pouvoir continuer à la regarder. Et puis je frémis en l'imaginant avec le vieux pervers qui fait… *faisait* office d'associé à son avocat de père. Lola est une petite chose fragile et délicate, un peu barrée, oui, mais qu'est-ce qu'elle foutait dans le pieu de ce vieux dégueulasse ? Elle doit mesurer un mètre soixante à tout casser, c'est un tout petit gabarit. Je suis sûr qu'elle se fringue au rayon ado ! Elle a ce joli visage tout fin, ces grands yeux noisette et cette coupe de cheveux qui serait tarte sur n'importe qui sauf sur elle… Je ne sais pas si elle le fait exprès, mais ça lui donne un air encore plus juvénile, comme si elle avait besoin de ça. Je sais qu'elle joue de son image angélique et midinette… Mais merde ! L'associé est… il est… Putain, Antoine Beaumont, quoi ! J'essaie de chasser les images qui me viennent et qui impliquent Lola et ce type dans un lit, parce que je serais foutu de vomir le peu de café que j'ai ingéré. Je tente de concentrer mon attention sur Lola et elle seule.

— Ne le prends pas mal, miss, mais tu n'as pas des potes chez qui squatter ? On ne s'était plus vus depuis…

Je laisse volontairement ma phrase en suspens. Mais bien sûr, elle n'est pas du genre à lâcher l'affaire.

— Depuis le mariage, je sais.

— Et puis, enfin, Lola ! Tu n'as rien trouvé de mieux à faire que venir me réveiller au beau milieu de la nuit pour t'aider ? Après tout ce que j'ai traversé, sérieusement ? Tu fais chier !

Je m'emporte pour de bon, je la vois sursauter. Elle se met à pleurer en silence et je regrette aussitôt de m'en être pris à elle pour ce que sa sœur m'a fait subir. Je la rejoins et l'attire contre moi en lui tapotant la tête comme si elle était une petite fille qui venait de s'écorcher le genou en tombant de vélo. Cette nana *est* une petite fille… Et une calamité. Je ne peux pas la laisser dans cette situation, on a fait partie de la même famille, ou presque. Autant je peux jouer facilement le connard avec les femmes que je croise — c'est plus pratique pour qu'elles ne s'attachent pas à moi —, autant Lola connaît une autre version de moi qui est toujours enfouie quelque part si on cherche bien. À force de jouer à l'enfoiré, je commence malgré tout à en avoir certains réflexes.

— Bon, d'accord, tu peux rester. Mais tu vois bien que c'est minuscule, ici. Il va falloir que tu te reprennes rapidement en main, on ne se supportera pas longtemps, sinon.

— Je sais, merci, Dante…, murmure-t-elle avant de renifler.

— Tu as du travail, en ce moment ?

Elle secoue la tête et je sens des traînées humides contre mon torse. C'est en train de devenir une habitude. Elle me tue. Je n'ai pas l'âme d'une baby-sitter.

— Qu'est-ce que tu fais de ta vie, alors ?

— Rien.

— Tu auras bientôt trente ans, Lola, c'est quand tu veux que tu te réveilles.

— Bientôt vingt-huit. J'étais bien chez mes parents…

— Et jusqu'à quand tu comptes vivre à leurs crochets ?

— Je ne vois pas où est le souci. Ils ont les moyens.

Elle recule d'un pas et relève le menton sur un air de défi que je ne lui connais que trop bien.

— Grandis un peu.

J'attrape mon portable sur la table basse et regarde l'heure. Je commence ma tournée dans deux heures, je ne vais pas pouvoir endurer sa compagnie encore longtemps, j'ai atteint mon max de BA pour la journée. Voire pour la vie. Je n'aime pas son côté enfant gâtée à qui on ne refuse jamais rien. Je n'aime pas non plus qu'elle se pose en victime et n'assume pas sa connerie. Mais comme je viens de lui dire qu'elle pouvait rester, je vais m'enfermer dans la salle de bains au lieu de la mettre à la porte. Elle n'est là que depuis quelques heures, mais déjà je deviens un peu moins un enfoiré.

3

∞

Lui

— Dante, mon petit ?

J'interromps ce que je suis en train de faire et me retourne en souriant. Hortense, cette vieille chouette, va encore me faire le coup du stylo. C'est toujours pareil avec ces mémés : elles ont l'air faibles et inoffensives, mais on leur met un peu de viande fraîche sous le nez et elles se transforment en de véritables prédatrices.

— J'ai fait tomber mon étui à lunettes, auriez-vous l'obligeance de le ramasser pour moi avant de partir ? Vous m'éviteriez un exercice physique dont je me passerais bien…

C'est cela, oui… Je sais exactement quel genre d'exercice physique elle a en tête. Elle a de la chance d'être l'une de mes patientes préférées. Et puis je dois lui reconnaître sa recherche d'originalité, elle sait varier les plaisirs : aujourd'hui, c'est son étui à lunettes. C'est bien, elle casse la monotonie. J'évite de me laisser aller à me marrer, parce que du haut de ses quatre-vingt-trois ans, l'air de rien, elle minaude. Je secoue la tête, résigné, et lui offre tout de même la vision qu'elle espère, comme à chaque fois qu'elle me joue la scène du « je suis trop vieille pour me baisser ». Elle ignore sûrement que je l'ai déjà vue faire bien plus fatiguant que ça. Ou alors, elle le sait parfaitement et ça lui est égal. Quoi qu'il en soit, qui suis-je pour lui refuser cet instant de plaisir innocent ? Ce n'est pas comme si c'était la seule et unique fois de ma vie que je joue le rôle du boy-toy… Je m'approche, lui tourne volontairement le dos, essaie de ne pas rire, et me penche en avant. Je l'entends discrètement claquer la langue, un son de satisfaction qui étire un peu plus mon sourire. Ça m'amuse plus qu'autre chose, il n'y a aucun mal à regarder. Du moment qu'elle n'essaie plus de le toucher, ou plutôt « de le palper », comme la première fois qu'elle m'a fait le coup — j'ai vraiment eu l'impression d'être un melon sur l'étal du primeur. C'était à l'époque où je ne m'occupais que de son mari alité et elle était effectivement bien plus en forme et entreprenante que maintenant. Je l'avais réprimandée comme on gronde une enfant, gentiment mais fermement. Aussitôt, je pense à Lola et à sa dernière connerie… Je la chasse de mon esprit : je suis au taf, elle n'a rien à faire là.

Hortense est ma dernière patiente de la journée et je vais bientôt pouvoir rentrer me poser un moment avant de repartir. Ce soir, avec les gars, on doit assurer une fête pour des retraitées. Un club de bridge où la moyenne d'âge doit être dans les soixante-quinze ans, et ce n'est pas parce qu'elles ont dépassé le demi-siècle que ça les décourage. Ce club du troisième âge est sûrement l'un de nos meilleurs clients. Elles règlent rubis sur l'ongle, sont fidèles et nous font venir une fois par trimestre… Il me semble que c'est aussi un stratagème pour elles afin d'attirer plus d'adhérentes. La rumeur selon laquelle les Golden Boys viennent danser à chaque saison au club motive carrément les troupes. Elles payent bien, mais les cougars, ce n'est vraiment pas mon délire. Enfin bon, elles adorent glisser des billets dans nos slips moulants, je ne vais pas non plus me plaindre.

Je souris tout seul en repensant à Lola lorsqu'elle a débusqué ma tenue de travail sous la table basse. Ce que je lui ai dit est totalement vrai. Mon boulot du soir est peut-être ridicule et m'amène à porter des tenues plus improbables les unes que les autres, mais on prend l'argent là où il se trouve. Et ça paye bien. Vraiment bien. C'est grâce à ce taf que je ne suis pas à la rue et que je peux continuer à danser. Je me connais, sans les opportunités que ce boulot m'offre, la danse passerait au second plan dans ma vie. Je fais une nouvelle fois dégager Lola de mes pensées et m'assure que tout est en ordre pour le mari d'Hortense et elle-même. Je les salue tous les deux, adresse un clin d'œil à la vieille dame qui glousse un peu, et sors.

Je monte dans mon antiquité de bagnole et prends la direction de chez moi en me demandant comment cette cohabitation temporaire va tourner…

∞ ∞ ∞

J'entre dans mon petit studio et découvre… Lola, en sous-vêtements, vautrée sur mon lit à plat ventre, un magazine sous le nez. J'ai une vue directe sur son cul. Son joli petit cul.

Joli petit cul ?

Oh non, Dante… ne va pas par-là !

Je constate qu'elle n'a pas fait le lit de la journée. Je parcours la pièce du regard et remarque de la vaisselle entassée sur la table basse, une valise ouverte qui dégueule des fringues sur le sol, une vague odeur de brûlé dans l'air et une serviette, que je soupçonne humide, roulée en boule à l'entrée de la salle de bains. En bref, c'est le gros bordel. Enfin, plus que d'habitude.

Je prends quelques secondes afin de ne pas m'emporter. Je peux le faire. Je sais que j'en suis capable et que j'ai ça en moi. Ce n'est pas mon job de jouer au papa rabat-joie avec elle, même si, clairement, elle mériterait que je lui passe un savon qui débuterait par « jeune fille ». Et c'est probablement pour ça que je ne le fais pas : je ne suis pas encore si vieux que ça. J'ai quoi… six ans de plus qu'elle ? Quand elle était ado, ça faisait une sacrée différence, maintenant on n'y prête plus vraiment attention et je ne vais pas lui faire la morale comme un réac patriarcal.

Lorsque je ferme la porte un peu plus brutalement que je ne l'aurais voulu, Lola se retourne et me sourit comme si elle n'était pas à moitié nue sur mon lit, au beau milieu d'une zone de guerre. D'habitude, quand une nana se retrouve dans mon pieu, ce n'est pas pour bouquiner. J'avale difficilement ma salive en réalisant que la petite sœur de mon ex est quand même bien gaulée, mine de rien. Elle est menue, et je les préfère avec plus de formes, mais elle n'a pas à avoir honte de ses petits seins qui remplissent ce qui doit être un bonnet B. Un bon 80 B, d'après moi… Elle se racle la gorge et je reporte mon attention sur son visage. Elle penche un peu la tête sur le côté, l'air d'attendre quelque chose, mais ne dit rien. Pris en faute, je lâche, hargneux :

— Tu as oublié d'emporter des fringues quand on t'a mise à la porte ? Ah non, pardon, il y en a partout dans mon appartement, tu peux donc t'habiller.

Je lui tourne le dos et dépose mes clés et mon sac à dos sur la petite table, en poussant quelques affaires de meuf qui ne m'appartiennent bien entendu pas. Je m'approche ensuite du frigo en faisant style de chercher quelque chose à boire. J'essaie surtout de contrôler l'érection totalement déplacée qui s'est déclenchée pendant que j'analysais la poitrine de Lola. Je l'entends bouger derrière moi, un froissement de tissu me laisse penser qu'elle est en train de s'habiller. En tout cas je l'espère. Je songe à Hortense, ça m'aide à gérer ce qui se passe sous la ceinture de mon jean. Quand je disais que cette nana allait me tuer, j'étais loin de m'imaginer à quel point mon agonie allait être imminente et douloureuse.

Je finis par me retourner, craignant à la fois de la découvrir complètement à poil… ou habillée. Heureusement pour nous deux, elle est vêtue décemment. Je ne sais pas si je suis soulagé ou déçu. On va dire que je suis soulagé.

Toute cette histoire commence vraiment à me gonfler ; Lola n'est qu'une minette capricieuse que j'héberge le temps qu'elle se trouve un autre endroit où aller et j'ai déjà assez de soucis dans ma vie pour en ajouter un.

— Tu as appelé tes copines, ou quelqu'un ? je lui demande un peu trop sèchement.

J'aimerais vraiment faire preuve de patience, mais cette nana est née avec sa vie assurée par papa et maman et elle est trop habituée à ce que le monde gravite autour d'elle. Ça ne marchera pas avec moi.

— Pas encore… mais je pensais que ça ne te dérangeait pas que je reste quelque temps.

— Règle numéro un : tu te fringues, bon sang ! On n'est pas dans un camp de naturistes ! Et on n'est pas non plus un couple, toi et moi. Je n'ai pas envie de te voir à moitié nue dans mon lit quand je rentre du travail, compris ?

Je vois bien que je la choque, mais c'est trop tard, elle a dépassé certaines limites et je dois la remettre à sa place ou elle ira trop loin. Et trop loin, ça veut dire qu'on finira par se détester, c'est certain.

Allez, zen, Dante... Elle va me faire perdre dix ans d'espérance de vie en restant chez moi quelques jours, je le sens déjà. Je dois conserver mon calme ou tous mes cheveux bruns vireront gris et ça ne le ferait pas du tout pour le taf. Je tente de reprendre calmement :

— D'accord, pardon. Je m'emporte, mais j'ai un rythme de folie en ce moment et tu...

Je m'interromps en réalisant qu'elle boude. Apaiser ses contrariétés ne fait plus partie de mes priorités. Avant, oui... J'étais sympa et chevaleresque. Mais ça, c'était parce que j'étais con et naïf et j'ai bien payé tout ça depuis. Je secoue la tête, un peu las, et vais dans la salle de bains. Ce qui n'arrange rien, car il y a déjà ses affaires partout. Du shampooing dont je sens l'odeur de vanille d'ici. Un rasoir sur le bord de la douche, une trousse de maquillage sur la tablette au-dessus du lavabo... et plus une seule serviette sèche. J'hésite à ressortir pour l'engueuler, la remettre à sa place et lui rappeler que je suis ici chez moi et que j'ai besoin d'un minimum pour vivre. Et puis je décide que ça n'en vaut pas la peine, la situation est temporaire et je ne passe pas tant de temps que ça dans mon appartement. Je peux encaisser et me taire. Je peux le faire. Je ramasse la serviette que j'ai aperçue en arrivant tout à l'heure et la suspends à la porte avant de la fermer. Ça m'évitera de la voir faire la tête comme la petite princesse qu'elle est, ça devient lassant, ce cinéma.

Il me reste peu de temps avant de rejoindre Benj et Matt

pour faire le gigolo… enfin, le gogo-dancer. Bordel, cette nana déteint trop sur moi !

Je me déshabille et laisse mes fringues par terre. Je ne suis peut-être pas une fée du logis, mais ce studio n'est pas fait pour accueillir deux personnes, surtout pas une fille avec tout ce qu'elle trimballe. Quand je pense qu'elle est venue avec deux énormes valises pour passer quelques jours… Le jet de la douche me fait du bien et je détends mes muscles les uns après les autres. Je ne suis pas allé à la salle de sport depuis un moment, je commence à avoir du mal à dégager du temps pour tout, il va falloir que je m'organise mieux. Le sport, c'est obligatoire ; mon corps, c'est mon outil de travail. Je dois être bien foutu ou je perdrai mon poste. Je me lave et ne traîne pas trop, j'aimerais vraiment me relaxer un peu avant de repartir. Lorsque je me sens plus calme, je sors de la cabine et attrape la serviette. Elle sent *elle*. Son parfum vanillé et cette odeur de fille délicate. Je vais puer la nana avant l'heure, fantastique !

Je sors de la salle de bains, une serviette enroulée autour de la taille. Je n'ai pas l'habitude d'avoir quelqu'un chez moi et je n'ai pas pensé à prendre mes fringues. Lola est à nouveau sur le lit, mais cette fois elle a un peu rangé et c'est moins apocalyptique. Je ne dis rien, je suis encore contrarié. Je récupère la housse qui contient l'uniforme qui a été demandé pour ce soir et retourne m'habiller dans le cagibi qui me sert de salle de bains. Je me cogne deux ou trois fois en jurant, mais finis par m'en sortir. Quand je reviens dans la pièce principale, affublé de ma tenue de flic, Lola est toujours installée sur le canapé. J'essaie de l'ignorer, mais bien entendu, la réciproque n'est pas possible. Elle lève la tête et m'observe de façon neutre. Ben merde ! Si je ne l'émoustille pas un petit peu, ne serait-ce qu'un tout petit peu, ce n'est vraiment pas gagné pour ce soir ! Je suis censé faire rêver la foule, enfin… les femmes, quoi. Et elle n'a pas du tout l'air perturbée par mon allure. Pourtant, je sais que j'ai le corps d'un athlète, musclé juste ce qu'il faut pour ne pas tomber dans le ridicule. Et je sais que mes cheveux foncés et mon teint naturellement halé jouent en ma faveur. On n'est pas dans la fausse modestie, dans le milieu, car notre physique, avant même notre talent de danseur, est notre principal atout. J'ai la mâchoire carrée des hommes de la famille et les cils épais et noirs de la Méditerranée. Bref, c'est quoi son souci ? J'avoue, ma fierté de mâle en prend un coup. Je sais bien que ce n'est pas comme ça entre nous, c'est Lola… Mais enfin, même pas un petit frémissement ? J'essaie de me consoler en me rappelant qu'en soirée elles sont toutes folles de nous. Malgré ça, ma confiance en moi fait une chute vertigineuse et s'écrase comme une bouse à mes pieds. C'est peut-être parce que je n'ai pas mis les lunettes Aviator ? Je ne vois que ça… Le look Tom Cruise à la *Top Gun*, ça les fait toutes craquer, normalement ! Et puis ce corps… Il est parfait ! C'est le métier qui veut ça. Ce serait moins populaire si on se pointait avec du bide, des cuisses molles et tout ça… Même les poils, on n'y a pas droit. Moi ça va, je n'en ai pas beaucoup, du coup je peux laisser le peu que j'ai. Mais Benj est obligé de s'épiler le torse… l'angoisse. Je suis quand même content d'être moi.

— Tu as combien de costumes différents ? finit-elle par me demander sans me quitter des yeux ni se départir de son air impassible.

— Quelques-uns, pourquoi ?

J'ai envie de lui demander si ça lui plaît, et puis je me ravise : ça me mettrait dans une position de faiblesse. Et Lola est bien du genre à s'engouffrer dans ce style de brèche pour en profiter au maximum. Si elle me sent en insécurité, je n'ai pas fini d'en entendre parler.

— Non, comme ça…

Elle a l'air songeuse et ça ne me dit rien qui vaille. Son expression ne m'est que trop familière, elle mijote encore quelque chose. Connaissant les catastrophes dont elle est capable, je préfère changer de sujet.

— Sérieusement, Lola, je ne te demande pas de faire la femme de ménage, mais range au moins ton bordel. Je sais que chez toi tu as l'habitude d'avoir du personnel qui s'occupe de tout, en revanche, ici, ce n'est pas comme ça que je fonctionne, d'accord ? Je trouve déjà assez glauque que la petite sœur de mon ex squatte mon studio et dorme dans mon lit, fais un effort. Allez, j'y vais.

Elle ne répond rien et m'observe bizarrement : cette nana est vraiment flippante quand elle s'y met. J'ai l'impression d'avoir une ado rebelle et blasée en pleine crise devant moi, sauf que, si j'avais voulu des gosses, j'en aurais fait !

4

∞

Lui

— Dante, mon chou…

La sexagénaire blonde qui me murmure ce qu'elle doit considérer comme étant des mots sexy se rapproche et se frotte carrément à moi. Je voudrais la repousser, mais je ne peux pas me permettre de la vexer. Alors je tente simplement de la tenir à distance, ce qui est délicat, car elle est vraiment, *vraiment* collante. Je la connais depuis quelques mois, maintenant, elle fait partie des plus enthousiastes lors de ces soirées organisées par le club de bridge. En même temps, son empressement à se coller à moi est proportionnel aux pourboires dont elle me fait bénéficier. Comme je ne peux pas cracher sur ces bonus, je ne mets pas trop de conviction à l'éloigner de moi.

Je connais des types qui sont attirés par les plus de soixante ans. Entre nous, chacun sa came, ça ne me dérange pas, ce n'est simplement pas du tout mon délire. Puisque ce sont les aléas du boulot, je fais avec. D'ailleurs, elle est déjà en train de glisser un billet de vingt euros dans mon slip argenté — le doré c'est pour l'uniforme de pompier, c'est important de ne pas tout mélanger. Je jette un coup d'œil à Benjamin et Mathias ;

mes collègues sont dans une situation identique à la mienne. Nous échangeons des regards de soutien silencieux : tous dans la même galère... J'essaie d'ignorer la blonde peroxydée qui s'évertue à attirer mon attention à grands renforts d'ondulations de hanches contre ma cuisse et de billets dans l'élastique de mon sous-vêtement. Je m'échappe dans ma tête et me mets à penser à Lola. *Pourquoi ? !* Pourquoi est-ce que je pense à elle, maintenant, alors que je me suis absenté le plus possible de chez moi pour ne plus la voir ? Enfin, ce n'est pas vraiment à elle que je pense, là : ce sont ses seins que je visualise. Des petits seins qui paraissent fermes et épouseraient parfaitement la paume de ma main si... *Eh merde...* Je commence à sentir une érection pile au moment où ma fan numéro un s'en aperçoit.

Lola, je te hais !

Elle glousse comme une adolescente prépubère à un concert de Justin Bieber et se hisse sur la pointe des pieds afin de murmurer à mon oreille :

— On pourrait terminer la nuit ailleurs, juste toi et moi...

Je réprime un frisson d'horreur en m'imaginant avec elle, nue contre moi. Il faut absolument que je trouve une parade polie pour lui expliquer qu'elle et moi ça ne va pas être possible. Ni dans cette vie, ni jamais. Bizarrement — ou pas — je n'ai plus aucune réaction entre les cuisses : sa proposition a eu le mérite de m'éviter de m'exhiber avec le slip tendu au milieu d'un groupe de succubes affamées prêtes à tout pour assouvir leurs hormones en ébullition. La ménopause, en fait, ça ne change pas tellement la donne.

Lorsque la musique s'arrête, je sais que c'est ma seule et unique chance de mettre un terme à tout ce cirque. D'ailleurs, à en juger par l'expression de soulagement sur les visages de

Benj et Matt, je ne dois pas être le seul à chercher une esquive pour partir loin d'ici. Nous nous rassemblons instinctivement, les femmes excitées commençant déjà à lancer des murmures de protestation. Elles ont bu, bien sûr, mais contrairement aux plus jeunes elles ont un certain standing à conserver et s'en tiennent heureusement à quelques tentatives de nous faire rester plus longtemps. Nous déclinons poliment, tout en nous rhabillant, histoire de ne pas sortir dans la rue à poil. En général, on évite, sauf quand on n'a pas le choix.

On se retrouve tous les trois devant la salle municipale où le club se réunit.

— Putain, les gars, il faut vraiment arrêter de prendre des contrats avec le troisième âge ! s'énerve Benj.

— Comme si on avait le choix, réplique Matt en donnant un coup de pied dans un buisson.

Je préfère ne rien dire, je sais exactement comment ça va finir si on se lance encore dans cette conversation. C'est la même rengaine à chaque fois, et tout ce qu'on parvient à faire, c'est nous agacer encore plus et rentrer énervés chez nous. Avec quelques billets en plus, certes, mais malgré tout bien à cran. C'est vrai que, ces derniers temps, les retraitées se font de plus en plus présentes dans nos soirées et on n'a pas grand-chose à y gagner, niveau cul. Enfin, ce n'est pas non plus comme si on ne faisait ce job que pour pouvoir s'envoyer en l'air facilement. D'ailleurs c'est assez rare que Benj et Matt en profitent pour de bon. Ils flirtent et vont très peu souvent au bout. Alors que moi… ça m'aide à garder les pieds sur terre, ça me rappelle que l'amour n'existe pas, si ce n'est celui purement physique.

Ce qui nous console, c'est que cette semaine nous n'avons pas d'autre engagement avant samedi. Ça va nous laisser quelques jours de tranquillité, même si ça signifie également qu'on se fera moins de fric et que la fin du mois sera plus serrée. On n'a pas trop à se plaindre non plus, le boss nous paye bien, les pourboires mettent du beurre dans les épinards. Tous les trois, notre truc à la base, c'est danser. Après, on fait bien notre boulot et on garde en tête que c'est une prestation artistique, sinon ça nous déprime. Mais si on en est tous là, il ne faut pas se leurrer, ce n'est pas uniquement par passion. On a tous une bonne raison de cumuler des jobs et de courir après les billets qu'on récolte en plus dans les soirées.

Benj est économe, il a toujours peur qu'il lui arrive une catastrophe sur la tronche et, comme il vit en colocation, il doit assurer et ne pas laisser tomber ses potes. Il bosse aussi à côté, comme moi, mais dans l'informatique. Je n'ai jamais vraiment compris ce qu'il fait exactement.

Matt vit toujours chez ses parents, il aime bien son petit confort, c'est le plus jeune de la bande et celui qui a le plus de succès, aussi. Mais il a besoin d'argent s'il veut un jour prendre son indépendance.

Quant à moi… disons que, tant qu'on n'a pas vendu la maison avec mon frère, je ne suis pas rentier et j'ai des frais. J'ai terminé de payer les dépenses inutiles du mariage loupé il y a quelque temps, déjà. Maintenant, j'économise parce que moi aussi j'aimerais bien finir par vivre ailleurs que dans un placard miteux.

En bref, on aime autant notre taf en temps normal qu'on le subit lors des soirées mémés. Même si ce sont elles qui payent le mieux en pourboires. Enfin… à quel prix, quand même ! Je repense à la blonde et cette fois je ne me retiens pas de grimacer.

— Je me sens sale, je marmonne en sortant mes clés de la poche frontale de ma fausse chemise de flic.

— C'est ça, c'est le mot ! surenchérit Benj.

— Moi ça va…

On se retourne tous les deux vers Matt. Nous le dévisageons en silence. Il hausse les épaules.

— Quoi ? Je ne dis pas que j'apprécie, mais elles me traitent bien.

— Tu pourrais être leur petit-fils, lui fait remarquer Benjamin.

— Je me suis fait quatre cent cinquante euros de pourboires, ce soir.

— C'est ta bouille de blondinet, ça… Tu fais craquer les grands-mères ! réplique Benj en ébouriffant ses cheveux.

— Non ! Pas les cheveux !

Matt est au moins aussi maniaque que Lola avec sa coiffure. Il tente de remettre quelques mèches en place, mais ça me semble loupé pour ce soir.

Sans déconner, ce type entretient un look qui a un succès phénoménal : naturellement blond, les yeux bleus qui vont avec, la petite barbe pas trop longue pas trop courte… Je sais de source sûre qu'il passe un temps fou à se coiffer. Comme sa barbe, ses cheveux ne sont ni trop longs, ni trop courts. Bref, il s'est fait le double de ce que j'ai récolté en deux soirées. Il a quelques années de moins que moi, ça doit jouer. Eh ouais… je vieillis ! Je vais bientôt devoir prendre ma retraite, à ce rythme, et c'est moi qui ferai venir des danseuses à mon club de bridge !

— Allez, montez, je vous dépose.

Je m'installe au volant de ma Citroën et les ramène au point de rendez-vous, le covoiturage aussi c'est pas mal pour faire quelques économies.

∞ ∞ ∞

Il n'est que 1 heure du matin quand j'arrive chez moi. C'est un des autres avantages avec les retraitées, on peut se coucher plus tôt, elles sont un peu moins endurantes que les trentenaires. C'est aussi pour ça qu'elles ne protestent que mollement quand on leur annonce que la soirée touche à sa fin.

J'ouvre doucement la porte, je n'ai aucune idée de l'emploi du temps de Lola et, comme je suis moins salaud que je veux bien le faire croire, je ne veux pas la réveiller. Tout est éteint dans le studio et il y règne un silence total. Je sors mon téléphone portable pour me faire un peu de lumière et éviter de me cogner à une des valises qui doivent toujours traîner au milieu, ou je ne sais quoi qui ne serait pas à sa place. Je suis vraiment un abruti de prendre autant de précautions pour une squatteuse. Squatteuse qui ne semble pas être là. J'allume la lumière. Le lit est replié en canapé, les valises et le bordel qui allait avec ont disparu. Je vérifie ma salle de bains… plus aucune trace de son passage si ce n'est cette vague fragrance épicée, presque imperceptible. J'ai rapidement fait le tour de l'appartement. Lola est vraiment partie, c'est comme si elle n'était jamais venue.

Bien.

Une nuit, c'était déjà trop. À tous les coups, je dois déjà avoir un début d'ulcère à cause du temps qu'elle a passé chez moi. Je peux reprendre mes petites habitudes et me dirige aussitôt sous la douche. Je laisse mes fringues sur le chemin, je rangerai demain… ou plus tard. J'ai eu beau passer mes nerfs sur Lola et son désordre, c'était plus pour le principe qu'autre chose. Et aussi pour me détourner de la vision de ses fesses dans cette minuscule culotte noire. Et de ses seins… Et voilà… c'est reparti. Je pourrais me soulager seul et ne plus y penser, mais ce n'est pas du tout de ma main dont j'ai besoin. Je me refuse à penser à ce qui me fait envie parce que, justement, c'est complètement inapproprié. Alors je règle l'eau un peu plus froide histoire de calmer mes ardeurs. Je sors rapidement et me sèche avant d'enfiler mon pantalon et de retourner dans l'appart pour me préparer à me coucher.

C'est là que j'aperçois une feuille de papier sur la table basse. Impossible de la louper, Lola a fait tout le ménage et il ne reste plus rien à part cette note. Je l'attrape et la lis :

Merci de m'avoir hébergée, Lola.

Quoi, c'est tout ? Elle ne me dit pas où elle va ? Chez qui elle va squatter ? Rien ? Elle débarque chez moi avec ses casseroles et se tire sans m'informer de la suite ?

Non, mais en fait… c'est nickel. Je récupère mon studio, mon lit et ma liberté. J'arrête de faire du baby-sitting sans être payé, ce n'est pas plus mal. Je fais comme si cette confirmation de son départ ne me donnait pas une sensation de vide.

Il faut que j'arrête de déconner, là. Cette nana n'est restée qu'une nuit chez moi ! Elle n'a même pas squatté vingt-quatre heures au total. J'ai dû la croiser deux heures en tout et pour tout, pas plus. Je n'ai aucune raison de me sentir seul. Aucune.

Lola n'était peut-être pas la colocataire idéale, mais si je suis honnête, ça n'a pas été si désagréable que ça d'avoir quelqu'un ici. Même si on n'a pas vraiment discuté ni rien, c'était… rassurant. Je n'ai jamais connu la vie qui me manque, c'est totalement ridicule.

Je prépare mon lit et m'y allonge en essayant de me convaincre de tout ça. Lola a encore une fois laissé un sacré chaos derrière elle. Métaphoriquement parlant, pour changer. Elle se pointe, se la joue cyclone et se tire. Peu importe ce qu'elle cause comme dégâts. Elle a toujours été comme ça. Je me rappelle le nombre de fois où j'ai dû aller la chercher à une soirée bourrée, totalement déchirée, incapable de se souvenir avec qui elle devait rentrer, où elle devait dormir. C'était toujours moi qu'elle appelait. Elle savait que sa sœur l'aurait envoyée balader, mais pas moi et j'arrivais à convaincre Carmen que c'était la meilleure chose à faire. Je la voyais comme la petite sœur que je pourrais avoir un jour et ça me donnait envie — non, j'avais *besoin* — de la protéger. Alors, dès qu'elle appelait, je rappliquais, je lui faisais un peu la morale, mais pas trop. Elle me remerciait et partait se coucher… pour recommencer la semaine suivante. C'était ça, la vie près de Lola. Et avoir la responsabilité de ses miches ne m'a absolument pas manqué ces huit dernières années.

Ses miches… Pourquoi faut-il encore que je pense à ça ? Je ne vais jamais réussir à dormir, je sens que c'est déjà trop tard. J'attrape mon téléphone à tâtons sur la table et fouille dans mon répertoire. J'ai une vague idée de qui appeler, j'espère qu'elle va répondre.

Deux sonneries, et elle décroche. C'est bon signe.

— Dante, tu sais quelle heure il est ?

Cette réplique a un goût de déjà-vu. Cela me confirme qu'il faut vraiment que je me sorte Lola de la tête, et le plus tôt sera le mieux.

— Salut, Véro. Je sais, il est tard, mais j'étais couché, tout seul, et je pensais à toi et…

— D'accord, viens.

L'avantage de ne jamais rien promettre à toutes les filles avec qui je partage une nuit, c'est qu'elles savent à qui elles ont affaire. De temps en temps, certaines sont un peu longues à comprendre et tentent d'obtenir plus de moi, mais celles-ci ne figurent pas dans mon répertoire. Véronique n'est pas chiante, elle sait ce que j'aime, comment je l'aime et n'hésite jamais à m'ouvrir ses bras… et ses cuisses. Nous nous rendons mutuellement service. Nous savons que nous sommes bons au pieu, ensemble. Alors nous ne nous posons pas trop de questions et ça roule pour tout le monde. Et comme cette foutue érection commence sérieusement à me les briser menues, autant laisser Véro s'en occuper, ce sera toujours moins frustrant qu'en solo. Je me rhabille donc et prends la route de chez elle, un petit sourire étirant mes lèvres à la perspective de ce qui m'attend. En plus, son lit est beaucoup plus confortable que mon clic-clac : c'est tout bénéf.

5

∞

Lui

La sonnerie de mon portable me tire trop brutalement du rêve où je passais un merveilleux moment, en excellente compagnie. Je lance le bras sur le côté et attrape mon téléphone. Je décroche sans vérifier qui c'est.

— Ouais…

— Salut, Dante, c'est Matt. Je te réveille ?

— Humm…

Je l'entends se marrer et je balance quelques jurons en essayant de me redresser dans mon lit. Je n'ai pas beaucoup dormi, pour changer, et la luminosité m'indique que l'après-midi est déjà bien avancé. Les effets positifs de la nuit dans le lit de Véronique se sont déjà estompés en à peine quelques jours. Dommage.

— Changement de programme pour ce soir : on a un contrat de dernière minute.

— Des vieilles ?

Non, parce que je crois vraiment avoir épuisé mon quota pour les semaines à venir. Si je vois encore une main fripée se poser sur moi, je pense développer une allergie, une phobie…

je ne sais pas, ça existe la peur des vieilles retraitées ? En tout cas, je n'en suis pas loin. Il y a eu une déferlante de clubs du troisième âge intéressés par nos prestations. Et d'autres âges aussi, mais ça, nous savons que c'est consécutif au succès de *Magic Mike*. Ces types nous rendent service sans même le savoir. Les nanas veulent toutes leur show avec Channing Tatum. En bon patron tyrannique, Yoan nous a obligés un soir à regarder le film. J'ai rarement vu une daube pareille. Mais il s'en foutait pas mal de l'histoire et des acteurs, il voulait qu'on s'inspire des performances scéniques. Et je dois reconnaître que le boss est un très bon homme d'affaires, il a une excellente intuition. Il savait que ça plairait et notre nouvelle approche du spectacle a déjà porté ses fruits. Depuis ces changements, il nous arrive régulièrement de faire une soirée et de nous retrouver le mois suivant engagés par l'une des filles qui était présente. Un peu à la manière des réunions Tupperware que ma mère organisait à la maison quand j'étais gosse, sauf que là, au lieu de vendre des boîtes en plastique, on vend du rêve. Enfin, on essaie.

À la base, nous sommes tous les trois sportifs, maintenir nos corps en forme n'est donc pas un souci. Même si, clairement, je sais que d'ici à quelques années, cinq tout au plus, je vais devoir laisser tomber.

— Non, pas des vieilles, me répond Matt après s'être bien marré. Je t'envoie les infos par SMS, on se retrouve sur place dans… deux heures, ça ira ?

— J'ai le choix ?

— Dis-toi que tu auras sûrement l'occasion de t'envoyer en l'air, ce soir.

— Je vais sortir un peu avant, t'en fais pas pour ça.

Nous raccrochons et je ne lui dis pas que j'essaie tant bien que mal de virer une petite gonzesse insupportable de ma tête depuis quelques jours. Depuis qu'elle est sortie de ma vie aussi vite qu'elle y était revenue, en fait.

Je m'extirpe de mon lit et file me préparer. Je reçois le texto de Matt qui me précise qu'on sera en pompiers. Bien sûr qu'on sera en pompiers, c'est tellement souvent le cas que le boss nous a fourni un deuxième uniforme histoire qu'on n'ait pas besoin de se dépêcher de le laver entre deux performances. C'est le choix qu'elles font presque toutes, ça ou les flics, ça cartonne à chaque fois, c'est imparable. On débarque quelque part en disant qu'il y a le feu, ou qu'il y a eu une plainte, et derrière, ça roule tout seul. C'est d'ailleurs le petit slip doré de cet uniforme qui nous a valu le surnom de Golden Boys dans le milieu. Rien à voir donc avec Wall Street, même si Benj et Yo pourraient peut-être s'en sortir dans ce domaine et encore, je n'en sais rien en réalité ; ils bossent sur des ordinateurs, mes connaissances s'arrêtent là. Perso, je n'ai même pas Internet chez moi, c'est dire à quel point je suis loin de tout ça. Mais bref, on a hérité de ce surnom parce qu'on termine le strip des pompiers dans de ridicules slips en skaï dorés, le pire étant que ça leur plaît, aux nanas, alors qu'il n'y a rien de moins viril que ça. Mais bref, moi, tant qu'on récolte un bon salaire…

Après ma douche, je m'habille en mode bad boy. Quand je cherche un coup d'un soir, c'est ce qui fonctionne le mieux. Jean usé, T-shirt noir et coiffure à l'arrache. Mais ce n'est pas parce que mes cheveux ont l'air d'être en foutoir que ça ne me prend pas une plombe à les mettre en place. Je les laisse un peu pousser sur le dessus entre autres pour ça ; aussi, j'ai bien vu qu'en soirée les filles aiment y glisser leurs doigts et ça rapporte plus de pourboires. Même si les mèches de devant qui me retombent sur le front me prennent sérieusement le chou, je ne suis pas un mec contrariant : je fais ce qu'il faut pour satisfaire mes clientes.

∞ ∞ ∞

Je débarque au Topaze, le terrain de chasse de prédilection des mecs, mais aussi des filles. Il ne faut pas s'imaginer qu'il n'y a que des coureurs de mon espèce qui cherchent un coup vite fait sans conséquences ; elles sont un paquet à venir ici pour rencontrer un type qu'elles n'envisagent pas de revoir, ou alors juste pour remettre le couvert. Une histoire sans attache, sans implication. D'où mon look négligé, ça annonce déjà la couleur. Je n'aime pas spécialement celui que je suis devenu, mais c'est bien plus prudent. Je ne suis pas du genre à tendre l'autre joue. Je ne l'étais déjà pas à l'époque où Carmen s'est bien foutue de moi, disons que je le suis encore moins. Changer de partenaire comme de calbute a été la thérapie que j'ai appliquée pour tourner la page après elle. Je sais donc que j'arrive en terrain conquis. L'expérience m'a prouvé que je ne repars jamais seul. Suis-je arrogant ? Oui, probablement. Est-ce que ça me pose un souci ? Non, pas du tout. Je sais ce que je veux et je sais ce que les femmes présentes ce soir veulent. Je ne suis pas là pour faire croire au prince charmant et toutes ces conneries. Je suis là pour *elle*.

Celle qui danse seule, au milieu, et jette des regards à tout ce qui dégage de la testostérone autour d'elle. Celle qui se déhanche lascivement en vérifiant que tout le monde s'est bien aperçu de son existence. Celle qui n'a pas vraiment de visage, pour moi, car je ne cherche rien de plus qu'une interaction charnelle rapide et efficace. L'emballage importe peu. Enfin si, il importe, mais honnêtement, quand je ne cherche qu'à m'envoyer en l'air, je ne fais pas le difficile. *Elle* est là pour ça. Elle le sait. Je le sais. Toute la boîte le sait. Ce n'est pas le moment de faire semblant, ou de lui offrir un verre. Surtout qu'elle me voit arriver vers elle, la démarche sûre et le regard fixé sur ses yeux trop maquillés. Je m'arrête à deux mètres d'elle ; je ne danse pas, je l'observe. Je la laisse faire le premier pas. Je suis égoïste, pas pervers. Ou peut-être un peu, seulement. Elle ne me fait pas attendre, elle avance vers moi, roule du cul et mordille sa lèvre, comme si c'était sexy. C'est ridicule, on ne mordille pas sa lèvre quand on porte une jupe à la limite de l'indécence et un décolleté jusqu'au nombril. C'est pour ça que je l'ai choisie elle, pas pour sa moue faussement innocente, non, mais parce qu'elle annonce la couleur, tout comme moi.

Une fois qu'elle est bien trop près de moi pour que le moindre doute sur ses intentions subsiste, je la colle carrément. Si elle était farouche, je l'aurais déjà compris. Au contraire, elle m'allume ouvertement, autant en profiter. Je sors rapidement mon téléphone de ma poche arrière et vérifie l'heure, sans chercher à être discret. Je n'ai pas toute la soirée devant moi, je bosse ce soir : je n'ai donc pas de temps à perdre en séduction et préliminaires. Alors, je me penche vers elle, repousse ses boucles rousses et lui murmure à l'oreille :

— On va ailleurs ?

C'est quitte ou double. Soit c'est juste une allumeuse et, au pire, elle m'envoie balader. Soit elle est vraiment là pour ça et on ne fait pas dans la dentelle. Aller droit au but est le moyen le plus sûr d'éviter de perdre sa soirée avec une sainte-nitouche qui veut juste se prouver qu'elle est capable de draguer un mec et de plaire. Mon *modus operandi* est bien rodé, j'aime l'efficacité.

Je me recule un peu pour voir sa réaction ; elle me sourit, elle n'a pas perdu son attitude entreprenante. Parfait. Elle hoche la tête et me tend la main. Je l'entraîne vers la sortie. Je n'ai même pas fait attention aux autres clients. Je connais pas mal de monde ici, on fréquente à peu près tous le même bar qui fait aussi boîte, sûrement parce que dans cette ville c'est le seul potable en dehors du Slam qui est un peu trop select pour moi. Mais le cadre n'est pas ce qui m'intéresse ce soir, ma vie sociale non plus.

Nous sortons dans la rue et je l'entraîne jusqu'au petit parking où je me suis garé, un peu plus loin. J'espère que ça lui conviendra, car je n'ai rien de plus romantique à lui offrir que la banquette arrière de ma caisse. Et vite, parce que je ne peux pas me permettre d'être à la bourre, les gars comptent sur moi.

6

∞

Lui

Je retrouve Matt et Benj devant la porte d'entrée de l'organisatrice de la soirée. On entend déjà les piaillements caractéristiques d'un rassemblement de gonzesses : insupportables et suraigus. Au moins, ce n'est pas une soirée dentiers. On se console comme on peut.

— Alors, prêts ?

Je regarde mes collègues. Ce soir, c'est moi le « chef » pour la simple et bonne raison qu'on fait tourner la responsabilité selon le show. Lorsqu'on arrive en pompiers, je suis celui qui se retrouve avec la corvée de prendre les choses en main. Et cela inclut le discours pathétique qui va avec, bien sûr. Oui, mon job demande d'être polyvalent.

On se met rapidement en condition et je sonne. Une petite blonde pulpeuse nous ouvre et ses joues prennent une teinte rosée dès qu'elle nous aperçoit. C'est l'uniforme, ça marche à tous les coups. Son regard nous parcourt brièvement et je fais un pas en avant. Elle en fait un en arrière.

— Mademoiselle, on nous a signalé un incident à cette adresse.

J'adopte un ton très professionnel, je pourrais presque y croire moi-même.

— Euh...

Réponse classique.

— C'est pour moi ! crie une petite voix dans le fond.

Petite voix que j'ai bien peur de reconnaître.

Je ferme les yeux une seconde, histoire de ne pas me laisser aller à péter les plombs — ça ferait désordre, le boss m'en voudrait. Quand je les rouvre, la blonde a laissé la place à Lola. Elle me scrute des pieds à la tête et finit par poser ses yeux au niveau des miens que j'espère noirs et assassins. Mais à quoi elle joue, bon sang ? ! Je m'approche d'elle et lui chuchote :

— Tu me fais quoi, là ?

— J'ai payé, j'ai droit à mes pompiers.

Elle me pousse puis attrape Matt par la main et l'entraîne à l'intérieur. Benj me regarde en haussant un sourcil avant de me demander :

— Tu la connais ?

— Ouais...

— Occupe-toi des autres, on va la gérer.

La gérer ? J'aimerais bien voir le type qui sera capable de gérer Dolorès... Mais comme il ignore tout de cette fille, il se jette dans la gueule du loup et allume le lecteur MP3 et l'enceinte Bluetooth dont il a la charge avant d'emboîter le pas à Lola et Matt. Je n'ai pas d'autre choix que de les imiter et de faire mon boulot. Enfin si, je pourrais me tirer, mais Yoan ne me le pardonnerait pas. Je ferme la porte derrière moi, résigné, et je me retourne : elles sont plus nombreuses que je le pensais, je compte au moins quinze minettes qui doivent avoir vingt-cinq ans tout au plus. Cela dit, Lola en a presque vingt-huit et a l'air d'une ado, je suppose que ça ne veut donc rien dire.

Comme toujours, je me focalise d'abord sur les timides, histoire de les dévergonder… ou au moins de les décoincer. *Pour Some Sugar On Me* bat son plein, c'est notre chanson attitrée pour démarrer ce show. Au moins, nous sommes tombés d'accord avec le boss sur le fait que le best of de Deff Lepard est une source inépuisable de chansons pour se désaper. On démarre le numéro, d'abord en se frottant un peu contre les filles, puis en faisant sauter la chemise… et enfin le futal ; le but est de se retrouver assez rapidement en sous-vêtements pour que ces demoiselles en profitent un maximum pour se rincer l'œil. J'essaie de faire abstraction du fait que je connais quelqu'un dans la pièce. Je ne me suis jamais retrouvé dans cette situation. On n'habite pas une ville très grande, mais sa taille reste honorable et, jusqu'à présent, personne n'a jamais croisé de connaissance en soirée. Je pourrais dire que, statistiquement, il fallait bien que ça arrive. Sauf que je suis convaincu que ma présence ce soir est tout sauf un hasard. Je revois Lola agiter le slip que je porte actuellement et me poser des questions sur les différents uniformes, et je réalise qu'elle devait mettre au point son plan à ce moment.

Je suis en train de danser avec une grande brune qui tente de me mettre la main au paquet lorsque, justement, Lola s'interpose et prend la place de l'allumeuse.

— Va t'en trouver un autre, lui dit-elle simplement.

— C'est quoi ton souci, Lola ?

La brunette n'a pas l'air vraiment agacée, elle saute aussitôt sur Benj et continue avec lui le numéro qu'elle a commencé avec moi.

— Ça t'amuse ?

Je regarde Lola et attends qu'elle me réponde. Je ne danse plus. Elle oui.

— Beaucoup.

Elle comble le vide que j'ai volontairement laissé entre nous et passe les bras autour de mon cou. Elle est obligée de se mettre sur la pointe des pieds et je me penche machinalement pour lui faciliter la tâche. Probablement parce que je suis con, je ne vois que ça.

— Tu es partie sans me dire au revoir, l'autre jour. Pourquoi ?

Aussitôt que je lui ai posé la question, je le regrette. On s'en tape de ça, c'est complètement hors sujet comme discussion. Je confirme : je suis con.

— Je te manque, Dante ? murmure-t-elle en se déhanchant contre moi.

Je recule et la maintiens à distance en posant les mains sur ses épaules. J'essaie de me concentrer sur son visage. Elle porte une robe, moulante sur ses petits seins et qui s'évase à partir de la taille. Trop courte. Elle est pieds nus, c'est son côté petite fille, ça… Je capte le regard de Matt qui glisse sur elle et me sens aussitôt protecteur.

— Qu'est-ce que tu essaies de faire ?

Je ne masque pas l'impatience dans mon ton, je ne fais pas semblant, pas avec elle.

— Je passe une bonne soirée avec celui qui aurait pu être mon beau-frère. D'ailleurs, si tu avais été marié avec ma sœur, la situation m'aurait sûrement plus amusée. Mais on peut faire sans le côté interdit, ça me convient aussi.

Le contraste entre la gamine qui pleurait dans mes bras l'autre soir et la séductrice que j'ai sous les yeux ce soir est saisissant.

Flippant, même. S'il ne s'agissait pas de Lola, je l'aurais amenée dans une chambre, tout de suite et… Merde ! Je sens une érection se pointer, très subtilement puisque je suis en slip brillant. Les yeux de Lola viennent se poser sur mon entrejambe, très subtilement également.

— Dante, j'ai un peu une vie déprimante, en ce moment, dit-elle sans relever les yeux.

Je pose un doigt sous son menton et l'oblige à me regarder plus haut, merci.

— Je sais que toi aussi, continue-t-elle comme si de rien n'était. Je te propose un marché.

— Pardon ?

— Assouvissons cette envie qui nous taraude tous les deux depuis que tu es entré chez nous le jour où Carmen t'a présenté à nos parents.

— Tu parles de cette époque où tu étais encore une petite fille ?

— Je suis contente que tu amènes ça sur le tapis, car tu constates que je ne suis plus cette petite fille. Et je sais, je *vois* que tu as envie de moi.

C'est quoi ce délire ? Elle joue à quoi ? Lola a toujours été comme une petite sœur, à mes yeux. Enfin, à l'époque où on gravitait dans le même cercle. Et d'où ça sort cette proposition ? Quand je la vois, j'ai trop de souvenirs qui remontent et je n'arrive pas à m'imaginer avec elle autrement que… que rien. Nous ne faisons plus partie du même monde, point. Et puis j'aurais l'impression d'un inceste, non ? Je ne sais pas, cette nana m'embrouille, mais une chose est sûre : je dois l'arrêter avant qu'elle ne cause trop de dégâts. Plus qu'elle n'en a déjà causé, bien sûr.

— Je ne souhaite pas être en relation avec toi pour quoi que ce soit, Lola. J'ignorais que tu étais du genre petite allumeuse. Non seulement tu es toujours la gamine qui penses pouvoir claquer des doigts et obtenir tout ce qu'elle souhaite, mais tu es vraiment comme ta sœur, au final. Je n'étais pas intéressé par ce genre de femme il y a huit ans, je ne le suis pas plus aujourd'hui.

— Je suis peut-être comme Carmen, mais je ne fais pas semblant d'être une sainte, moi. Je ne te propose rien de plus que t'envoyer en l'air. Je n'attends pas de bague, Dante.

Elle se dégage de mon emprise et vient se coller contre moi. Je recule et rencontre le mur dans mon dos. Elle glisse la main le long de nos corps et la pose entre mes cuisses. Elle me caresse lentement et je n'ai même pas la présence d'esprit de la repousser tellement ça me fait du bien. Je la laisse faire, parce que… Parce que c'est elle qui a raison : j'ai très, très envie d'elle. Sauf que ça ne date pas du jour où Carmen me l'a présentée mais du moment où elle débarqué dans mon appart miteux pour squatter mon lit. En plus, si je me tape la sœur de mon ex, j'aurais déjà une partie de ma vengeance, et cette idée est très séduisante.

Tout ce que Lola veut de moi c'est du sexe. C'est parfait, je peux lui donner ça.

— OK.

Elle prend ma main dans la sienne et nous entraîne dans le couloir. Je fais un signe à Matt en passant. Ce n'est pas la première fois que je finis la soirée dans le lit d'une cliente. Il sait qu'ils peuvent partir sans moi si je ne suis pas revenu au salon au moment de terminer la soirée. Il hoche la tête et continue de danser. Très pro, Matt. Benj aussi. Rien à voir avec moi. Heureusement qu'ils me couvrent parce qu'il est certain que Yo ne laisserait pas du tout passer ça. Il doit s'en douter, je pense. Mais comme il n'y a jamais eu de plaintes…

Lola nous fait entrer dans une chambre et referme la porte derrière moi. Elle allume la lumière.

— On est chez qui ? je lui demande en avançant un peu dans la pièce.

— Chez moi.

Je mets quelques secondes à prendre conscience de ce qu'elle est en train de me dire.

— Tu te fous de moi ?

— Non.

— Je croyais que tu étais à la rue et, en fait, tu vis dans un appartement où mon studio doit rentrer au moins quatre fois ?

— Je voulais voir quelle vie tu mènes avant de te proposer de coucher avec moi.

— Tu veux dire que toute cette histoire avec Antoine…

Elle hausse les épaules, comme si ce n'était pas important.

— Tu as un souci, Lola, tu le sais ? Tu es barge…

— On est là pour papoter ou pour s'envoyer en l'air ? me demande-t-elle en faisant passer sa robe par-dessus sa tête.

Elle se retrouve directement en culotte. Ses seins ont l'air aussi fermes que je me les étais imaginés. Petits, tentateurs et déjà prêts pour mes mains. Peu importe que je me sois soulagé une heure avant sur un parking, là ça n'a rien à voir et mon corps suit heureusement le mouvement. Je ne réfléchis plus, sinon je serais capable de partir sans la toucher. Et je meurs d'envie de la toucher. Alors je m'approche d'elle et l'attire brutalement contre moi. Je refuse de la traiter différemment des autres filles qui ne veulent qu'une chose. Comme elle. Comme moi.

Elle penche la tête en arrière et me lance un regard de défi tout en faisant glisser sa culotte le long de ses jambes. Je me passe la langue sur les lèvres, par anticipation. Je me débarrasse de mon « uniforme » brillant et la pousse sur le lit, sans un mot. Elle écarte les cuisses, provocante, et c'est un peu Carmen que je revois dans l'attitude de sa petite sœur. Lola, je l'imaginais réservée, timide, délicate au lit. Pas allumeuse comme ça. Je garde à l'esprit le but de cette manœuvre en ce qui me concerne : tirer un coup et prendre ma revanche sur Carmen. Alors j'oblige Lola à se retourner sur le ventre. Je lui soulève les hanches et la place à quatre pattes, les genoux au bord du matelas, les fesses exactement à la bonne hauteur. C'est une vengeance, ni plus ni moins. Elle tend le bras et m'indique la table de chevet. Je récupère un préservatif dans le tiroir et répète ce geste pour la deuxième fois ce soir. Parce que c'est Lola et que j'ai toujours ce vieux réflexe de la protéger, je ne pourrais jamais lui faire consciemment du mal, je passe la main entre ses cuisses. Elle se cambre vers moi et je la caresse un peu pour m'assurer qu'elle est prête. Je ne perds pas de temps, je suis toujours dans cet état d'esprit : vite fait bien fait. Je la pénètre et m'agrippe à sa taille avant de m'activer. Fort. Je veux qu'elle comprenne bien qu'il s'agit uniquement de sexe. Elle gémit doucement. Ça m'excite. Mais je reste silencieux. Toujours.

Elle soulève son bras droit et se caresse pendant que je la prends comme si c'était la dernière fois que je pouvais m'envoyer en l'air. Je la laisse se faire du bien ; c'est elle qui se fera jouir, pas moi. Et c'est ce qu'elle fait rapidement. Je la rejoins quelques secondes plus tard, toujours sans un son. Je me retire sans attendre et m'occupe de la capote avant de remettre mon petit slip disco. Elle reste à plat ventre quelques secondes.

De dos, elle est aussi belle que de face.

Belle ?

Je déconne. Totalement. C'est Lola. Elle n'est pas belle. Elle est casse-pieds, oui, ça oui… Capricieuse. C'est une source d'ennuis. Voilà, c'est mieux.

Elle se retourne, se lève et s'approche ; nue, elle ne cherche pas à se couvrir. Arrogante. Sûre d'elle.

Belle…

— Voilà ce que je te propose, Dante : quand tu auras envie de baiser, tu m'appelles, si je suis disponible, on se rejoint rapidement. Et réciproquement. Ça te convient ?

Le mot « baiser » lui va tellement mal que j'ai presque envie d'aller lui laver la bouche au savon.

— Lola, tu es mignonne, mais je n'ai pas besoin de toi pour me soulager.

— Peut-être pas, mais je suis un bon coup, je le sais. Ça te faciliterait les choses, non ? Tu fais comment, d'habitude ? Tu es obligé d'aller dans un bar et de faire ton numéro ?

— Je ne cherche pas à avoir une relation, les coups d'un soir ramassés dans un bar sont parfaits. Mon *numéro* me convient.

— Je ne veux pas non plus d'une relation. Tu vois, nous sommes sur la même longueur d'onde.

— Tu entends surtout ce que tu as envie d'entendre. Comment appelles-tu ce que tu me proposes, alors ?

— Un arrangement pratique entre amis.

— Je ne me souviens pas que nous soyons amis.

Elle a un léger mouvement de recul mais se reprend et, si je n'avais pas été attentif, j'aurais pu ne pas remarquer sa réaction.

— Nous l'avons été à une époque. C'est ma sœur la traînée, pas moi. Je pouvais toujours compter sur toi avant, je sais que c'est toujours le cas. Tu ne m'aurais pas hébergée, sinon.

— Ce n'est pas parce que je t'ai laissée squatter chez moi une nuit que…

— Tu ne me laisserais pas à la rue si je te demandais de l'aide.

Son petit sourire et l'assurance qu'elle affiche avec un aplomb déconcertant m'agacent.

— Tu vois, tu me tapes déjà sur le système. Toi et moi, ça ne va pas être possible.

— On pourrait essayer, rien n'est gravé dans le marbre.

Je l'observe. Puisqu'elle ne se rhabille pas, autant profiter de ce que j'ai sous les yeux. Elle est… belle. Oui. Elle l'est. Bien foutue, petite et mince mais proportionnée. Là où Carmen était toute en formes latines fougueuses, Lola est une miniature que j'aurais peur de casser. Et que j'ai pourtant sautée comme n'importe quelle fille. D'un coup, je regrette ce qui vient de se passer. J'attrape le drap sur le lit derrière elle et la couvre. Elle me laisse faire. Elle ne se départit pas de son air suffisant, mais elle me laisse faire.

— Écoute, Lola… C'était sympa, je te remercie, mais on va en rester là.

Je n'attends pas sa réaction, je sors et retourne au salon. Je ramasse mes fringues et remarque que Matt n'est déjà plus là. Benj est vautré sur le canapé, à nouveau vêtu, en train de jouer à la console avec deux nanas. En tout bien tout honneur. Un saint, ce Benjamin… En temps normal, j'aurais apprécié de passer un moment avec eux ; là, j'ai juste envie de partir le plus loin possible de Lola et ses propositions. De Lola et tout ce qu'elle me rappelle. J'espère que son sale caractère la poussera à se vanter d'avoir couché avec moi devant sa sœur : cette soirée aura alors au moins servi à autre chose qu'à foutre le bordel dans ma tête.

7

∞

Lui

Six mois que je n'ai pas remis les pieds ici. Six mois que je me planque, en quelque sorte. Alors que je suis celui qui a le moins de choses à se reprocher. Certes, je me suis rattrapé depuis, bien que je doute d'atteindre le niveau où on pourra dire qu'on est quittes. Mais là, j'en ai plein le dos de la laverie automatique et je suis autant chez moi que lui. Je coupe le contact et reste un moment dans ma voiture, devant la maison de famille dont nous avons tous les deux hérité. Je ne suis pas plein aux as, Sandro non plus d'ailleurs. Mais il me semble qu'on se débrouille assez chacun de notre côté pour ne pas être obligés de vivre ensemble. Non pas que le sort de mon frère m'intéresse particulièrement. Cette baraque, on aurait vraiment pu en faire quelque chose de génial, à nous deux. On avait déjà parlé de pas mal de projets pour les rénovations. Mais après cette fameuse journée, je n'en voulais plus, pas avec lui en tout cas. Si les événements avaient été différents… Si lui et moi étions arrivés à notre âge en étant encore célibataires, je suppose qu'on aurait apprécié de continuer à partager la villa qui nous a été léguée. Sauf qu'il n'est pas célibataire, que j'aurais dû être marié et que pour rien au monde je ne retournerais vivre avec lui.

C'est vraiment hallucinant, ce qui m'arrive. Je suis la victime, pas le coupable, et je continue d'éviter de venir ici. Parce que je pourrais le croiser, et si je le croisais, il est certain que ça finirait mal entre nous. Pour lui sûrement. Pour moi aussi… Je ne suis pas le pire de la fratrie. En tout cas, je ne l'étais pas. Je le suis peut-être devenu. Par sa faute. Je prends toute la responsabilité de mes actes de ces dernières années, mais je n'oublie pas qu'il est à l'origine de l'événement qui a fait de moi celui que je suis aujourd'hui. *Sans déconner, Dante ! Tourne la page !*

J'essaie de me convaincre, mais là non plus je ne suis pas dupe. Je doute de réussir un jour à passer à autre chose. Je suis trop rancunier de nature et on ne touche pas à la famille, putain !

En attendant, je ne vais pas rester toute la journée comme un abruti devant la maison. Je sors de la voiture, attrape mon sac de sport à l'arrière et verrouille les portières avant d'emprunter l'allée qui mène à la porte d'entrée. J'utilise ma clé, mais la porte est déjà ouverte. Bizarre… À moins que…

— Hé ! Mon connard préféré !

Voilà, je choisis un jour dans la semaine, de manière totalement aléatoire, pour venir faire ma lessive, chez moi, et il faut que je croise la copine de mon frère. Je lui adresse un rapide signe de tête avant de la dépasser. Qu'est-ce qu'elle fait là ? Ils ont décidé de s'installer ici et ont oublié de me demander mon avis ? Elle fait la bonniche pour lui ? Non, pas son genre. Je fais bien attention à ne pas passer trop près d'elle. Mon pied broyé par son talon se souvient encore de la dernière fois que nous nous sommes rencontrés.

— Dante, attends !

Oh ! non… Je continue et fais comme si elle ne m'avait pas parlé.

— Ne m'ignore pas !

Je me fige dans le couloir, mais ne me retourne pas. Je sais de quoi elle veut me parler, bien sûr. Depuis que je lui ai fait cette révélation lorsque nous nous sommes croisés à une soirée, elle et moi, elle a dû se confronter à mon frère. Il s'était bien gardé de lui parler de son passé. Et je devrais jubiler à l'idée de leur dispute après que j'ai balancé l'info. Étrangement, ça ne me fait ni chaud ni froid.

Je ne dis rien, je n'ai pas l'intention de lui faciliter la tâche. J'attends qu'elle se décide à me poser la question qu'elle meurt d'envie de poser, j'en suis sûr.

Elle me rejoint et me contourne pour se placer face à moi. Elle est jolie, vraiment jolie. Un peu trop rebelle à mon goût, mais agréable à regarder. Je comprends pourquoi Sandro a décidé de se caser avec elle. Un an qu'ils sont ensemble, à peu près, et je n'avais jamais imaginé mon frère se ranger comme ça. Ses cheveux pas vraiment blonds, pas vraiment châtains, sont remontés en un chignon précaire sur le haut de sa tête. Elle a le même T-shirt de Kiss que j'ai vu sur elle lorsque je l'ai croisée ici la dernière fois. Celui de Sandro. Elle porte un jean et des baskets et, malgré son look négligé, je la trouve toujours attirante.

— Pourquoi Sandro a fait ce qu'il a fait ?

Nous y voilà. Elle a son air autoritaire, les mains sur les hanches, le menton relevé. Cette histoire va encore me retomber dessus… je le sens.

— Demande à ton copain, Sarah, ce ne sont pas mes affaires.

— Pourtant c'est toi qui m'en as parlé. Tu ne peux pas me balancer ça et…

— Si, je peux, regarde-moi.

Je l'écarte du passage, doucement mais sûrement, et entre dans la buanderie. La machine est libre, parfait. Je sors mon linge de mon sac et… Sarah s'incruste entre la machine et moi.

— Si tu essaies de m'émasculer, sache que je n'aurais aucun scrupule à te frapper, que tu sois une fille ou pas.

— Je veux juste qu'on discute, toi et moi.

— Pour discuter, il faut être deux. Et je n'ai pas envie de discuter.

J'essaie d'atteindre le hublot, elle ne bouge pas.

— C'est quoi ton problème, exactement, Sarah ?

— Je pense que Sandro et toi avez besoin d'une bonne discussion entre frères.

— Pour commencer, qu'est-ce que tu fais ici ? Je croyais que vous viviez ensemble sur votre petit nuage.

— Je suis venue faire du tri pour aider Sandro. Il voudrait arranger la maison pour optimiser la mise en vente. Il a dit que tu étais d'accord… tu l'es ? Tu es au courant, n'est-ce pas ?

C'est une idée ou elle a peur de ma réaction ? Bien sûr que je suis en courant, en plus, c'est d'ailleurs notre seule forme de communication avec Sandro : via l'agence.

Ah oui… Je comprends maintenant. Ce n'est plus de l'exaspération que je lis dans son regard, c'est de la pitié. Et je ne veux pas de sa pitié, elle ne me connaissait même pas à l'époque où son copain a ruiné ma vie.

— Je suis effectivement au courant, merci. Mais toi, pourquoi tu es là en train de t'occuper de ça ? Tu es à son service, maintenant ? Bizarrement, j'ai du mal à t'imaginer en fée du logis.

Elle remet ses mains sur ses hanches et sourit. Elle a un sourire très inquiétant, je soupçonne sa personnalité psychopathe d'être en train de prendre le dessus. Quelles sont les probabilités pour que je me sauve sans qu'elle ait le temps de réagir ? Maigres, je le crains.

— Ce que tu penses de moi et mon attitude, franchement, Dante, ça m'est bien égal. Tu es un sale con, et tu le sais, ne nie pas. Mais ce n'est pas de ça dont je voulais parler avec toi. Cela étant, nous pourrons revenir plus tard sur le sujet si tu le souhaites, j'ai quelques théories à te confier concernant ton comportement de trou du cul.

— Merci, j'ai hâte de les entendre. Mais la dernière personne avec qui je souhaite m'entretenir sur le sujet, c'est bien toi. Enfin, disons que tu es en bas de la liste. Après, si tu me le demandes très gentiment, mais vraiment très gentiment, il est possible qu'on finisse par s'entendre, toi et moi.

Je lui adresse un clin d'œil. J'aime la provoquer. Elle est du genre à partir au quart de tour. Et puis mon regard, là, normalement aucune nana ne peut y résister. Testé et approuvé, certifié conforme.

Sarah ne réagit pas à ma provocation, elle attend, impassible. Je crois que Sandro commence à déteindre sur elle. Lui qui est toujours zen, à contrôler ses émotions… ça m'agaçait déjà à l'époque et voir qu'elle a pris ce trait de caractère me tape sur les nerfs. Sûrement parce que j'en déduis qu'ils sont vraiment proches. Mon frère heureux n'est pas une information utile pour mon épanouissement. Je soupire et pose les mains sur ses épaules afin de la décaler.

— Si tu veux jouer à la parfaite petite épouse au foyer, fais-le. Mais occupe-toi de ton joli cul et laisse ma vie tranquille, tu seras mignonne.

Elle me laisse accéder à la machine et ne dit plus rien le temps que je me charge de mon linge. Lorsque je sors de la buanderie, elle est appuyée contre le mur et m'observe quelques secondes en silence avant de déclarer :

— Tu ne peux pas passer ta vie à être fâché avec ton frère.

— Si, je le peux. Et entre nous, je ne vois pas bien ce que ça t'enlève. Tu ne préfères pas que je reste loin de toi ? Ou alors c'est ta façon de me faire comprendre que je te manque, Sarah ?

— Bien sûr que non, ne sois pas ridicule. Ce n'est pas pour moi que je te dis ça. Il regrette, tu sais.

J'imite sa posture en face d'elle. Je ne sais pas pourquoi je prends la peine de discuter avec elle. Peut-être bien que j'aimerais qu'elle réalise que son mec n'est pas aussi parfait qu'elle le pensait. Ce serait juste qu'il assume les conséquences de ses actes, pour une fois. Elle n'est rien pour moi et pourtant je suis là, à l'écouter. Et à lui répondre :

— C'est lui qui t'a dit qu'il regrettait ?

Son regard me fuit. Elle est mal à l'aise et je me sens d'un coup bien plus en position de force.

— Tu parles à sa place, maintenant ? Tu penses qu'il apprécierait ?

— Je sais qu'il regrette, il n'a pas besoin de me le dire pour que je le sache. Je le connais assez bien.

Je glisse les mains dans les poches de mon jean et hausse les épaules.

— Tu réalises que ses regrets ne changent rien pour moi ? Tu penses sincèrement que ça peut m'aider à me sentir mieux ?

— Son livre va être publié…

Je me redresse d'un coup, elle esquisse un mouvement de recul, sauf qu'elle est contre le mur et que ça la fait se recroqueviller sur elle-même. Je lui fais peur ? C'est elle qui a été physiquement agressive envers moi, à deux reprises, et je lui fais peur ? J'avance de deux pas et me retrouve juste devant elle.

— Qu'est-ce que tu veux, Sarah ? Que je le félicite ? Que je lui envoie une carte ? Ou que je l'invite à boire un verre histoire qu'on fête ça dignement entre frères ? Oublie ton idée de nous réconcilier, ça n'arrivera pas. Et tu sais pourquoi ?

Elle ne répond pas, mais maintenant que je suis lancé, autant aller au bout.

— Je vais te dire pourquoi : parce que sa vie, son bouquin, toi, son boulot… tout ça, je n'en ai rien à faire. Vraiment rien à foutre. Alors fais ce que tu sais faire le mieux quand il s'agit de nous : ignore-moi, retourne à ta parfaite petite vie et laisse-moi vivre la mienne. Sans lui.

Je suis étonné de ne pas avoir plus perdu mon sang-froid ; étonné mais pas fier de moi, parce que tout ça ne m'atteint plus. En tout cas, je fais comme si ça ne m'atteignait pas. Je tourne le dos à Sarah et me dirige vers la porte d'entrée lorsqu'elle revient à la charge :

— Si tu te sortais un peu la tête du cul, Dante, tu verrais que ce n'est pas toujours tout blanc ou tout noir.

— Ouais, la vie est dans cinquante nuances de gris, hein ? je ricane en ouvrant la porte.

— Très drôle. J'ignorais que tu étais versé dans la littérature érotique. Intéressant…

— C'est une proposition ? Parce que si c'est bien ça il y a plusieurs chambres à disposition qui n'attendent que nous.

— Tu es vraiment un connard !

— La flatterie ne te mènera nulle part, Sarah. Et puis tu te répètes, sois un peu plus inventive.

Je sors et, pour une fois, elle comprend le message et n'insiste pas. Je savais que venir ici était une mauvaise idée. Je monte dans ma voiture et prends le temps de me calmer. Sérieusement, je pensais avoir un risque de croiser mon frère, et ça aurait été préférable. Il est du genre à la boucler et à m'ignorer autant que je l'ignore, et ça nous convient. Mais elle, non… Il faut qu'elle se mêle de ce qui ne la regarde pas. Les gonzesses, toutes les mêmes. Incapables de comprendre quand il faut rester à leur place. Est-ce que je vais lui donner des conseils sur sa relation avec mon frangin ? Non, ça ne me viendrait même pas à l'idée, bon sang !

Je pense que je ne vais pas repasser chercher mon linge dans deux heures, tant pis. Elle serait fichue d'être encore dans les parages et d'avoir ruminé la conversation pour revenir à nouveau dessus. Je vois bien le genre, c'est un véritable pitbull cette fille… Une fois qu'elle s'accroche, impossible de s'en débarrasser.

D'un autre côté, c'est quand même stupide de laisser mes fringues, il faudra bien que je revienne tôt ou tard. Je suis chez moi, ici !

J'essaie de me détendre. Deux heures. Je ne vais quand même pas rester comme un abruti dans ma bagnole devant chez moi pendant tout ce temps ? Je sors mon téléphone et commence à faire défiler les contacts. Je suis tenté d'appeler Véronique, mais je préfère éviter de la revoir si peu de temps après notre dernière rencontre. Elle risquerait de se faire des idées. Une enveloppe m'indique que j'ai un SMS. Je l'ouvre et découvre qu'il s'agit, sans surprise, de Lola. Elle a essayé de me joindre toute la semaine et je l'ai évitée aussi longtemps.

Mais cette fois, je ne réfléchis pas ; j'ai besoin de ça, et elle aussi visiblement. Je l'appelle.

— Dante ?

Je prends une grande inspiration. Rien que d'entendre sa voix, mon corps réagit immédiatement. C'est mauvais signe, très mauvais signe…

— Ton deal, ça tient toujours ?

— Ça dépend…

— Maintenant ?

Le silence suit ma question. J'aurais pu mettre les formes… *Non, c'est mieux comme ça.*

— Je suis chez moi, tu peux passer.

— J'arrive.

Je n'attends pas qu'elle réponde, je raccroche et démarre.

8

∞

Lui

Dix minutes plus tard, je me gare dans le quartier de Lola, encore bien remonté à cause de ma discussion avec Sarah. Je profite que quelqu'un sorte de l'immeuble pour m'y glisser et je monte les marches quatre à quatre. Ça a l'avantage de me détendre un peu, même si je prévois une tout autre activité physique pour venir à bout de mes nerfs.

Je n'ai pas le temps de sonner à sa porte que Lola ouvre et m'attire à l'intérieur. Après un instant de surprise, je me jette sur elle et commence à la déshabiller. Je crois entendre du tissu se déchirer, je ne m'arrête pas et mordille ses lèvres sans cesser de retirer chaque vêtement qui fait obstacle entre nos corps. Je la soulève ensuite dans mes bras, elle entoure aussitôt ma taille de ses jambes et crochètent ses chevilles dans mon dos. Elle gémit dans ma bouche. Je nous conduis dans la chambre, me cogne sur le chemin, je n'y prête pas attention, elle non plus. Je décharge sur elle la frustration liée à ce que Sarah m'a dit, à toute cette situation pourrie et elle encaisse chaque morsure sur ses lèvres, chaque pression sur ses cuisses ; mieux, elle se cambre contre moi et en redemande. La petite Lola, si fragile…

si sauvage. Je la fais tomber sur le lit, le temps d'attraper un préservatif dans la table de chevet, là où elle m'a dit de me servir l'autre soir. Elle me le prend des mains sans un mot et le place sur moi. Elle esquisse un mouvement — je crois qu'elle essaie de se retourner, comme la dernière fois — mais je l'arrête : je ne veux pas qu'elle sente qu'elle a un quelconque pouvoir, j'ai besoin de prendre les choses en main. Alors, je me penche sur elle et la pénètre sans la quitter des yeux. Brutalement. D'un coup. Elle aspire un peu d'air entre ses lèvres entrouvertes et vient à ma rencontre. Je soulève ses jambes pour m'enfoncer en elle le plus possible. Elle gémit. Ses mains remontent le long de mes bras et agrippent mes cheveux. *Je savais que c'était une bonne idée de les laisser pousser.*

Quand je pense que je l'ai considérée comme une gamine pendant des années… Ce doit être la nana la plus sensuelle que j'ai croisée. Elle me fixe, effrontée, arrogante, tout en soupirant à chaque coup de hanches. Ça m'excite encore plus. C'est comme si elle savait exactement quoi faire pour me pousser au bord de mes limites. Comme si elle me connaissait *vraiment.* J'essaie de me contrôler pour ne pas jouir de suite : j'ai envie que ça dure encore un peu, je n'ai pas exorcisé toute la colère qui m'a poussé dans ses bras. Enfin… entre ses cuisses. Je les serre puis remonte ses chevilles sur mes épaules. Elle rejette la tête en arrière et ferme les yeux en laissant retomber ses bras au-dessus d'elle. Ses petits seins bougent à peine au rythme soutenu que j'impose. Je m'arrête pour les embrasser, je ne cherche pas à analyser pourquoi : j'ai simplement envie de la sentir sous ma langue. Elle glisse à nouveau les doigts dans mes cheveux et maintient mon visage sur sa poitrine. Je joue avec un sein et l'autre, la sens se contracter autour de moi. Elle aime ça… Et moi aussi.

Elle se redresse et cet instant suspendu dans le temps s'estompe pour laisser à nouveau la place à une étreinte plus urgente. Elle enroule les jambes autour de moi et je la soulève, comme tout à l'heure, pour la conduire contre le mur à côté de la porte de sa chambre. Je l'y plaque et ses mains trouvent appui sur mes épaules. Elle est un peu plus haut que moi, elle se penche et mordille ma lèvre. C'est le signal qu'il me fallait pour reprendre mes va-et-vient en elle. Elle laisse une main se faufiler entre nous et commence à se caresser sans jamais me quitter des yeux une seconde. Cette fille a constamment un air de défi dans le regard, même quand elle jouit : ses paupières ne se ferment pas, son menton ne se baisse pas. Elle me toise. Je la suis de près dans l'orgasme qui me submerge d'un coup alors que ses ongles s'enfoncent dans mon dos.

Je reprends mon souffle, son front contre le mien, nos regards accrochés l'un à l'autre. Je la reconduis sur le lit et l'y dépose avant de retirer le préservatif. Je me sens bien plus détendu qu'à mon arrivée, mission accomplie. Je jette la capote et sors dans le couloir sans me retourner pour récupérer mes fringues. Je l'entends me suivre, mais préfère faire comme si je ne l'avais pas remarquée. Je suis agacé, j'ignore pourquoi. Elle n'y est pour rien, au contraire : elle m'a aidé à me sentir mieux. Et pourtant, je n'ai pas envie de la voir. C'était brutal, c'était fort, c'était bon. Et ça me prend la tête.

— Est-ce que ce qui vient de se produire signifie que tu acceptes ma proposition ?

Je me retourne, elle est appuyée contre le mur, nue, sans aucune pudeur. Les bras le long de son corps, elle ne cherche absolument pas à se cacher. Et elle aurait tort de le faire, car elle est parfaite. Pas du tout le genre de physique sur lequel je me retournerais dans la rue. Trop mince. Trop petite. Pas assez de hanches, pas assez de poitrine. Et pourtant, là, sous mes yeux, je la trouve belle. Désirable. Excitante. Je me reprends avant de dire n'importe quoi et hausse un sourcil en attendant qu'elle précise sa pensée.

— Je voudrais juste savoir si, moi aussi, je peux t'appeler quand j'ai envie de m'envoyer en l'air, précise-t-elle en laissant courir sa main sur sa cuisse.

— Tu peux.

— Bien. Carmen est au courant, enchaîne-t-elle en souriant.

J'interromps mon geste, un bras dans mon T-shirt, l'autre en l'air. Je termine de l'enfiler et observe Lola comme si j'allais trouver la solution à tous mes problèmes sur son visage fin. Délicat. Tellement en contradiction avec son attitude pendant le sexe que je me demande si j'ai vraiment la même personne en face de moi. Elle me sourit toujours, de son air un peu angélique. Je finis par sortir de mes réflexions ; elle me déstabilise. Ou alors, c'est la situation qui me fait ça. Car quand je la regarde, je vois aussi Carmen. Et elle le sait.

— Et ? je lui demande en approchant un peu.

Elle ne réagit pas à ma proximité et continue, comme si elle n'était pas nue devant moi, comme si nous ne venions pas de prendre notre pied ensemble.

— Elle m'a hurlé dessus. Elle a aussi ajouté que j'étais, je cite : « un vrai garage à bites ». Je ne sais pas si cette précision t'intéresse.

Je ne peux m'empêcher de sourire. C'est tout à fait le genre d'expression que Carmen utilisait. Elle n'a jamais été une petite fleur fragile et son langage dépasse de loin celui que je peux parfois tenir. Et puis elle n'a pas tort, si je me souviens bien, dès son adolescence, Lola a toujours été une vraie Marie-couche-toi-là. Souvent avec un mec différent. Je ne sais pas pourquoi cette idée me contrarie, sûrement parce que, à mes yeux, elle reste une petite fille à protéger, malgré tout.

Je m'appuie sur le mur en face d'elle, dans la même posture que lorsque je discutais tout à l'heure avec Sarah.

— Ça la contrarie, tu crois ? je lui demande en croisant les bras.

— Oui, mais je lui ai dit qu'après ce qu'elle t'avait fait subir elle n'avait pas le droit de réagir comme ça. En fait, je pense même qu'elle n'a pas le droit de réagir du tout, mais j'ai gardé cette opinion pour moi. Elle me répète depuis longtemps qu'elle regrette.

Elle hausse les épaules avant de mettre les mains dans son dos. Ça fait ressortir sa petite poitrine. Elle croise les jambes au niveau des chevilles.

— Elle n'a pas eu une seule relation stable depuis toi.

Elle me regarde fixement, elle attend une réaction. Je suis le premier surpris de constater que cette révélation ne me fait ni chaud ni froid. Pourtant, j'aurais cru que ça me ferait plaisir. Mais non, même pas.

— Ce n'est pas mon problème, Lola.

— J'espère bien. Je te dis ça pour t'informer, certainement pas pour susciter de la pitié.

Elle me met mal à l'aise à me regarder comme ça.

— À quoi joues-tu, Dolorès ?

Elle s'approche lentement de moi. Seulement trois pas nous séparent, mais elle s'arrange pour que chacun de ses gestes m'excite et réveille tout mon corps. Elle arrive à mon niveau, se hisse sur la pointe des pieds et lève la tête. Nos lèvres se touchent presque. Je n'esquisse aucun mouvement et elle s'immobilise également. Sa main se pose sur la ceinture de mon jean avant de descendre sur la preuve que je ne suis pas insensible du tout à son attitude. Je ne suis sûrement pas en mesure d'assurer un deuxième round spectaculaire, mais elle sait exactement comment me faire réagir. À cet instant précis, je réalise à quel point cette fille est un fléau. Elle obtient toujours ce qu'elle veut, et je constate que ça s'applique à tous les domaines. Capricieuse, têtue… hum… entreprenante… Ses doigts se posent un peu plus bas et me prennent en coupe sans vraiment serrer. Son souffle contre ma bouche m'indique qu'elle est au moins aussi excitée que moi.

— Tu te souviens de la première fois que tu es venu à la maison ?

Elle cesse ses caresses et je réalise qu'elle me pose une question. J'humecte mes lèvres avant de lui répondre :

— Oui, je m'en souviens.

— Sais-tu ce que j'ai pensé, ce jour-là ?

— Honnêtement, Lola… je n'en ai aucune idée.

Elle n'a pas l'air vexée et continue :

— Je me suis dit que ma sœur était une traînée et que tu méritais mieux qu'elle. Elle passait d'un mec à l'autre, et tu étais *plus* qu'un autre.

— Ne le prends pas mal, mais ça a l'air d'être un trait de famille, non ?

Son regard se pose un instant sur un point au-dessus de mon épaule, mais elle revient rapidement sur moi et me sourit.

— Je sais. La différence est que j'assume et que je ne prétends pas être quelqu'un d'autre. Je ne te ferai pas de promesse. Je veux juste... Dante ?

— Humm ?

— Tu es pressé, là ?

— J'ai encore une petite heure devant moi.

Elle laisse sortir la pointe de sa langue et caresse mes lèvres avec. Je frémis. Je sens que je ne vais pas conserver longtemps mon self-control si on ne remet pas ça, tout de suite. Elle attrape mon T-shirt dans son poing et m'entraîne à sa suite. Elle marche à reculons, elle n'hésite pas une seconde et je la suis. Je suis hypnotisé par les petits mouvements de sa langue sur ma bouche. Elle nous fait pivoter et me pousse sur le lit pour aussitôt s'installer à califourchon sur moi. Elle se frotte contre mon érection déjà bien douloureuse, comme si nous ne venions pas d'y remédier il y a seulement quelques minutes.

Elle gémit sur moi et démarre au quart de tour. Je pose les mains sur ses seins et en pince légèrement les extrémités, ce qui la fait gémir plus fort. Je suis sûr qu'avec un peu de patience je pourrais la faire jouir de cette manière tant elle est réceptive. Je le vois dans ses yeux qui me défient toujours. Mi-clos, brillants, provocants. Je n'interromps pas mes caresses, même lorsque je réalise que je suis en train de prendre mon pied à lui donner du plaisir. Ce n'était pas le plan, mais je n'arrive pas à m'arrêter, j'aime trop voir l'effet que je lui fais. Chaque petit gémissement qui franchit ses lèvres m'excite un peu plus. Chaque mouvement de son bassin sur mes cuisses me donne envie de continuer jusqu'à ce qu'elle jouisse, juste elle. Cette fille me gonfle, elle me gonfle à un point que je ne pensais pas possible et pourtant, à ce moment, je n'ai qu'un seul objectif : lui faire du bien encore, et encore...

Sa main se faufile entre ses cuisses et elle recommence à se caresser. Les miennes enserrent sa taille pour la maintenir contre moi et apaiser la tension que je ressens. Je pourrais tout de suite y mettre un terme, mais je veux encore l'entendre gémir. Je relève les yeux et elle m'observe, les lèvres entrouvertes. Alors, elle jouit, sous sa main, sous ma langue, sous mon regard… Si je ne me contrôlais pas, je pourrais éjaculer dans mon jean tant cette vision est parfaite. Elle sur moi, qui perd le contrôle, c'est tout ce qu'il me fallait. Aussitôt, elle défait mon pantalon et me guide en elle sans jamais, pas une seconde, rompre le contact visuel entre nous. *Jamais*. Je la laisse faire. Elle m'enfonce en elle, profondément, et remonte. Une fois. Encore une fois. Ses mouvements sont lents, contrôlés, rien à voir avec les autres expériences que nous avons partagées. Et… Merde !

Je ressors d'un coup et la maintiens au-dessus de moi en la tenant par la taille.

— Lola ! La capote !

— Détends-toi, je prends la pilule…

— Non, mais il n'y a pas que ça ! Je n'ai pas envie de me choper un truc et…

— D'accord, tu sais où c'est, sers-toi.

Elle s'allonge sur le lit à côté de moi et attend, comme si de rien n'était, absolument pas perturbée. Je vais mettre ça sur le compte de son orgasme parce que je sens que sinon je pourrais facilement m'énerver. Cette fille me fait cet effet, façon douche écossaise… Je ne comprends pas comment j'ai pu penser une seconde que la rejoindre m'aiderait à me détendre. Mais en même temps, je n'ai pas envie d'argumenter deux heures, alors je fais ce qu'elle me dit. Et quelque part, je sais qu'elle est en train de me manipuler et que nous sommes à des années-lumière de ma façon habituelle de fonctionner. Bizarrement, ça ne me dérange pas. Mes gestes commencent d'ailleurs à devenir un peu trop familiers ici, dans cette chambre. Je repousse à plus tard mes réflexions et récupère un préservatif. Je reviens au-dessus d'elle et elle écarte les jambes pour me laisser la place de m'installer. Je la pénètre, elle pose les mains sur ma nuque et m'attire contre elle. Je cale mon front dans le creux de son épaule et reprends mes mouvements de hanches. Juste au moment où je sens que ça monte en moi, elle murmure à mon oreille :

— Je savais que tu viendrais…

Je ne pensais pas que c'était possible, mais ces mots m'excitent encore plus.

9
∞
Elle

Mon regard glisse sur les verres en cristal parfaitement alignés, les trois jeux de couverts, les assiettes en porcelaine fine et les trois personnes attablées avec moi. Mon père, avocat aussi droit que la loi qu'il pratique, ma mère, authentique épouse espagnole pour qui la famille est ce qu'il y a de plus important, et ma sœur, digne fille de juriste aussi psychorigide que le col amidonné de son chemisier. Encore un long dimanche qui s'annonce.

Je récupère mon téléphone dans la poche arrière de mon jean et regarde l'écran qui reste désespérément noir. Vide. Éteint. Ça fait deux semaines que Dante m'a appelée et est venu me voir. Depuis, c'est le silence radio. Pas un SMS. Pas un coup de fil. Rien. Il joue avec mes nerfs. Ou pire : il s'en contrefiche. Je préfère me dire qu'il le fait exprès pour me contrarier, mon ego le vit mieux.

Comment en suis-je arrivée à débarquer en pleine nuit chez l'homme que j'aime depuis l'adolescence alors qu'on ne s'était pas parlé pendant huit ans ? Tout ça, c'est la faute de Chris. Je nous revois ce mercredi-là au bar, en train de refaire le monde.

Comme chaque fois, la discussion a fini par dériver — sans que nous ayons bu une seule goutte d'alcool qui aurait pu justifier la tristesse de cet échange — sur le sujet préféré de mon ami : la pauvreté de ma vie sentimentale. Lui qui ne mêle jamais les sentiments au sexe a toujours eu du mal à comprendre comment je peux être fidèle à un homme qui a tout oublié de mon existence pendant presque une décennie. C'est le regard plein de pitié qu'il m'a lancé au moment où je tentais une énième fois de lui expliquer mon point de vue qui m'a fait réaliser à quel point j'avais mis ma vie entre parenthèses. À cet instant, j'ai pris conscience que je n'avais jamais tenté quoi que ce soit avec Dante. Et que c'était profondément stupide. Et qu'il fallait que je prenne les choses en main.

Au final, il m'aura fallu huit ans, le jugement de mon meilleur ami et une épiphanie venue de nulle part pour passer à l'action. Pourquoi maintenant ? Sûrement parce que j'approche la trentaine et que, lorsque je fais le point sur ma vie, il me manque un élément essentiel. Je ne veux pas devenir cette vieille fille pleine de regrets qui en veut à la Terre entière pour quelque chose qu'elle n'a jamais osé faire. Alors, ce soir-là, j'ai pris Chris à témoin et je lui ai dit « Je vais aller le voir. » J'aurais aimé que cet éclair de lucidité se produise avant, mais je me demande si, quelque part, j'étais prête pour ça. Et puis, tout ce temps passé aura sûrement été bénéfique pour Dante ; jamais je n'aurais pu succéder directement à ma sœur. Il était trop amoureux d'elle, à l'époque.

— Ne me dis pas qu'un type aurait osé poser un lapin à ma petite sœur ?

Carmen me sort de mes pensées en jubilant, bien entendu. Je devrais sûrement me sentir coupable par rapport à elle. Mais j'estime qu'elle n'a que ce qu'elle mérite. Elle avait la chance, l'immense chance de pouvoir passer le reste de sa vie avec l'homme parfait. Et elle a tout détruit. Ce qu'elle a fait est honteux, un vrai gâchis. Mais elle m'a ainsi offert probablement la meilleure occasion pour moi de tenter la mienne, de chance. Quand bien même m'aura-t-il fallu toutes ces années pour me décider. Pour autant, je ne peux pas m'empêcher de la provoquer en lui murmurant :

— Puisque tu veux tout savoir, Dante m'a demandé de le retrouver pour remettre ça, j'attends sa confirmation du rendez-vous.

Elle serre les dents et tente de tordre sa fourchette dans sa main. Elle s'est crue dans un film ? L'argenterie de ma grand-mère est plus résistante que ça.

Je l'observe attentivement. Carmen était jolie, il y a quelques années. Maintenant, elle est tellement aigrie que ça s'étale sur son visage. On dit souvent qu'une belle personne l'est avant tout à l'intérieur. Carmen est mauvaise jusqu'au plus profond de son âme. Si tant est qu'elle la possède encore. La main de ma mère se pose sur le bras de ma sœur :

— Les filles, si nous nous réunissons le dimanche midi, c'est afin de partager un agréable moment en famille. Veuillez laisser vos querelles hors de la table, merci.

Mes pensées dérivent à nouveau vers Dante, comme toujours. J'ai du mal à me souvenir quelles étaient mes préoccupations, avant. Avant qu'il ne débarque dans ma vie — pas tout à fait dans *ma* vie, mais c'est tout comme. Il a franchi le pas de la porte de chez nous et j'ai eu cette impression dont on parle dans les livres, comme si le temps se figeait et qu'il n'existait plus que lui et moi au monde. Une fois qu'il s'est trouvé dans la pièce, sa présence a occupé tout l'espace. Il n'était pas tellement baraqué, d'ailleurs il est toujours mince aujourd'hui. Musclé mais élancé, pas bodybuildé, juste ce que j'aime. Grand… même pour le commun des mortels. Il a toujours eu ce charisme incroyable qui attire mon regard comme un aimant. À l'époque, il portait ses cheveux bruns coupés plus courts, j'aime bien ce qu'il en a fait aujourd'hui… Et ses yeux clairs m'ont toujours donné envie qu'il les pose sur moi, et uniquement sur moi. Sauf qu'à l'époque, bien sûr, c'était *elle* qu'il voyait. Il était fou amoureux de Carmen ; dès le début, elle ne le méritait pas. Cinq ans plus tard, alors qu'ils allaient se marier, elle ne le méritait toujours pas.

Je n'ai pas toujours méprisé ma sœur. Enfants, malgré nos disputes, on finissait toujours par faire front ensemble. On pouvait se chamailler entre nous — on le faisait souvent, même — mais si quelqu'un venait embêter l'une, l'autre prenait aussitôt le parti de sa sœur, inconditionnellement.

Après ce qu'elle a fait subir à Dante, j'ai tenté d'en parler avec elle, pour comprendre comment elle avait pu être aussi égoïste, pourquoi elle était devenue si cruelle. Et puis elle a lâché « Il reviendra, il revient toujours. Pourquoi penses-tu qu'il soit parfait comme mari ? Ce mec est un vrai paillasson, je peux lui dire ou faire ce que je veux, il acceptera tout. L'amour c'est ça, Lola, ça rend stupide. Je ne serai jamais amoureuse. »

Soudain, j'ai vu ma sœur telle qu'elle est vraiment. Un peu comme dans ces films fantastiques où le sortilège se dissipe et où on découvre enfin le vrai visage hideux de celle à qui tout le monde vouait un culte. Carmen est tombée de son piédestal lorsqu'elle a trahi l'homme pour qui j'aurais tout supporté, pourvu de le voir comblé.

Alors oui, depuis, c'est la guerre entre nous et elle ne se doute même pas pour quelle raison je lui en veux autant. C'est sûrement ça le pire, elle est tellement narcissique que la raison lui importe peu. Ça ne l'intéresse pas. Tout ce qui ne contribue pas à alimenter le culte qu'elle se voue à elle-même n'apparaît pas sur son radar.

Vu de l'extérieur, on pourrait se dire que le jour où il l'a quittée aurait dû être le plus beau de ma vie… sauf que j'ai découvert au même moment que, s'il était malheureux, j'étais condamnée à l'être aussi. J'ai ressenti le même sentiment de dévastation, la même humiliation. C'est probablement ça le véritable amour ; altruiste.

Dante est loin d'être parfait, j'en ai conscience. Mais il est *ma* perfection. Depuis que je le connais, il a toujours pris soin de moi. Et lorsque j'ai débarqué à son studio au milieu de la nuit après huit années sans se parler, il n'a pas cherché à savoir ce que j'avais encore pu faire, il m'a accueillie. Il a beau jouer le rôle du sale type qui se moque de tout sauf de lui-même, j'ai immédiatement compris qu'il n'avait pas changé. Il est juste un peu plus difficile à atteindre.

Je repense à sa crise de colère le lendemain de mon arrivée ; j'avoue que je l'ai un peu poussé à bout. Je sais comme il est, il a ce qu'on appelle un caractère de merde, mais ça m'est égal : je l'ai toujours aimé avec ses défauts, sans aucune envie qu'ils s'estompent. Apparemment, avec les années, ils se sont exacerbés…

— Comment va Christophe ?

La question de ma mère me sort de mes pensées et je lui souris en lui répondant :

— Très bien, je crois que le bar n'a jamais autant cartonné.

— Ça fait longtemps qu'il n'est pas venu déjeuner avec nous, je vais l'inviter, un de ces jours.

Ma mère a toujours apprécié Chris, elle lui porte une affection proche de celle qu'elle avait envers Dante. Si elle savait ce que je suis en train de faire…

Mon plan en débarquant chez lui au milieu de la nuit était simple et avait pour objectif la vérification de deux points. Premièrement, je voulais savoir si j'étais désormais amoureuse d'un souvenir, d'une idée fantasmée du Dante que j'avais connu, ou s'il me faisait toujours le même effet. Deuxièmement, je souhaitais également jauger son attitude à mon égard ; est-ce qu'il allait me repousser à cause de Carmen ? Il y avait un risque non négligeable ; je l'ai pris — enfin ! — et je ne regrette rien. Car non seulement mon cœur s'est immédiatement gonflé en sa présence et je me suis sentie revivre, comme si j'avais été mise en veille durant huit ans…, mais en plus Dante ne m'a pas rejetée. Le constat a donc été sans appel : indubitablement, je l'aime encore.

D'accord, je lui ai menti. Mais j'avais besoin qu'il me prenne en pitié, c'était mon assurance qu'il n'allait pas me laisser à la porte ; après tout, je ne savais pas du tout à quoi m'attendre. J'avais beaucoup d'espoirs, et c'est ce qui m'a poussée à venir le voir ; pour autant, je n'avais aucune assurance que tout se déroulerait comme dans mes rêves. Ça faisait treize ans que j'attendais qu'il me laisse entrer… J'étais désespérée. Et je le suis toujours. À ceci près que je ne suis plus l'adolescente qui le regardait amoureusement pendant qu'il en admirait une autre.

Ma mère apporte le dessert, elle a cuisiné une tarte Tatin et je me lève pour l'aider à servir pendant que Carmen discute avec mon père. Ils parlent sûrement d'un client du cabinet, ce qui n'intéresse ni ma mère ni moi.

— Tatie Liliane te passe le bonjour, lance-t-elle.

— Comment va-t-elle ? Je ne l'ai pas vue depuis…

— Deux ans. Elle a compté, tu penses bien.

Je discute un peu des membres de la famille que je ne fréquente pas mais que ma mère voit régulièrement. Et puis je sors à nouveau mon téléphone dans un geste presque automatique. Toujours rien, bien entendu. Je me suis peut-être un peu trop avancée en imaginant que toute cette histoire pouvait fonctionner.

Pourtant, mon plan me paraissait parfait… jusqu'à ce que j'aie Dante en face de moi. À la base, je voulais juste lui donner le temps d'apprendre à me connaître et d'envisager quelque chose de solide et sérieux avec moi. J'avais prévu de rapidement lui dire la vérité, repartir sur du neuf, de la franchise. Mais le souci quand on démarre avec les mensonges, c'est qu'on s'embourbe rapidement. Et me voilà bloquée dans cette histoire d'arrangement. Je me suis bien éloignée du programme que je m'étais fixé. *Venir, voir, vaincre.* Ce n'était pas compliqué, pourtant ! À croire que j'ai une poisse incroyable, même quand je suis à l'origine d'un plan. Maintenant, j'ai trop peur de sa réaction si je lui avoue tout, je ne veux pas qu'il me voie comme une manipulatrice ; comme Carmen. Alors que, s'il découvre celle que je suis vraiment, peut-être qu'il se fichera ensuite pas mal de la façon dont je suis revenue dans sa vie ?

Tout est la faute de cette série pour ado dans laquelle ils mettent en place un système de *friends with benefits*. J'avais trouvé ça assez stupide, et pourtant c'est tout ce qui m'est venu à l'esprit lorsque j'ai proposé cette idée à Dante. Je blâme également mon état postorgasmique. On ne devrait jamais avoir le droit de parler, prendre une décision ou même répondre à une question après un orgasme. Jamais. Il nous fait voir la vie à travers un prisme qui embellit tout, à coups de petits papillons et cœurs roses qui scintillent. Le retour à la réalité est rarement beau à voir quand on a pris une décision sous l'influence des endorphines. La preuve : cette idée d'arrangement.

Je dois reconnaître que ça colle plutôt bien avec le rôle que je joue face à lui. C'est au moins ça de pris, je suis restée cohérente avec la traînée que je suis censée être. J'ai été à bonne école, ça fait des années que j'observe ma sœur exceller dans ce domaine, il m'a suffi de l'imiter. Tout est dans l'attitude et, même si j'ai très peu d'expérience en matière de partenaires sexuels, avoir un exemple sous les yeux toute ma vie m'a permis de gérer cet aspect bancal de mon stratagème. Que je sois capable de pleurer sur commande depuis toujours m'a fait gagner des points question crédibilité lorsque j'ai débarqué chez Dante. C'était la cerise sur le gâteau.

Honnêtement, je ne m'en suis pas si mal sortie puisqu'il ne me voit plus comme une petite sœur. Un point pour moi. Mais s'il ne me donne plus de nouvelles et continue à faire le mort, tout ça n'aura servi à rien. Et ce que j'ai goûté m'a donné envie d'en avoir plus. De faire partie de sa vie pour de vrai. Je ne regrette pas ce qui s'est passé, pas une seconde. C'est tellement plus que ce que j'avais, puisque je n'avais rien, que les conditions m'importent peu. Je voulais Dante, je l'ai eu. Le challenge à présent va être de le garder près de moi.

La seule certitude que j'ai est qu'il faut qu'on avance, que notre relation évolue, et pour ça, sans se voir, ça me paraît compliqué. Encore une fois, je vais devoir prendre les devants et me faire violence en m'obligeant à agir comme je ne l'ai jamais fait. Mais maintenant que j'ai mis un pied dans sa vie, je refuse d'attendre encore treize ans. Je refuse de ne pas tout tenter. Car quoi qu'il arrive, dans un futur proche, je veux pouvoir me retourner sur tout ça et me dire « aucun regret », avoir la sensation d'avoir fait mon maximum. Et ce maximum ne se limitera pas à coucher avec Dante quand ça lui chante. Prochaine étape : me confronter à lui et prier pour avoir d'ici là une idée lumineuse pour l'amener à me considérer comme plus qu'un simple plan cul.

10

∞

Elle

— Lola ?

— Oui ?

— C'est l'heure, ma belle, tu rêvasses…

Je souris à ma collègue, l'esprit encore un peu ailleurs. Je lâche mon bracelet que je faisais machinalement tourner autour de mon poignet.

— Tu penses encore à ton Dante ?

— Ça fait trois semaines, il ne m'a toujours pas rappelée…

— Ton plan craint, ma chérie, me fait-elle remarquer en prenant place derrière son poste.

Merci pour ton analyse affûtée de la situation, je ne m'en étais absolument pas rendu compte… Je ferme ma caisse en soupirant. Je sais qu'elle a raison, mais maintenant que je me suis mise dans le pétrin, je n'ai pas vraiment d'autre solution qu'attendre… ou le harceler. Depuis déjà une semaine, j'essaie de trouver le courage de retourner le voir, mettre les choses au clair, lui dire ma façon de penser sur son attitude. Cependant, je vais éviter d'en parler à Stéphanie. Je lui raconterai après, sinon elle va me faire la morale, ou essayer de m'empêcher de faire une bêtise… Et elle pourrait bien réussir à me faire changer d'avis. Or, j'ai absolument besoin de le voir. Dante, c'est un peu comme une drogue. J'ai réussi à me passer de lui pendant des années, mais maintenant que j'y ai goûté… honnêtement, je ne peux pas penser à autre chose. C'est comme si j'étais devenue une obsédée. D'accord, j'étais *déjà* obsédée par lui, mais là… nous en sommes à un stade beaucoup plus critique et ma collègue et amie le sait.

— Ta frange est trop longue, Lola, tu te laisses aller… Ce n'est pas bon signe si tu veux mon avis.

Elle me connaît bien, ça pourrait m'agacer si je ne l'aimais pas autant. Elle sait que je suis maniaque avec mes cheveux. C'est une coupe qui s'entretient, sinon ça ne ressemble rapidement plus à rien. Le fait que je ne me sois pas occupée de ma frange comme je le fais habituellement est un signe qui ne trompe pas : Dante commence à devenir nocif, je vais donc devoir remédier à tout ça. Je prépare mentalement mon plan d'attaque. D'abord, faire un saut chez mon amie coiffeuse qui raccourcira ma frange en quelques minutes. Ensuite, débarquer chez Dante. Dans cet ordre, bien sûr, car il faut que je sois à mon avantage. Voilà, ça, c'est un bon plan. Ou pas. Je ne sais plus.

∞ ∞ ∞

Aurélie a pu s'occuper de moi entre deux clientes au salon et c'est vrai que je me sens tout de suite mieux. Et puis j'ai effectué quelques préparatifs de guerre, je me sens armée comme il faut. J'ai pris une douche, je me suis maquillée, je me suis également changée, bien sûr, histoire de ne pas sentir le graillon. Le but étant de paraître à mon avantage, l'eau de toilette friture ne me semblait pas tout à fait adéquate. Bon, j'avoue… je me suis aussi épilée. Au cas où. On ne sait jamais. Ma grand-mère repassait toujours mes culottes lorsque je dormais chez elle en vacances, elle disait qu'on ne pouvait pas prévoir si on n'allait pas se faire renverser en traversant la route — oui, elle était d'un optimisme à toute épreuve… Et donc, si les pompiers sont obligés de nous enlever nos vêtements, c'est quand même mieux d'avoir une culotte bien repassée. Et propre. Sans trou. Pas la vieille culotte Petit Bateau qui date de la collection 1998 et est tellement confortable, mais aussi tellement moche.

J'arrive chez Dante vers 13 heures. Normalement, à cette heure, il est chez lui. Oui, c'est inquiétant que je connaisse aussi bien son planning… Passons. C'est un détail. L'important est que je sois presque sûre qu'il soit là. Aussi, avec le temps que j'ai passé à me faire le maillot, je n'ai plus qu'une heure devant moi avant de retourner bosser. Ça fait juste, mais ça fera l'affaire. Je peux même me contenter d'une visite de courtoisie, sans sexe, juste pour mettre les pendules à l'heure. Je frappe.

J'entends du bruit étouffé par la porte, mais il ne m'ouvre pas. Il ne va pas me refaire le coup de l'autre nuit ? J'insiste. Je ne suis pas venue pour rien, quand même.

— Dante ! C'est Lola ! Je t'entends ! Je sais que tu es là et que tu me filtres, mais tu dois remplir ta part du contrat !

J'ai presque réussi à me convaincre moi-même que j'avais confiance en moi. Avec un peu de chance, il n'y a vu que du feu.

Rien.

— Dante !

Je commence vraiment à m'impatienter et je suis sûre que ça s'entend.

Il entrouvre enfin la porte, sans enlever la chaîne de sécurité. Je me sens tellement bien accueillie…

— Tu ne réponds pas au téléphone, et maintenant tu essaies même de m'éviter quand je suis devant chez toi ! Pourquoi ne me laisses-tu pas entrer ?

— Je ne suis pas seul, qu'est-ce que tu veux ?

J'essaie d'ignorer le pincement au cœur que son attitude provoque en moi. Il est rude, tout de même… Non seulement il me fuit comme la peste, mais en plus, comme je m'en doutais, il s'envoie en l'air pendant que je me morfonds. Ne pas pleurer, surtout pas. Quand j'étais gosse, j'avais les larmes sur commande et ça me sortait de pas mal de situations. Mais en cet instant précis où elles seraient sincères, il faut absolument que je me contrôle. Je ne dois pas lui montrer à quel point découvrir qu'il ne se contente pas de moi me blesse. Bien sûr que je me voilais la face, bien sûr qu'il poursuit sa vie comme il la menait avant que je m'y incruste. Il n'a aucune idée de ce que je peux ressentir, pourquoi changerait-il d'attitude ? C'est à moi d'encaisser et de serrer les dents, comme je l'ai fait durant les années où je l'aimais en silence pendant que lui était amoureux de ma sœur. Mon avantage aujourd'hui est que la place est libre, peut-être un peu trop, d'ailleurs. Mais non, définitivement, je ne vais pas pleurer et, malgré l'effort qu'il m'en coûte, je me ressaisis :

— Je veux que tu prennes tes responsabilités dans notre arrangement, je réussis à annoncer froidement.

J'ai été à bonne école avec mon père. Je suis fière de tirer enfin une leçon de toutes les fois où je l'ai entendu parler à des clients ou à la partie adverse. Toujours donner l'impression qu'on détient toutes les cartes, qu'on est en position de force, que l'autre nous doit tout. Mais vu son air blasé, je doute que Dante soit un interlocuteur aussi facile à convaincre. Ou alors, je n'ai pas été aussi convaincante que je le pensais ?

— Écoute, Lola… Tu es mignonne, mais cette histoire entre toi et moi, ça ne va pas le faire.

Il tourne la tête et marmonne quelque chose que je ne comprends pas. J'entends ensuite la porte de la salle de bains se fermer. Sympa, il me parle comme ça devant sa nouvelle conquête ! Je respire un grand coup pour me calmer. Il n'est pas question qu'il s'en sorte aussi facilement !

— Si je ne me trompe pas, *cette histoire* te convenait quand c'est toi qui as voulu en profiter. À deux reprises.

— Désolé.

C'est tout ce qu'il a à me dire ? Qu'il est désolé ? Je retiens les larmes qui menacent de s'échapper, je vaux mieux que ça et ce serait totalement ridicule de me mettre à pleurer là, maintenant, devant lui. Je croise les bras, plus pour que Dante ne s'aperçoive pas que je tremble que pour montrer ma détermination. Je l'étais en arrivant devant chez lui, beaucoup moins maintenant qu'il me rejette. Encore. Mais si j'arrive à donner l'illusion, ce sera déjà un bon point pour moi.

— Tu me dois deux rounds.

Je réprime une grimace. Je déteste parler comme ça, mais ça fait partie du rôle… Et puis lui et moi, à mes yeux, c'est tellement plus que du sexe. Tellement plus. Pour lui non, bien entendu, je le sais. En attendant, je prendrai ce qu'il me donnera. Je m'estime heureuse d'avoir ça. Même si, pour le moment, je n'ai plus rien. Où est mon plan qui était pourtant si parfait ?

Il lève un sourcil. Je déteste quand il fait ça. Je déteste parce que, premièrement, je n'ai jamais réussi à lever un seul sourcil ; c'est les deux ou rien. Et ensuite, ça lui donne un air arrogant qui me fait fondre, parce qu'il a été établi que je suis masochiste et que plus il a l'air d'un sale type, plus il me plaît. Sauf que c'est le genre de détail qui n'atteint pas la Lola qu'il est censé connaître, alors je ne réagis pas, je ne me précipite pas pour lui couvrir le visage de baisers et j'attends. C'est à lui de parler.

Il laisse passer quelques secondes en m'observant et finit par répondre :

— Une. C'était deux fois en une.

Je rêve ou il essaie de négocier à la baisse ? *Tiens, Dante, voilà mon cœur, mon amour-propre et ma dignité. Je t'en prie, bien sûr que tu peux t'essuyer les pieds dessus, je ne vois pas où est le souci…*

— Si tu m'en donnes deux en une, ça ira, je réplique avec assurance.

Il pense qu'il s'adresse à une débutante ? J'ai discuté le bout de gras avec mon paternel toute mon adolescence pour grappiller des autorisations de sortie les soirs de semaine. Je n'en suis pas à mon coup d'essai, il ne m'impressionne pas avec son sourcil.

— Je ne crois pas que…

— C'est un peu tard pour croire quoi que ce soit, Dante. Tu as une dette à payer.

Il appuie sa tête contre le chambranle. Il n'a toujours pas enlevé la chaînette de sécurité et je commence à mal le prendre. Je ne vois que son visage et encore, seulement en partie. La main me démange parce que j'aimerais lui caresser la joue. Mais ça lui ficherait une trouille bleue et le pousserait à me fuir. Pour le coup, il ne risquerait pas d'enlever cette chaîne de sécurité. Alors, je prends sur moi et fais comme si je maîtrisais la situation :

— La prochaine fois que je t'appelle pour assouvir mes

envies, si tu me filtres, Dante, je raconterai à Carmen que je n'ai pas couché avec toi et que je lui ai menti uniquement pour la mettre en colère.

Malheureusement pour moi, c'était la bonne stratégie et ça le fait réagir. J'aurais préféré ne pas avoir à lui faire du chantage pour le ramener dans mes bras, mais je n'en suis plus à une humiliation près. Je viens de me donner l'occasion de le revoir au moins une fois. Pour la suite, j'aviserai.

Il referme la porte, je l'entends tirer la chaîne et une grande rousse à la poitrine démesurée sort en m'adressant un sourire triomphal. Bon, peut-être pas si démesurée, mais par rapport à la mienne, c'est ce que j'appelle démesuré. Je recule pour ne pas être bousculée puis reporte mon attention sur la porte. Dante m'observe. Il doit être en train de nous comparer et je sais que je n'en sortirai pas gagnante. Pas une seconde. Pour lui, je ne suis qu'une sale gosse qui lui rappelle son ex qu'il déteste…

— Tu veux boire un café ? me propose-t-il finalement.

J'hésite. Je le regarde rapidement. Il ne porte qu'un vieux pantalon de pyjama. Mais il peut porter ce qu'il veut, ça sera parfait sur lui. Surtout que ça me donne l'occasion de m'absorber un peu dans la contemplation de son torse — parfait, le torse, bien entendu. Les tatouages, c'est nouveau, il ne les avait pas, il y a huit ans. Le mot « Life » entouré d'oiseaux vintage s'étire d'une clavicule à l'autre tandis que son bras droit est recouvert de fleurs de lotus et autres feuillages délicats. Toute une contradiction avec ses muscles bien dessinés, parfaitement dosés. Je n'y changerais rien, si on me demandait mon avis. Il est la tentation même et je donnerais n'importe quoi pour décaler la ceinture qui lui tombe sur les hanches et dévoile le V. *LE V.* Avec le léger sillon brun qui en montre le chemin…

Je n'oublie cependant pas qu'il vient de coucher avec Zora la rousse, à l'instant. On ne dirait pas, comme ça, mais je possède tout de même un peu de fierté. Plus beaucoup, certes, quand il s'agit de lui mais — mince ! — je ne vais pas me donner à lui alors que le lit est sûrement encore chaud de leur partie de jambes en l'air !

— Je ne te propose qu'un café, Lola… Pas de signer un contrat de dix ans au terme duquel tu me vendras ton âme.

S'il savait que je signerais sur-le-champ un tel contrat…

Je garde cette information pour moi et hoche la tête avant d'entrer dans son petit studio. J'ignore comment il fait pour supporter la vie, ici. L'appartement est saturé d'humidité, il est minuscule, situé dans un quartier plus que douteux. Et j'aperçois une pile de factures sur la table basse. Les enveloppes sont fermées et ont l'air de s'accumuler. A-t-il les moyens de s'en sortir ? Je ne suis pas spécialement douée pour mener une enquête, mais il me semble qu'il galère pour joindre les deux bouts. Je m'appuie contre le mur du coin cuisine pendant qu'il nous prépare deux tasses de café instantané.

— Tu t'en sors ? je lui demande sans réfléchir.

Il me regarde, puis le tas de lettres, puis à nouveau moi…

— Ce n'est pas l'idéal, mais je me débrouille.

— Et la maison ?

— En vente. Sauf que pour le moment ça ne se vend pas, ce n'est pas la meilleure période.

Il me tend une tasse et s'adosse à l'évier. Je refuse de m'asseoir sur le lit, quoi qu'il arrive. Et il semble l'avoir compris car il ne me le propose pas. Je trempe les lèvres dans le café, j'aurais préféré un chocolat, mais je doute qu'il ait ce qu'il faut…

— Pourquoi ne cherches-tu pas une colocation ?

— Tu plaisantes ? Tu me vois vivre avec qui que ce soit ? Rien qu'avec mes horaires décalés et…

— J'ai une chambre de libre.

Pourquoi je viens de dire ça ? Ce n'était pas ça le plan ! Pourquoi suis-je autorisée à parler ? Il va croire que je le harcèle. Et c'est exactement ce que je fais, en plus ! D'un autre côté, j'ai vraiment une chambre de libre et il n'aurait plus à se soucier de ces factures et… Vite, une parade…

— Je te dis juste ça parce que ça contrarierait bien Carmen de savoir que nous vivons ensemble…

Il me fixe. J'ai chaud. Non, je ne coucherai pas avec lui alors qu'il vient à peine de se faire la rouquine. Question de principe.

— Pourquoi ferais-tu ça pour moi ? finit-il par me demander.

Je baisse les yeux sur ma tasse, aperçois la bosse que forme l'érection de Dante sous son pantalon, sursaute en détournant trop vite le regard et me renverse du café dessus. Mince !

Il me tend aussitôt un torchon et je m'essuie comme je peux. Lorsque je relève enfin la tête, il m'observe comme un prédateur regarde sa proie. Mon T-shirt est trempé, mais je ne céderai pas.

— Je ne suis pas un second choix, je lui lâche en lui rendant son torchon. Et c'est à moi de décider quand tu régleras ta dette… Sauf si tu souhaites la creuser, bien sûr.

Il sourit. A-t-il perçu les trémolos dans ma voix ? Peu importe, je suis forte, je ne lâcherai rien. Il s'approche lentement et se retrouve si près de moi que je sens l'effet que je lui fais, tout contre ma cuisse. Est-ce que ce type a un mode off ? Non, parce qu'il vient quand même de s'éclater avec sa gigue de trois mètres là — et je parle de la rousse, pas de son… bref. Je préfère faire comme si je n'étais pas là, à quelques centimètres de l'homme qui me hante depuis huit ans. Je ferme les yeux… et les rouvre pour plonger directement dans les siens. Bleus… ou verts… Je n'ai jamais réussi à décider, un peu des deux. Intenses. Je ne le repousse pas lorsqu'il pose doucement ses lèvres sur les miennes. Je soupire même au contact de sa langue qui vient s'enrouler autour de la mienne. Ce baiser n'a rien à voir avec les autres, rien. C'est tendre, délicat, fragile… Je reconnais celui dont je suis tombée amoureuse, même si à l'époque je ne pouvais qu'imaginer sa façon d'embrasser. Il finit par reculer, sans hâte, et je sens que je pourrais trop facilement lui tomber dans les bras. Alors c'est moi qui m'éloigne.

— Réfléchis pour la colocation. Je dois partir, je bosse dans une demi-heure.

— Je croyais que tu ne faisais rien de ta vie ?

Mince, voilà ce qui se passe quand on ment tout le temps : on s'embrouille !

— Je viens de trouver quelque chose…

— C'est bien, Lola. C'est ce qu'il faut, se bouger.

Je préfère ne pas répondre. Je ne suis plus la gamine qu'il peut féliciter. Je sors et referme la porte sans bruit avant de me précipiter vers ma voiture où je m'autorise à trembler, poser les doigts sur mes lèvres et revivre le baiser que nous venons d'échanger. Finalement, mon plan n'était pas si pourri et le Dante que je connaissais est toujours là, enfoui mais bien là. Et si j'arrive à le ramener à moi, même une seconde, alors il y a encore de l'espoir.

11
∞
Elle

Ce soir, chez toi, 21 heures, j'amène le repas, discussion, OK ?

C'est la première fois que je reçois un SMS de Dante. Je l'ai regardé toute la journée comme une adolescente lors de son premier flirt. Ça se fait d'encadrer une capture d'écran d'un SMS ? Non, hein ?

J'en suis à ma troisième tenue alors que je ne vais même pas sortir de chez moi. Je la retire pour en essayer une quatrième. Il est déjà 20 heures et il serait vraiment temps que je me décide… Bon, ce sera un jean et un T-shirt. Tout ça pour ça ! Je fais vraiment n'importe quoi. J'ai déjà les mains moites. Je dois arrêter de m'imaginer toutes les manières dont la soirée peut se dérouler. J'aurais bien aimé me dessiner un trait de liner sur les yeux, histoire d'avoir l'air quand même un peu sophistiquée. Je repense à la grande rousse, son air impeccable alors qu'elle venait de s'envoyer en l'air… j'ai envie d'être à la hauteur. Sauf que je suis trop stressée pour arriver à quoi que ce soit. J'opte pour rester au naturel, c'est plus prudent. Comme ça, j'ai l'air à l'aise, sans prise de tête… juste l'air, mais si j'arrive à faire illusion, ce sera déjà pas mal.

Vers 20 h 15, je commence à faire le tour de chaque pièce de l'appartement au cas où Dante me demande une visite guidée. Je vérifie que rien de compromettant ne traîne. Ce qui est totalement saugrenu quand on considère que je me suis retrouvée complètement nue devant lui à plusieurs reprises et que je n'ai pour ainsi dire plus rien à lui cacher.

D'accord, j'ai encore un paquet de choses à lui cacher sur moi. Comme le fait que je lui ai menti sur à peu près tout ce qui me concerne. Ma personnalité, mes prétendues boulettes, tout. Et dire que j'ai trouvé judicieux de l'inviter à vivre avec moi. Le côtoyer tous les jours… Comme si cette cohabitation ne multipliait pas les risques qu'il découvre tout et s'éloigne de moi. Carmen aussi lui a menti, pourquoi ai-je fait ça ? Je vaux pourtant bien mieux qu'elle. J'ai toujours respecté les gens qui m'entourent alors qu'elle les utilise et les jette dès qu'elle n'a plus besoin d'eux. Je vais perdre Dante, tout ce que j'aurais pu avoir, je vais le perdre parce que je ne suis pas honnête avec lui — pas tout à fait, en tout cas. Parce que je me suis lancée dans cette histoire sans filet. Parce que je suis une rêveuse incorrigible. Parce que j'ai attendu trop longtemps et que, maintenant, tout m'échappe.

Si seulement j'étais capable d'assumer cette stratégie qui ne me ressemble pas, ce serait tellement plus facile ! Mais ma sœur avait raison au moins sur un point : l'amour ça rend stupide et ça fait faire n'importe quoi.

Je sens que je suis en train de paniquer. J'essaie de me calmer, de respirer profondément… Rien à faire. Je me lève et allume mon lecteur MP3. C'est *I'll Be Watching You* qui se lance. C'est une blague ? Comme si je n'avais pas assez conscience d'être une psychopathe en traquant Dante, en surveillant sa vie, en l'incitant à emménager ici pour l'avoir au plus près de moi. Je n'avais pas franchement besoin d'un signe supplémentaire. J'avance d'une chanson et me retrouve avec *Take Me To Church*. Qui a fait cette playlist, déjà ? Ah oui, c'est moi. Je devrais la renommer « déprime assurée ».

On sonne.

Il est en avance.

Je commence à hyperventiler. C'est ridicule. Totalement ridicule.

Je vais lui ouvrir en espérant avoir l'air moins crispée que je le suis en réalité. Il se tient là, comme si tout était normal et sa décontraction compense largement mon état angoissé. Il porte un jean, comme toujours, un T-shirt uni et tient un sac de traiteur à la main. Il me sourit.

— Salut…

Ma voix me lâche, il sourit d'autant plus. Je suis pathétique. Transparente. Je m'écarte et lui fais signe d'entrer.

— J'ai pris du japonais, m'annonce-t-il en se dirigeant vers la table basse comme s'il était déjà chez lui.

Je referme et le rejoins tandis qu'il étale les plats sur la table. Euh… Il sait qu'on n'est que deux, ce soir ?

— J'ai choisi un peu de tout, je ne savais pas ce que tu aimerais.

J'ai envie de voir dans cette attention un autre signe, positif cette fois, sauf qu'en ce qui concerne Dante j'ai tendance à surinterpréter — ce qui me rend légèrement flippante, quand on y pense. Alors, je m'assois sur le tapis, en face de lui qui prend place sur le canapé. Mettre une table entre lui et moi me semble être nécessaire. Vital. Obligatoire, même. Bon, je commence à paniquer à nouveau… Il se lève et décide de venir s'asseoir à côté de moi. Beaucoup trop près. Sa cuisse effleure la mienne quand il se penche pour attraper un maki avec ses doigts.

— Tu ne peux pas utiliser des baguettes, comme tout le monde ? !

Je ne sais pas pourquoi je suis si agressive avec lui ; sûrement parce que mes réactions disproportionnées en sa présence m'agacent et que tout ça, au fond, c'est entièrement sa faute.

— Je n'ai jamais su manger avec deux bouts de bois, ça te dérange ?

Il se tourne vers moi, glisse le maki entre ses lèvres et sourit avant de mâcher et de s'intéresser à nouveau à ce qui est sur la table. Je décide d'en faire autant, même si j'ai l'estomac noué. Je détache mes baguettes et choisis un sushi sur lequel je mets une petite lamelle de gingembre confit avant de tremper le tout dans la coupelle de sauce soja.

— Tu sais que le gingembre a des vertus…

— Je sais.

Je gobe mon sushi en tâchant de l'ignorer. Je ne sais pas à quoi il joue, mais j'ai vraiment du mal à tenir mon rôle, ce soir. Peut-être est-ce à cause de la perspective qu'il accepte ma proposition de coloc et vienne partager mon quotidien ? C'était une idée absolument stupide et je me demande si je peux retirer mon offre sans mettre en péril mon grand plan de conquête…

— Tu ne m'as pas parlé du loyer. Avant de dire oui, j'aimerais connaître quelques détails.

Non, je ne peux décemment pas lui dire que ma proposition ne tient plus. Il a l'air tellement détendu, content… En même temps, qui ne le serait pas à l'idée de quitter le trou moisi — littéralement moisi — dans lequel il vit ?

— Il n'y a pas de loyer, juste les charges fixes comme l'électricité, l'eau…

— Pas de loyer ?

Il se retourne à nouveau vers moi, je me concentre sur les plats sur la table.

— Mes parents sont propriétaires.

Je n'ai pas envie de voir son air déçu, mais je n'ai pas non plus envie de lui mentir — plus que ce n'est déjà le cas, bien entendu. Certains mensonges devront le rester : je ne peux pas prendre le risque de perdre Dante alors que je commence à peine à me rapprocher de lui.

— D'accord. Tu ne m'avais pas parlé de ce détail qui change un peu la donne…

— Pourquoi ?

— Tu peux me regarder pendant qu'on discute ?

Je repose mes baguettes et pivote lentement la tête. Juste assez pour l'apercevoir, pas trop. Il m'attrape par la taille et m'oblige à lui faire face. Je ne ressens rien du tout au contact de ses mains sur moi. Rien. Du. Tout. Il ne m'aurait pas touchée, ça aurait été pareil. Je n'ai pas soupiré, je n'ai pas fermé les yeux pour profiter de ce contact et je ne me suis absolument pas laissé faire. Voilà.

— Lola, c'est quoi le souci ? Tu as changé d'avis et tu ne sais pas comment me le dire ?

— Non ! Pourquoi tu dis ça ?

— Tu as l'air… je ne sais pas… T'as un balai au mauvais endroit ? Parce que je t'ai connue plus détendue.

Je grimace. C'est de ça que j'ai l'air quand j'essaie de me

contrôler en sa présence ? C'est plutôt mal barré pour le plan séduction, ça.

— Je réfléchissais à l'incompatibilité entre notre cohabitation et l'arrangement que je t'ai proposé.

Il a raison, je parle comme si j'avais un entretien d'embauche… Mais maintenant qu'il est là, à ma portée, je voudrais qu'il découvre qui je suis vraiment, qu'on arrête ce petit jeu et qu'il y ait plus qu'un partenariat sexuel entre nous.

— Tu crois ? Parce que je me disais justement que ce serait pratique. Toi et moi, au même endroit…

Il laisse sa main reposer sur mon genou et je fais un effort surhumain pour ne pas sursauter. Ça lui donnerait une bonne occasion de se moquer de moi… et une bonne idée de l'effet qu'il me fait. Or, si nous devons vraiment vivre ensemble, il ne faut pas qu'il sache à quel point je suis… à quel point il me… Bref, mon plan me semble de plus en plus précaire.

Je ne le repousse pas, je préfère reculer un peu. Sa main retombe sur le tapis et je fais mine de m'intéresser à la nourriture tout en improvisant une excuse :

— Ça changerait tout l'arrangement. Et puis, il me semblait que tu ne voulais plus de cet accord, non ?

— J'ai réfléchi. Tu sais très bien que tu ne me laisses pas indifférent, Lola, tu l'as constaté. Et je ne pense pas être capable de vivre avec toi, te croiser tous les jours, sans jamais assouvir ce que tu provoques en moi. Donne-moi une bonne raison d'arrêter.

Ce que je provoque en lui ? Oui, physiquement, il a raison, j'ai vu qu'il l'était. Mais pour le reste ? J'aime constater l'effet que je lui fais, mais j'ai besoin de tellement plus… Je veux qu'il me désire pour ce que je suis, pas uniquement pour ce qu'il voit. Alors je l'interroge :

— Pourquoi ?

— Pourquoi quoi ? me demande-t-il avant d'attraper un california roll entre ses doigts et de le porter à ses lèvres.

Je bloque. Il lèche ses doigts après l'avoir mis dans sa bouche, et moi, je bloque. Quand il commence à laisser traîner exagérément sa langue sur son index, je réalise qu'il m'a prise en flagrant délit et je me sens devenir rouge. Ce qui est en totale contradiction avec la garce que je suis censée être. Je crois que j'ai définitivement perdu mon mojo en route. De toute façon, c'était un mojo frauduleux…

— Lola… Juste une dernière fois ?

Il sait exactement ce qu'il fait. Et surtout, ce qu'il *me* fait. Ma respiration devient laborieuse et son regard posé sur moi ne m'aide pas à me concentrer sur autre chose que lui. Lui qui penche un peu la tête et attend ma réponse. Lui qui s'incline légèrement vers moi et me séduit sans vraiment essayer… Juste parce que c'est lui.

— C'était…

Je tousse un peu pour retrouver l'usage complet de ma voix et reprends, plus sûre de moi :

— C'était à mon tour de choisir où et quand.

— Et comment.

— Pardon ?

— Où, quand et comment.

Immédiatement, des images sensuelles de nos corps enlacés viennent parasiter mon cerveau ; ce que nous avons déjà vécu et ce que nous pourrions vivre de nouveau. En quelques mots, il sait parfaitement comment m'exciter. *Sale petit…*

Une partie de moi me dit que ce n'est pas vraiment ce que je veux. Qu'un coup vite fait sur le tapis de mon salon ne m'apportera pas ce que je recherche. À savoir : plus.

Mais Dante ne veut pas plus ; il ne veut ni donner, ni recevoir.

Une petite voix me souffle qu'il s'agit peut-être, probablement même, de tout ce que je peux espérer obtenir de lui. Du sexe, rien que du sexe. Et je devrais déjà m'en estimer heureuse. J'essaie de peser le pour et le contre lorsqu'il remet sa main sur mon genou et, cette fois, la fait remonter le long de ma cuisse.

Honnêtement, je sais très bien ce dont j'ai envie. Et il le sait aussi. J'en suis à un stade où je doute fort de réussir à grimper dans ma propre estime pour ce que je m'apprête à faire, mais ça m'est égal. Complètement. Alors, je me place face à lui, à genoux et me penche en avant jusqu'à ce que nos lèvres ne soient qu'à quelques millimètres les unes des autres. Je relève les yeux, il m'observe, immobile, impassible. Je le caresse du bout de la langue et je savoure la satisfaction que je ressens lorsqu'il me soulève et m'allonge en arrière.

Sur le tapis ce sera…

Il s'étend sur moi et fait remonter mes bras au-dessus de ma tête, mes mains jointes. Ses doigts s'attardent sur mon bracelet. Il hausse un sourcil avant de me lâcher, je ne bouge pas, je le regarde. Ses yeux ne me quittent pas une seconde alors qu'il s'assoit à califourchon sur moi. Il ne dit rien, et je préfère. Évoquer le passé n'est jamais une bonne idée, en ce qui le concerne. Et je veux toute son attention sur moi sans que rien ne vienne parasiter ce moment.

Il détache les boutons de mon jean et glisse le bout des doigts dans la ceinture avant de le faire descendre lentement, très lentement sur mes jambes, sans jamais me quitter des yeux. Je me tortille pour l'aider, mais il lève les mains, paumes vers moi, et attend. Je me soulève un peu, il me plaque au sol en appuyant sur mes hanches et secoue la tête. Lorsqu'il est sûr que je ne bouge plus, il termine de retirer mon pantalon et je me retrouve en culotte et T-shirt, sur le sol de mon salon, Dante à cheval sur moi. Je suis alors convaincue d'avoir bien fait d'écouter la voix de la luxure plutôt que celle de la sagesse.

Il s'agenouille entre mes jambes qu'il écarte au niveau de mes chevilles et en saisit une des deux entre ses doigts. Il me regarde, me sourit, de ce petit sourire sûr de lui qui me donne envie de me trémousser. Ce que je ne fais pas, je ne veux pas qu'il retire ses mains de… mes cuisses. Ses lèvres viennent rejoindre ses doigts sur ma peau. Il remonte jusque sous mon T-shirt, mais évite ma poitrine et se contente de faire passer mon vêtement sagement au-dessus de ma tête. Il s'arrête à mes poignets, me regarde droit dans les yeux… et m'attache les mains en enroulant mon haut plusieurs fois autour. Je m'humecte les lèvres, j'ai la gorge sèche à force de respirer par la bouche et je vais finir par saturer mon cerveau en oxygène.

Il baisse les yeux et les remonte aussitôt tandis qu'un sourire étire ses lèvres.

— Pas de soutien-gorge, Dolorès… Tu avais prévu quelque chose, ce soir ?

Je ne réponds pas, je ne suis plus vraiment en mesure de m'exprimer de manière cohérente, je préfère me taire.

— Tu m'avais prévu… *moi*, peut-être ?

Son arrogance devrait m'énerver. Pourtant, elle me le rend surtout plus attirant.

Il retire son T-shirt, sort un préservatif de sa poche arrière et le pose sur la table. Je saisis ma chance de reprendre la situation en main. Un peu.

— Tu es venu équipé, Dante… Tu avais prévu quelque chose pour ce soir ?

— Toi. Quand une fille me dit non, je respecte ça, Lola. Et si ça doit être notre dernière fois, malgré tes excuses vaseuses auxquelles je ne crois pas une seconde, faisons ça bien. Donc oui, je t'ai prévue, toi. C'est ce que tu veux ?

Je ferme les yeux. J'aime bien m'imaginer qu'il ne s'intéresse pas à moi uniquement pour le sexe. Je serre les paupières, en faisant un petit effort, j'arrive à croire, l'espace d'un instant, qu'il est en train de se déshabiller en se disant que je suis belle, qu'il tient à moi, et que je ne suis pas qu'un divertissement purement charnel pour lui…

— Lola ?

— Humm ?

— C'est ce que tu veux ?

— Oui…

— Tu sais qu'un jour ou l'autre tu devras me dire pourquoi tu ne veux plus de cet arrangement ?

— Tu parles trop.

Je rouvre les yeux, il est allongé au-dessus de moi, sans me toucher, les mains à plat autour de mon visage. Et il me fixe. Je souris, je n'ai pas besoin de me forcer, je suis vraiment heureuse d'être là avec lui, ici et maintenant. Si c'est tout ce à quoi j'ai droit, alors je vais chérir cet instant et en profiter le plus possible. J'arrive facilement à le distraire de son inquisition en me cambrant. Il m'embrasse alors, lentement, à peine une caresse du bout des lèvres… et se redresse d'un coup. Il a l'air troublé jusqu'à ce qu'il attrape le préservatif en secouant la tête, l'enfile, retire ma culotte précipitamment et écarte mes cuisses afin de s'approcher de moi.

Il s'enfonce d'abord lentement en moi puis il écarte un peu plus mes jambes que je replie pour lui donner un meilleur accès. Il ne me quitte pas des yeux tandis que je gémis imperceptiblement à chaque coup de reins. Il reste silencieux, comme à chaque fois. J'aimerais tellement réussir à lui faire perdre ses moyens, entendre son plaisir entre ses lèvres mais je sais que cette fois sera la dernière.

Lui et moi, on vaut plus, tellement plus que du sexe. La preuve en est qu'il pourrait bien trop facilement me détruire si je nous laissais continuer sur ce terrain-là. Je tombe un peu plus amoureuse de lui à chaque fois qu'il pose les yeux sur moi et j'ai trop peur que la chute, lorsqu'elle arrivera, me soit fatale. Alors oui, à cet instant où nos corps ne font qu'un et où je m'abandonne à lui, je prends la décision de repartir de zéro. D'arrêter de jouer un rôle. Je veux qu'il me voie telle que je suis réellement. Il est temps que je sois *moi*.

Cette fois je veux qu'il me désire de la même façon que je le désire. Pour des moments comme celui-ci, pour nos regards qui se croisent à travers une pièce, pour le frôlement de ses doigts sur le dos de ma main, pour un sourire qui ne serait destiné qu'à moi, pour chaque seconde passée loin l'un de l'autre et qui le fera souffrir autant que je souffre de ses absences dans ma vie depuis huit ans.

C'est la dernière fois que nous couchons ensemble… jusqu'à ce qu'il m'aime.

12

∞

Elle

Le rituel du dimanche midi me pèse, particulièrement en ce moment, mais ma mère apprécie les repas familiaux. Et puis, aujourd'hui, je suis venue chargée d'une mission. Je sais qu'il ne me demande rien, je sais aussi que je n'ai pas besoin de faire tout ça ; je le fais parce que j'aime l'idée de rendre la monnaie de sa pièce à ma sœur. Elle avait pour fiancé l'homme que j'ai toujours aimé et ce qu'elle a fait est inexcusable. Je me sens l'âme d'une justicière en ce qui le concerne, comme s'il avait besoin d'être protégé, vengé. Ça me fait plaisir d'avoir un rôle dans sa vie, même s'il n'en a pas conscience, et je me donne l'illusion d'être utile. Ça rétablit un peu l'ordre cosmique, tout ça... Sans parler du fait que Carmen nous a amené son nouveau petit copain, Simon. C'est la troisième fois qu'il participe au repas dominical familial et ça ne peut signifier qu'une chose : elle espère lui mettre officiellement le grappin dessus. Il n'est pas méchant, juste bête. De toute façon, je pars du principe qu'un type qui tombe amoureux de ma sœur, hormis Dante, est soit stupide, soit intéressé par l'argent de mes parents. Or, Simon vient lui-même d'une famille assez fortunée et son père est un avocat presque aussi réputé que le mien. Ils sont ensemble depuis quelques mois… Qu'il soit présent ou pas ne m'empêchera pas de dire ce que je veux, de toute façon ; ça ajoute même un peu de piment à la situation. Il n'a rien fait pour mériter ça, mais c'est aussi bien qu'il prenne conscience que s'il est avec ma sœur c'est pour le meilleur, et surtout le pire.

J'attends que l'entrée soit servie et que ma mère prenne place à table avec nous. Je les observe un par un. Mon père, concentré sur ses œufs mimosa, découpant soigneusement le blanc en lamelles ; ma mère, qui sourit en se servant un verre de rosé ; Carmen, qui installe précautionneusement la serviette sur ses genoux. C'est important de les protéger, ses genoux sont souvent sollicités quand elle se fait prendre à quatre pattes sur le carrelage d'une salle de bains, par exemple… Très important. Et Simon, silencieux, un peu mal à l'aise. C'est bien, il est déjà dans l'ambiance. Lorsque chacun a avalé sa première bouchée, je me concentre sur mon assiette avant de lancer :

— J'ai un colocataire.

— Oh ! mais c'est parfait ça, ma chérie ! s'enthousiasme ma mère. Je n'aimais pas te savoir seule, c'est toujours rassurant d'avoir quelqu'un sur qui compter.

— Tu veux dire dans le cas où elle glisserait dans la douche, pour éviter qu'elle meure sur le sol de sa salle de bains sans que personne ne s'en aperçoive ? ajoute Carmen sans lever les yeux de son plat.

Je sais que ma vie lui importe peu, mais tout de même elle y va fort. Aurait-elle pressenti que la suite ne va pas lui plaire ?

— J'espère que tu lui fais payer un loyer, intervient mon père, visiblement inquiet.

On ne devient pas riche en étant dépensier, Javier Domingo

est certainement la personne la plus économe que je connaisse. Il n'est pas pingre, loin de là, mais chaque euro compte et, s'il a la possibilité de faire des économies, il en fait. Que sa propre fille ne lui paye pas de loyer pour l'appartement qu'elle occupe et dont il est le propriétaire semble tout naturel. En revanche, s'il peut en tirer un bénéfice en tapant le colocataire, c'est du bonus.

— C'est une de tes collègues de travail ? me demande ma mère.

— Non, Maman, c'est Dante.

Le bruit des couverts de Carmen heurtant le bord de son assiette attire tous les regards. Elle fulmine, je vois à quel point elle a des difficultés à se contenir et j'avoue avoir moi-même du mal à dissimuler la jubilation que je ressens. Enfin un peu de justice... Un silence embarrassant s'installe. J'en profite pour reprendre :

— Il vivait dans un studio vraiment miteux, j'avais une chambre de libre... Après ce que Carmen lui a fait subir, j'ai pensé que la famille lui devait bien ça. Donc non, papa, j'ajoute en me tournant vers lui, je ne lui demande pas de loyer. Mais il va payer sa part d'électricité et d'eau.

Il hoche la tête sans faire le moindre commentaire. J'apprécie sa réaction ; personne n'a jamais ouvertement fait de reproches à Carmen — à part moi bien sûr — mais tout le monde reconnaît cependant qu'elle s'est très mal comportée avec Dante. Et mon père approuve ma colocation parce qu'il aime que la justice triomphe, quoi qu'il arrive. *Amen.*

Ma mère ne dit rien non plus, mais je sais que c'est dû au fait qu'elle nous aime, Carmen et moi, d'un amour inconditionnel. Elle ne peut pas prendre parti et je ne le lui demande d'ailleurs pas. Je n'en attendais pas moins de sa part, c'est rassurant d'avoir cette certitude dans la famille. De savoir que, quelles que soient les circonstances, ma mère sera là pour moi, de la même façon qu'elle l'est pour ma sœur. Je sais qu'elle n'approuve pas le comportement de Carmen, elle était tout aussi choquée que le reste des personnes qui ont assisté en direct à la rupture (et aux détails dont la plupart se seraient bien dispensés, je suis sûre). Mais c'est sa fille et ce lien indéfectible passe avant tout le reste.

Simon n'a jamais été très loquace jusque-là et son mutisme ne m'étonne pas. Celle qui m'intéresse, c'est Carmen, et je sens qu'elle va exploser d'une seconde à l'autre. Mission accomplie, je peux à nouveau me concentrer sur mon repas pendant cinq… quatre… trois… deux…

— Tu te fous de ma gueule ? ! lance-t-elle enfin, récoltant un clappement de langue réprobateur de ma mère et une main rassurante de Simon sur son épaule.

— Non. Quelque chose te pose un problème, ma chère sœur ?

C'est plus fort que moi, je ne peux pas m'empêcher de la provoquer. Si ce n'était pas aussi facile de la faire partir au quart de tour, aussi… Mais elle plonge toujours la tête la première dans les brèches que je ménage pour elle. Excédée, elle se tourne vers ma mère, à la recherche d'un soutien et répète :

— Elle se fout de ma gueule !

— Je crois que Carmen vient de bugger, je trouve judicieux de faire remarquer.

— Tu ne peux pas vivre avec lui, Lola !

Son insurrection pourrait m'impressionner si elle ne venait pas de se lever en renversant son verre de vin en plein sur son tailleur qui se veut d'esprit Chanel, mais qui n'en est pas un. Il coûte sûrement plus cher, mais ma sœur a toujours opté pour le vulgaire et non pas la classe.

— Je ne vois pas pourquoi je ne pourrais pas vivre avec Dante.

Je suis épatée par mon calme.

— Papa ! Tu dois lui couper les vivres ! C'est ton devoir d'empêcher cette situation ! Tu ne vois pas qu'elle fait ça pour m'humilier ?

Si seulement elle savait à quel point son humiliation compte peu à côté du simple plaisir que j'éprouve à voir Dante chaque jour.

— Je la soutiens. Tais-toi, assieds-toi et mange.

Mon avocat de père a tranché, l'affaire est close. Quand Me Domingo s'exprime, quand le *pater familias* intervient, les autres se taisent. Je viens de gagner cette manche, je le sais, et je n'ai pas le triomphe modeste. Je souris de toutes mes dents en poursuivant le repas. Je doute que Carmen en reste là, bien sûr. C'est une question de temps avant qu'elle ne lance la contre-offensive. En attendant, je suis satisfaite d'avoir pu venger, à ma façon, l'homme que j'aime. Même si lui ne m'aime pas. Et ignore tout de mes sentiments. Bon, on se contente de ce qu'on a à disposition, hein… Je n'ai jamais dit que la situation était parfaite.

∞ ∞ ∞

Lorsque je rentre à la maison en milieu d'après-midi, Dante est installé au salon. Il y a quelques cartons qui traînent, certains vides, d'autres encore scotchés.

— Tu as commencé à emménager ?

Je pose les clés sur la petite table à côté de la porte d'entrée et slalome pour le rejoindre sur le canapé. Il est installé devant la télé. Lui ici, sur mon canapé, devant ma télé… rien ne m'a jamais semblé plus naturel. Je sais que je me leurre, mais c'est déjà une bonne chose que je sois consciente que tout ça n'est qu'une illusion, non ? Même si je ne vis pas la situation plus sereinement pour autant.

— J'ai tout apporté.

— Tout ?

Je regarde autour de nous, il n'y a pas tant de cartons que ça.

— Je louais un meublé, je n'ai pas dix tonnes d'affaires, Lola. Oui, tout est là.

Il se penche et récupère sa bière. Il en boit une gorgée avant de me la tendre, sans quitter l'écran des yeux. Je l'attrape et en avale une gorgée.

— On a oublié de parler d'un détail, finit-il par me dire au bout d'un moment.

J'avoue que je n'ai pas du tout fait attention au fait que sa série vient de se terminer et qu'il a coupé le son pour se tourner vers moi. J'étais en train de le regarder, lui, totalement à son insu. *SOS femme pathétique, vous désirez ?*

— Je t'écoute.

Je prends une allure professionnelle, étudiée méticuleusement chez Harvey Specter dans la série *Suits*, c'est important de prendre son rôle à cœur. Je ne pense pas que Dante soit dupe, mais il a le bon goût de ne pas me le faire remarquer. Même si je me tiens bien droite comme je le fais, il est bien plus impressionnant que moi, alors qu'il est vautré sur le canapé.

— Est-ce que tu as un souci si je ramène des filles ? Parce qu'étant donné que tu refuses de continuer l'arrangement que tu avais proposé je voudrais savoir si je dois toujours m'incruster chez la nana, ou la prendre à l'arrière de ma voiture, ou…

— J'ai compris ! je le coupe en levant la main.

Ma première réaction serait de lui répondre : « Bien sûr, Dante chéri, amène toutes les filles que tu veux à la maison, moi de mon côté, je prévois tout ce qu'il faut pour les éliminer et me débarrasser facilement des corps. Laisse-moi juste me mettre à jour dans *Dexter*, et on en reparle. Tu es chou. » Au lieu de ça, je souris et lui dis :

— Bien sûr, tu es ici chez toi. Je te demande juste de respecter ma vie privée, et je respecterai bien entendu la tienne. Il y a les parties communes en particulier qui devraient être des zones… tu sais…

J'agite un peu la main en l'air, il me regarde sans sembler comprendre, alors je précise :

— Ce serait pas mal que tu ne fasses rien de sexuel sur la table de la cuisine, par exemple.

— Ah oui. D'accord. Donc si je ramène une nana, c'est bon pour toi ?

Pourquoi insiste-t-il lourdement comme ça ? *Non, Dante, non, ce n'est pas bon du tout pour moi, mais vois-tu, je n'ai aucune bonne raison de t'empêcher de faire de notre appartement ta garçonnière, alors je vais juste la boucler.*

Je hoche la tête et me tourne vers la télé.

— C'était bien ton brunch en famille ?

Il prend la tablette de chocolat entamée sur la table, s'en découpe un carré et le glisse entre ses lèvres parfaitement dessinées en attendant que je sorte de ma transe pour lui répondre. *Focus, Lola…* C'est juste des lèvres. Tout le monde a des lèvres, ce n'est pas la peine d'en faire tout un plat ! Il me propose la tablette, je secoue la tête.

— J'ai annoncé à Carmen que tu t'installes avec moi.

— Et ?

Il éteint complètement la télé et m'accorde toute son attention. Jusque-là j'aurais pu avoir l'impression qu'on partageait un moment sympa, entre colocataires — d'accord, dans mon imagination, nous sommes bien plus que ça. Mais de toute façon, dès que j'évoque ma sœur, c'est perdu d'avance pour moi. Je ne comprends pas comment il peut encore être aussi intéressé au sujet de Carmen après tout ce temps. Malgré tout, ça m'a été bien utile puisque j'ai utilisé cet argument pour le convaincre de faire tout ce que je voulais : l'arrangement sexuel débile, la cohabitation débile… Bref, le plan débile que j'ai mis sur pied.

— Elle a pété les plombs, complètement… Et son copain était là, donc je pense que ça fait mot compte double.

— Elle invite quelqu'un aux repas de famille du dimanche ?

Je ne sais pas ce qui me blesse le plus : qu'il ait l'air outré que Carmen amène son copain dans la famille, ou qu'il me demande des détails. Je commence à le trouver vraiment lourd, là, il fait une fixation malsaine sur ma sœur et… d'accord, c'est l'hôpital qui se fout de la charité.

— Tu pensais qu'elle resterait chaste après toi ?

Au moment où cette phrase sort de ma bouche, je la regrette. Je vois aux traits tendus de son visage que j'ai dépassé les bornes. Aussi, il est agaçant, à force. Il pourrait commencer par me remercier d'avoir parlé de nous à Carmen. Se montrer un peu plus reconnaissant de mes efforts, tout simplement. J'ai bien vu qu'il s'est transformé en macho coureur et qu'il n'est plus tout à fait le même… mais mince ! Je mérite mieux que ça ! Oui, je mérite clairement mieux. Le souci étant que je ne veux pas mieux. Je le veux, *lui*. Et ça fait de moi une personne pitoyable qui n'a plus aucun amour-propre.

— Je suis désolée, je murmure en fixant mes mains posées sur mes genoux.

J'ai honte ? Oui, j'ai indubitablement honte. C'est incroyable, je perds tous mes moyens. Dès que je suis près de lui, je deviens cette version de moi-même qui doute de tout. C'est inquiétant. Il faut absolument que je me reprenne. Je suis en train de m'autodétruire et il n'en a aucune idée.

— On s'en fout, c'était juste de la curiosité.

Il rallume la télé, s'éloigne de moi et se met à m'ignorer. Comme si je n'étais pas là. Je suis consciente que je l'ai bien cherché, le fait est que son attitude me blesse malgré tout. Je l'observe, je sais qu'il ne regarde pas vraiment ce qui se passe sur l'écran. Je n'aurais pas dû lui balancer cette réflexion, c'est sûr. Il n'empêche que je n'aime pas le voir faire comme si je n'existais pas.

Je vaux mieux que ça.

À force de me le répéter, j'arriverai peut-être à y croire…

— Tu as besoin d'aide pour tes cartons ? je tente, afin de détendre l'atmosphère entre nous.

— Non, merci.

— Ça ne m'ennuie pas… Si tu veux, je…

— Tu veux qu'on s'envoie en l'air ? Parce que sinon, là, j'essaie de suivre le programme. Donc à moins que tu me proposes de reprendre notre arrangement, ça serait pas mal que tu appliques cette histoire de respect de vie privée dont tu parlais à l'instant.

Je le regarde sans rien dire, stupéfaite. Lui continue de fixer la télé. Je refoule les larmes qui sont en train de monter. Je ne lui donnerai pas la satisfaction de me voir pleurer. Je préfère ne pas répondre ; je me lève lentement et me dirige vers ma chambre.

— Lola ?

Je l'entends, mais je fais comme s'il n'existait pas, lui aussi. Je ferme ma porte et m'y adosse.

Ce type est vraiment devenu un enfoiré de première ! Comment ai-je pu penser une seconde que j'avais une petite chance de le rendre heureux ? Qu'il pouvait *me* rendre heureuse ?

13

∞

Elle

— Coucou ! Dante m'a dit que je pouvais venir te voir.

Je lève les yeux du magazine que je suis en train de lire tout en mangeant mon petit déjeuner. Je n'ai aucune idée de qui est la fille qui se tient à l'entrée de ma cuisine. Elle a l'air de sortir du lit, et pourtant, ça lui va bien. Moi, quand je suis encore en train de me réveiller, je peux garantir que je n'ai pas cet air glamour. Mais c'est sûrement lié au fait qu'elle vient de s'envoyer en l'air avec Dante. Je retire les boules Quiès dont je ne me sépare presque plus lorsque je suis à l'appartement et que Dante a de la compagnie.

— Oui ?

— Je n'avais pas prévu de passer la nuit ici, du coup je n'ai pas de démaquillant… Je peux t'en emprunter ?

Elle est vraiment en train de me demander ça ? Oui, elle l'est. En même temps, elle n'a aucune idée du fait que je suis lamentablement amoureuse du type avec qui elle a passé la nuit et donc, je ne peux pas lui en vouloir. En toute honnêteté, je n'ai d'ailleurs aucune raison de ne pas apprécier cette fille. Excepté que c'est déjà la troisième que je croise alors que Dante ne vit ici que depuis un peu plus d'un mois. Alors, disons qu'elle va trinquer pour tout le monde et que je la hais. Viscéralement. Mais comme je reste quelqu'un de bien élevé, je lui réponds d'un ton poli :

— Bien sûr, c'est dans la salle de bains, sers-toi.

— Merci ! Dante a raison, tu es toute mignonne, on a envie de t'adopter !

Je reste comme une imbécile à regarder l'entrée de la cuisine où elle n'est plus. C'est ce que Dante raconte sur moi ? Alors, déjà, il parle de moi : première nouvelle. Mais en plus il parle de moi comme… d'un petit animal de compagnie ? J'ai dans l'idée que ça pourrait difficilement être pire.

J'attends qu'elle sorte de la salle de bains et m'y faufile pour me préparer. C'est mon jour de congé, je ne vais pas le passer avec l'heureux couple qui est déjà en train de remettre ça d'après ce que j'entends… Il tourne au Viagra, ou quoi ? Je croyais que seuls les acteurs porno étaient capables d'enchaîner. Je veux dire, à un moment, les réserves sont vides, non ? Il faut recharger les batteries, tout ça…

Je ne m'attarde pas et me retrouve à la porte de chez moi, à 8 heures du matin. *Fantastique.* Mon plan est en train de m'éclater à la figure mais je ne m'inquiète pas, il paraît que tout le monde veut m'adopter…

Je n'ai pas cinquante endroits où me rendre à l'improviste, alors je fais un saut à la boulangerie, achète des pains au chocolat, des croissants, passe ensuite prendre un cappuccino à la vanille et un chocolat chaud. Me voilà parée pour m'incruster chez Chris.

Christophe est le seul véritable ami masculin que j'ai eu dans ma vie. Rien à voir avec le fait qu'il est gay. Parce qu'il est aussi hétéro. En réalité, il déteste les étiquettes, les cases. Il aime choquer les gens dans les soirées et déclarer qu'il est *pansexuel*, un peu comme capitaine Jack Harkness. Son goût pour la provocation n'a d'égal que son goût pour les vêtements de luxe. C'est un artiste, dans le sens le plus bohème du terme. Il aurait dû vivre dans les années 1970, en pleine libération sexuelle et des arts. Mais c'est maintenant qu'il vit et, surtout, je suis bien contente de l'avoir sous la main. Nous ne nous fréquentons pas si souvent que ça, nous n'en avons pas besoin : il fait partie de ces personnes avec qui je peux supporter les silences sans avoir besoin de les combler. Si nous ne nous voyons pas pendant des semaines, aucun de nous n'en veut à l'autre et nous nous retrouvons ensuite comme si nous ne nous étions jamais quittés. Et ça, pour moi, c'est la véritable amitié. Surtout qu'il ne m'a jamais proposé de m'adopter…

J'arrive devant chez lui et ne prends pas la peine de sonner, j'ai le code d'entrée de l'immeuble depuis toujours. Une fois face à sa porte, en revanche, je sonne. Je préfère. J'ai une clé, mais une fois, je me suis retrouvée pile devant un scénario digne de Marc Dorcel : ils étaient au moins quatre dans le salon, au moins… Je n'ai pas cherché à en savoir plus, je me suis enfuie. Alors on ne m'y reprendra plus, je m'annonce.

Je sonne encore.

Je sais qu'il est chez lui. Chris est propriétaire d'un bar hyper design et un poil sélect, le Slam, qui n'ouvre que le soir et il y travaille la plupart du temps. Donc là, il va me maudire, c'est certain, car il s'est probablement couché tard. Son rythme est en décalage par rapport au commun des mortels et j'aurais pu respecter ça. Mais la situation est critique.

J'entends enfin quelques jurons et la porte s'ouvre à la volée. Il est en caleçon. Et c'est tout. Il a ce look à la fois négligé et soigné. Ses cheveux blond cendré d'origine lui arrivent aux épaules mais il les rassemble toujours en un chignon sur le haut de sa tête. Je n'arrive pas à me souvenir s'il a suivi la mode du *manbun* ou s'il l'a précédée, mais si je devais choisir un représentant officiel de la tendance, ce serait lui. Il porte une barbe constamment naissante, je crois même qu'il possède une petite tondeuse spéciale pour avoir tout le temps pile cette longueur. Car Chris ne laisse jamais rien au hasard avec son apparence ; la preuve, il sort du lit et il est sexy. C'est injuste. Comme l'autre fille, là, chez moi. Je suis sûre qu'ils viennent tous d'une secte où le gourou serait Karl Lagarfeld. Il me fixe de ses yeux bleus qui me lancent des éclairs — Chris, pas Karl. Et même contrarié, à moitié endormi et avec une trace de drap sur la joue, il s'arrange pour être séduisant. Injuste, donc.

— Tu as de la chance d'être venue avec des munitions…, grommelle-t-il en me faisant signe d'entrer.

Je fonce à la cuisine nous préparer un plateau et je le rejoins sur le canapé où il s'est jeté de tout son long. Je soulève ses jambes et les pose sur mes cuisses avant d'attraper mon chocolat bien mérité.

— Est-ce que tu as envie de m'adopter quand tu me regardes, Chris ?

Il lève l'index pour me faire signe d'attendre, prend son cappuccino, en boit quelques gorgées. Je patiente pendant qu'il déguste un pain au chocolat lentement, très lentement. Je sais que c'est sa manière de me punir pour avoir débarqué aux aurores. Alors je prends un croissant et le picore. C'est mon deuxième petit déjeuner et les filles qui défilent à la maison commencent à me faire complexer. Elles ne doivent même pas en prendre un, de petit déjeuner, et déjà que je ne suis pas grande, si je grossis je vais ressembler à un petit tonneau. Objectivement, je suis tellement à l'opposé du type de femme de Dante que c'est incroyable qu'il ait déjà cédé trois fois. Trois fois ! Je sais que c'était surtout pour contrarier Carmen, mais même… C'est surréaliste. D'après mes observations, il les aime grandes, minces, très jolies, avec des chevelures de deux mètres… C'est un véritable cliché, en réalité. Il vise les bombes. Mais je dois reconnaître que ce genre de femme lui va bien. Depuis que Dante partage mon quotidien, j'ai pu remarquer à quel point il prend soin de son corps. Il s'entraîne souvent dans sa chambre ou, pour mon plus grand plaisir, au salon. Un matin, il a tenté de me faire faire un peu de musculation, j'ai rigolé. Et puis j'ai compris qu'il était sérieux, alors je me suis enfermée dans ma chambre.

— Tu peux répéter ta question ? Maintenant je suis un peu plus réveillé.

— Est-ce que tu trouves que quand on me voit on a envie de m'adopter ?

Il laisse traîner ses yeux sur mon corps, et ça ne me fait rien. Je connais tellement Chris, et réciproquement, que j'aurais l'impression d'un acte incestueux si je ne faisais que penser à éventuellement… Voilà, trop tard… Beurk !

— Ben… Tu es petite, mignonne… Je dirais que oui. Si on ne te connaît pas, bien sûr. Parce qu'une fois qu'on sait à qui on a affaire, tu es chiante, autoritaire, prude et…

— Une minute ! Prude ? Carrément ?

— Tu te souviens de la fois où tu es entrée dans la réserve au bar et que je…

— Stop ! Je m'en souviens parfaitement et je préférerais

que tu ne remettes pas ces images de ta débauche dans ma tête, merci.

— Prude.

— Non, décente. C'est différent. Si j'étais prude, je ne me serais pas envoyée en l'air avec mon nouveau colocataire. *Avant* qu'il soit mon colocataire.

Il se redresse d'un coup, je sauve mon chocolat in extremis.

— Là, Lola, je suis absolument réveillé. Qui ? Quand ? Où ? Et surtout : comment ?

Mais qu'ont-ils tous avec le « comment » ?

— Je ne raconte pas ma vie privée à n'importe qui.

Il me regarde sans rien dire pendant quelques secondes. C'est mon maximum. Je ne tiens jamais plus longtemps. Sûrement parce qu'avec Chris notre passe-temps préféré est de potiner. Ou, comme il le dit si bien : bitcher. Dire du mal des gens qu'on n'aime pas, ou des gens parfaits. Ce qui revient au même, quelque part. Alors je lui raconte tout, sans entrer dans les détails scabreux qu'il me réclame avec impatience tout en dégommant son deuxième pain au chocolat.

Lorsque j'ai terminé mon récit, il secoue la tête d'un air désespéré et tapote mon genou avant de me lancer :

— Tu es foutue.

Je pose la tête en arrière sur le dossier du canapé et ferme les yeux. Comme si je ne le savais pas. Dès l'instant où j'ai débarqué en pleine nuit chez Dante, j'étais cuite. En fait, non : dès le moment où il est entré chez mes parents il y a treize ans, j'ai signé l'arrêt de mort de ma vie sentimentale.

— Tu comptes faire quoi, maintenant ? Parce que j'imagine que ce doit être difficile, non ?

— Ceci est un euphémisme, mon cher.

— Oh ! C'est le jour du nouveau mot ? Je peux prendre des notes ?

— Hilarant.

— Sérieusement, Lola, tu ne fais plus ton calendrier ?

Chris fait référence à ce calendrier que Carmen m'avait offert à Noël il y a deux ans. À l'origine, elle voulait juste se moquer de moi. Je n'ai pas fait d'études, je ne travaille pas dans un cabinet d'avocats et je m'ennuie dans les soirées que mes parents organisent ; elle en a donc déduit que j'étais inculte, limite illettrée et m'a offert ce calendrier pour développer son vocabulaire. Je l'ai remerciée pour sa bienveillante coopération à mon développement intellectuel en me disant que son cadeau finirait à la poubelle et puis je me suis prise au jeu. Chaque jour, il y avait un mot un peu inhabituel à découvrir. Chris m'avait lancé le challenge de les caser dans une conversation anodine. C'est comme ça que je me suis retrouvée à dire à un client qu'il faisait bien de venir commander un menu enfant maintenant, car il valait mieux ne jamais procrastiner. Et c'est aussi comme ça que j'ai débattu en soirée sur la condition féminine en affirmant qu'il était humiliant de réifier la femme.

— Il s'est terminé il y a plus d'un an et non, je n'ai pas acheté les nouvelles éditions.

— Dommage, c'était marrant.

— Pour toi, oui, sûrement… On peut revenir au sujet principal de ma visite, si ça ne t'ennuie pas ?

— Oui, pardon : Dante. L'amour de ta vie, bla bla bla…

— Je te sens cynique.

— Sûrement parce que je le suis. C'est un trou du cul.

— J'aimerais pouvoir te contredire, mais après le coup de ce matin, j'avoue que j'éprouve quelques difficultés à le défendre.

Sincèrement, il me voit comme un animal de compagnie… Je ne crois pas m'être déjà sentie aussi mal…

— Pas même quand on faisait du roller sur la place, que tu t'étais mise en jupe pour je ne sais quelle obscure raison, que tu es tombée en avant, la tête la première, les fesses en l'air, et que tout le monde a profité de ta jolie culotte Wonder Woman ?

Je préfère ne pas répondre, j'aurais peur de devenir violente. On ne frappe pas un homme à terre et Chris vient de se réveiller, est en caleçon, et puis… c'est un homme. Par défaut, ça le place en position d'infériorité.

— Bon, je fais quoi, donc ?

— Ramène un mec à la maison, toi aussi.

— Tu sais très bien que ce n'est pas mon genre.

— Peut-être est-ce le moment de changer de genre, justement, Dolorès.

— Ne m'appelle pas comme ça, j'ai l'impression que tu vas me faire la morale.

— Parce que c'est précisément ce que je vais faire. Ça fait combien d'années que tu mets ta vie amoureuse entre parenthèses pour lui ?

— Je ne sais pas…

— Ne me mens pas, Lola…

— Treize ans.

Il me regarde, bouche ouverte, sans rien dire.

— Oh ! arrête, tu le savais très bien !

— Oui, mais te l'entendre dire… ça rend la chose encore plus…

— Pathétique ? Je sais. Et non, ce n'est pas un mot du calendrier. J'ai inventé ce mot. Il a été créé pour qualifier mon comportement et ma vie.

— Mais… Explique-moi, puisque tu sais tout ça, pourqu…

— Je ne peux pas arrêter de l'aimer du jour au lendemain ! Si c'était aussi simple, tu ne penses pas que ça serait déjà fait ? Je souffre, là, merci !

— Ne joue pas la martyre, ça ne te va pas. Personne ne t'a obligée à proposer à ce type de vivre avec toi. Tu t'imaginais quoi ?

— Je ne sais pas…

— Si, tu le sais, et j'aimerais que tu le verbalises. Ça te fera du bien.

— Ton boulot te monte à la tête, tout le monde n'a pas envie d'être psychanalysé par un barman, Chris.

— J'attends.

— Je pensais que, peut-être, il me verrait comme je suis vraiment. Et que, peut-être, ça lui donnerait envie d'avoir une fille comme moi dans sa vie.

— Alors déjà, tu n'es plus une fille depuis quoi… une quinzaine d'années ? Tu es une femme, Lola, et il est grand temps que tu te comportes en tant que telle.

— C'est-à-dire ?

— Arrête de faire une fixation sur ce mec. Ou plutôt : dis-lui ce que tu ressens.

— Euh… J'aime mieux la troisième option, si ça ne t'ennuie pas.

— Qui est ?

— Faire l'autruche ? Souffrir en silence ?

— Me réveiller à 8 heures du matin un lendemain de travail, tu appelles ça « souffrir en silence » ?

— Tu es mon ami, ton rôle est d'être disponible lorsque j'ai besoin de toi.

— Oui, mais ne pourrais-tu pas avoir besoin de moi vers 15 heures, la prochaine fois ?

J'attrape l'un des petits coussins du canapé et le lui jette dessus. Il se met à rire et repose les jambes sur mes cuisses.

— Allez, mon petit animal de compagnie, choisis un truc à la télé, je vais comater pendant que tu rumines tes options et que tu reviens enfin à la raison.

— C'est-à-dire ?

— C'est-à-dire que d'ici à quelques heures tu vas me dire « Chris, tu as tellement raison, comme toujours, et c'est pour ça que tu es adulé ! Bien sûr que je dois enfin grandir et dire à Dante que je l'aime ! »

Je lève les yeux au ciel et attrape la télécommande.

Trois heures plus tard, Chris s'est rendormi depuis longtemps et j'ai assez nourri mon cerveau de mélasse infâme diffusée sur le petit écran. J'éteins et me lève doucement pour ne pas le réveiller. Je sais qu'il a raison, je sais que, si la situation se produisait pour n'importe laquelle de mes amies, je lui donnerais le même conseil. Mais je ne peux pas m'y résoudre, pas encore. Avouer à Dante ce que je ressens pour lui, ce serait prendre le risque qu'il me repousse et je ne suis pas sûre de pouvoir le supporter. Continuer à l'aimer en silence, c'est lâche, oui, mais beaucoup plus prudent. Ça me permet de fantasmer, espérer, imaginer, vivre par procuration. Ce n'est pas l'idéal, ce n'est pas valorisant et ce n'est pas honnête du tout. Je pense cependant être allée beaucoup trop loin pour pouvoir rectifier la situation avec une simple petite déclaration. Alors, je sors de chez Chris sans bruit et prends le chemin de l'appartement. Je m'arrête acheter des plats indiens, j'en prends pour Dante, aussi… Pas pour sa nouvelle conquête, de toute façon elles ne traînent jamais longtemps à la maison, et je trouve le courage de rentrer chez moi. Avec un peu de bol, Dante sera de bonne humeur et je vais avoir l'occasion de passer un moment avec lui. Un moment sympa avec lui. Actuellement, c'est tout ce que je peux espérer avoir et ça me suffit. Je m'en contenterai. Parce que, quoi qu'en dise Chris, même si ce n'est pas parfait, c'est déjà tellement plus que ce que j'avais avant. Alors, je suis prête à serrer les dents et encaisser, pourvu que je garde Dante près de moi.

14

∞

Elle

Deux mois.

Ça fait deux longs mois que je subis les nombreuses visites que Dante reçoit. Je sais que j'avais dit que c'était mieux que rien et que j'allais m'accommoder de la situation. J'ai menti. Je suis incapable de supporter tout ça. Parfois je me demande s'il ne le fait pas exprès, juste pour me contrarier. Une façon de me faire regretter d'avoir voulu mettre un terme à notre « arrangement » dès l'instant où il a emménagé. Je n'arrive même plus à jubiler le dimanche midi ; Carmen a bien remarqué que je la ramène moins, c'est elle qui étale désormais sa satisfaction. En attendant, Simon l'a larguée et là, elle ne s'en vante pas. J'ignore si c'est suite à ma déclaration ou pas, mais je reconnais que, même ça, ça ne me remonte pas le moral. Et si je ne me réjouis même pas du fait que ma sœur se soit fait larguer, c'est mauvais signe. Très mauvais signe…

— Tu en tires une tronche…

Je regarde ma collègue Stéphanie. J'adore quand quelqu'un me fait remarquer à quel point j'ai une sale tête. Bizarrement, elle est toujours volontaire pour ça. Je l'adore pour sa franchise, je la déteste exactement pour la même chose.

— Ton Dante ?

— Ce n'est pas tant mon Dante que ses habitudes. Quand je pense qu'on me reproche d'être impossible à vivre, j'aime autant te dire que moi, à côté de lui, je suis Mère Teresa.

— Ne sois pas extrême, non plus.

— Je t'assure. Quand il ne laisse pas traîner ses uniformes de gogo-dancer, c'est les fringues de la fille qu'il a ramenée à la maison. Ils ne peuvent pas prendre le temps de se déshabiller de manière civilisée dans la chambre, non ?

— Ramène un type de temps en temps, toi aussi.

Je lui jette mon regard noir. Ce n'est un secret pour personne que j'ai une vie de nonne, et certainement pas pour elle. Pourquoi Chris et Stéphanie en sont-ils venus tous les deux à la même conclusion ? La solution à tous mes problèmes serait de m'envoyer en l'air avec un type que je connais à peine ? Sous le nez de Dante ? C'est ridicule. C'est à peine s'il a conscience de mon existence.

J'exagère… Il a parfois des petites attentions mignonnes : il me laisse un post-it sur le frigo, ou il me ramène un beignet au chocolat de la pâtisserie que j'adore, qui est à l'autre bout de la ville et où je n'ai pas souvent l'occasion d'aller. Il fait sa part du ménage, il cuisine parfois et me laisse une assiette au frigo si je ne suis pas là… Mais tout ça, ce sont des gestes amicaux. Et son amitié, je ne suis pas sûre d'en vouloir. Alors bon, du coup, je suis en train de devenir une vieille fille aigrie.

Parfait. Tout est parfait.

— Tu as terminé ton service depuis vingt minutes, ma poulette. À un moment, il va falloir que tu rentres chez toi.

— Je sais… C'est juste qu'il bossait ce soir, donc si je calcule le temps qu'il termine la soirée, qu'il ramène une fille et qu'ils aient bouclé ce qu'ils ont à faire… La voie sera libre d'ici à une petite heure. En prenant en compte mon trajet… je partirai dans trente minutes.

— Le patron ne te paiera pas tes heures supplémentaires… Ça fait déjà deux mois que tu fais du zèle et tu bosses à l'œil juste pour éviter de tomber nez à nez avec ton colocataire et sa nouvelle conquête.

— Je vais aller nettoyer les toilettes.

Personne ne veut jamais le faire et, même si on y passe tous en roulement, je sais que j'y serai tranquille. Donc, en résumé : je préfère récurer les W-C publics d'un fast-food plutôt que rentrer chez moi. À quel moment ma vie est-elle devenue aussi misérable ? Ah oui, dès l'instant où j'ai proposé à Dante de s'installer avec moi.

∞ ∞ ∞

Lorsque j'ai balancé cette proposition absurde, j'avais omis un petit détail. La chambre de Dante et la mienne possèdent un mur mitoyen. En même temps, sans lui je n'aurais jamais réalisé à quel point l'isolation phonique des lieux est déplorable. En plus, Dante a nettement une préférence pour les filles vocales, très vocales. J'ai l'impression qu'il les trouve à la sortie des castings de films porno. Je suis persuadée qu'elles surjouent et je me demande comment il peut supporter ça. Remarque, je n'ai pas vérifié mon stock de boules Quiès depuis un moment, peut-être qu'il m'en pique pour avoir la paix. Non, parce que celle qui est en train de prendre son pied, là, elle ne gémit pas : elle hurle. Beaucoup, et souvent ; un courant d'air et hop, elle jouit. En vrai, ça plaît aux hommes, ça ? Si j'étais un mec, ou lesbienne, je pense que je frapperais la fille juste pour qu'elle la boucle ! Ça me couperait tout, direct !

Je reconnais être influencée par le fait que j'arrive parfaitement à visualiser ce qui se passe à quelques mètres de moi et que, forcément, ça ne m'aide pas à rester calme, sereine et compréhensive. Au début, je l'étais — un peu plus. Mais au bout de deux mois, étrangement, j'ai les nerfs à fleur de peau. Si Carmen me voyait, elle déboucherait cette bouteille de Henri Jayer Richebourg Grand Cru 1985 que mon père lui a offerte le jour où elle est entrée au barreau. À vingt mille euros la bouteille, c'est dire si elle apprécierait ce que ma vie est devenue.

Ah… maintenant c'est le lit qui tape contre le mur.

Comme prévu, l'appartement était calme et silencieux lorsque je suis enfin rentrée — ou plutôt, lorsque j'ai enfin *osé* rentrer chez moi — mais c'était sans compter l'endurance olympique de mon colocataire.

Au-delà des nuisances sonores, j'ai aussi dû supporter Dante se promenant à poil, sous prétexte que je l'ai déjà vu nu, et venant me demander si j'avais une capote parce qu'il avait épuisé son stock. Évidemment qu'il a épuisé sa réserve : il devrait songer à investir dans une usine de préservatifs, au moins il ne les paierait plus. Je ne sais pas s'il réalise à quel point son comportement n'est pas écologique ! D'ailleurs, je pourrais le dénoncer à Nicolas Hulot, et là, le Dante, il ferait moins le malin vu son rythme ! Comment s'envoyer en l'air tout en étant écocitoyen ? Je pourrais peut-être soumettre cette idée d'émission à Ushuaia TV, quand j'y pense… On ne songe pas assez à se protéger tout en respectant l'environnement. Je suis sûre qu'on doit trouver des préservatifs biodégradables… Ou alors, je lancerais le concept et… Mais bon sang, elle ne peut pas la mettre en veilleuse, cette greluche, pendant que je mets au point une invention qui va révolutionner le monde ?!

Je me lève pour aller faire pipi, en me disant que au moins ça m'éloignera des bruits de mon voisin. En sortant dans le couloir, je croise la nouvelle. Grande, toute en jambes, brune, des cheveux jusqu'aux fesses. Elle me fait un petit signe ; j'ai de la chance, elle est habillée. Enfin, elle porte un T-shirt de Dante, je me doute qu'elle n'a rien en dessous mais bon, c'est déjà ça. Elle s'enferme dans la salle de bains. Ce n'est pas comme si j'y allais aussi, hein, après tout, je ne suis que chez moi. Je m'interroge d'ailleurs sur l'aspect pratique de sa chevelure de Vénus aux toilettes ; moi qui maintiens mes cheveux à la mâchoire depuis des années, je n'arrive pas à imaginer comment on peut vivre avec une couverture sur la tête en permanence. Je ne suis pas aveugle et je vois bien qu'aucune fille que Dante ramène à la maison n'a les cheveux courts. Une nouvelle preuve que je ne suis pas du tout son genre et que je me berce d'illusions depuis toujours. Parce que, même si je me mettais à laisser pousser mes cheveux à partir de maintenant, déjà il me faudrait une éternité pour y arriver… et en plus, de quoi aurais-je l'air ? Je suis tellement petite à côté de ces filles que je n'arrive pas du tout à visualiser ce que ça donnerait. Ah si : l'enfant cachée de Passe-Partout et Raiponce. Je retourne dans ma chambre et me plante devant la psyché.

Voilà, la fille que je viens de croiser est tellement à l'opposé de moi que parfois je me demande si je n'ai pas rêvé le fait que Dante et moi avons déjà couché ensemble. Que je lui ai fait de l'effet. Qu'il a été excité en me regardant… Ça me semble surréaliste. C'était il y a quoi… deux mois ? Et pourtant, j'ai l'impression que c'était dans une autre vie. Une vie où j'avais encore envie de croire que lui et moi ce n'était pas qu'une chimère d'adolescente amoureuse. Parce qu'en toute honnêteté c'est ce que je suis restée.

Je soupire et m'allonge sur mon lit. Cette fois, je prends mes précautions et embarque mon lecteur MP3 avec moi. Je tourne le dos au mur que je partage avec Dante, comme si ça pouvait m'isoler un peu plus des sons qui en émanent, et enfonce les écouteurs dans mes oreilles. J'ai investi dans ce modèle qui coupe absolument tous les bruits externes, question de survie. Je lance la musique en random, comme toujours. J'ai des goûts tellement éclectiques que j'ai souvent des surprises avec des morceaux dont j'avais oublié l'existence.

Là, c'est *What's Up !* qui démarre, vestige d'une époque qui ne m'aide pas beaucoup à me sentir mieux, car lorsque j'écoutais les 4 Non Blondes étant ado, j'étais déjà amoureuse de Dante. C'est peut-être Chris qui a raison après tout. Et Stéphanie aussi. Je ne vais nulle part, comme ça. Je tourne en rond depuis tellement longtemps que j'ai eu l'impression qu'avoir Dante près de moi au quotidien m'aiderait à avancer. Mais ça n'a rien changé, ça a même empiré la situation. C'est dans ces moments-là que je me mettrais des baffes pour lui avoir proposé de venir chez moi. D'un côté, je préfère le savoir ici que dans le trou à rat où il vivait ; de l'autre, je m'en veux de m'infliger ça. Au moins une fois par semaine, il revient accompagné. Je me portais mieux lorsque j'ignorais tout de sa vie. Bien sûr je me doutais qu'il n'était pas chaste et pur, mais au moins il ne faisait pas ça sous mon nez. Pourtant, je n'ai pas le droit de me plaindre car j'ai provoqué ce qui m'arrive.

Comme souvent ces dernières semaines, je m'endors en pleurant.

∞ ∞ ∞

Je sens le lit s'affaisser et je sursaute. *Live and Let Die* résonne à fond dans mes oreilles et je mets un moment à comprendre ce qui se passe. M'endormir avec du hard rock à toute berzingue, il faut le faire. J'ouvre les yeux et découvre Dante, assis sur mon lit, et je distingue le sourire sur son visage grâce à la lumière du couloir qui filtre par la porte entrouverte de ma chambre. Qu'est-ce qu'il fait là ?

Je retire mes écouteurs et le regarde tout en émergeant lentement.

— Hé… Désolé de te réveiller.

Je l'observe en silence quelques secondes. Pourquoi suis-je tombée amoureuse du seul type de qui je ne pourrai jamais rien obtenir en retour ? Je suis fatiguée de tout ça. Et pas bien lucide, encore… Je ne sais pas quelle heure il est, mais c'est la nuit. Et la présence de Dante dans ma chambre ne me dit rien qui vaille. Épuisée, en colère contre lui, contre la situation, contre moi, je le pousse et lui balance :

— Non, Dante, je n'ai pas de capote ! Non, je n'ai pas de démaquillant ou de tampon pour ta copine ! Et non, je ne veux pas un plan à trois avec la rousse de l'autre jour !

Je crie sans me soucier de si la brune est encore là et m'entend. Je crie sans me soucier de ce que Dante va penser de moi. Je crie sans me soucier des larmes qui roulent sur mes joues et me rappellent à quel point je suis misérable. Il ne répond rien, il a l'air sous le choc de ma réaction. Eh oui, même un petit animal de compagnie peut parfois se rebeller !

— Qu'est-ce que tu veux ? !

Je jette mon lecteur sur mon bureau et il recule, comme si j'allais le frapper. Il pense vraiment que je pourrais le frapper ? Il m'a bien regardée ? Ça lui ferait sûrement l'effet d'une goutte de pluie si je m'amusais à lui en coller une !

— Tu pleures ? finit-il par dire en posant le pouce sur ma joue.

Il recueille une larme, et une autre… Je le repousse d'un revers de la main et attends qu'il me dise ce qu'il veut afin de pouvoir retourner m'apitoyer tranquillement sur mon sort.

— Tu as des soucis ? Pourquoi tu pleures, Lola ? Tu peux m'en parler…

Pourquoi il a l'air inquiet comme ça, surtout ? Il se fiche pas mal de ce qui peut m'arriver. Je ne réponds rien, je le regarde et treize années me reviennent en plein dans la tête, effet uppercut garanti. Treize ans d'amour unilatéral, c'est douloureux. Il s'approche et me prend dans ses bras. Je ne résiste pas, je ne le repousse plus, mais je reste inerte durant quelques secondes.

— Dolorès… dis-moi…

— C'est toi…

Je crois que je vais regretter ce que je m'apprête à dire. Je le sais. Mais je ne peux plus me taire. J'ai besoin d'extérioriser. Chris et Stéphanie ont raison… C'est maintenant ou jamais. Parce que si je réfléchis je n'aurai jamais le courage d'aller plus loin. Alors je lâche complètement la bride et entoure son visage de mes mains avant de l'embrasser sur les lèvres ; rapidement, de petits baisers mouillés de larmes… des caresses salées. Il ne réagit pas.

— Dante… Tu ne vois vraiment pas ? Depuis tout ce temps ?

Je l'embrasse encore. Il ne détourne pas la tête, me rend maladroitement mes baisers. J'ai conscience que ses lèvres étaient sur une autre il n'y a pas longtemps, mais juste… ça m'est égal.

— Je t'aime…

Je le chuchote d'abord. Et puis je le répète, entre chaque baiser, je me sens un peu plus libérée à chaque fois que je le lui dis. Et puis d'un coup, il pose les mains sur mes épaules et me tient à distance. Loin de lui. Et je réalise que j'ai fait une connerie. Une grosse connerie. Parce que je vois dans ses yeux que je suis en train de le perdre. Pour de bon. Et je me rappelle pourquoi, jusqu'à présent, je gardais mes sentiments pour moi. J'en veux à mes amis alors qu'ils n'y sont pour rien. Je ne suis pas rationnelle, je ne l'ai jamais été en ce qui concerne Dante.

— Je ne comprends pas.

Ce n'est pas la réponse à laquelle j'ai rêvé si longtemps… Je ne réplique rien, bien sûr. Il m'observe, perdu ; je ne l'ai jamais vu comme ça. J'attends. Et il finit par se reprendre, je le vois à son regard qui se durcit et je le sens à ses mains qui se crispent un peu sur moi.

— Je vais déménager.

Voilà, on y est. J'ai tout gâché.

Il sort sans rien ajouter et moi, je ne dis rien. Un objet attire mon attention sur le lit, juste à côté de l'endroit où Dante était assis à l'instant. Je l'attrape. C'est un petit paquet cadeau.

Mon anniversaire. Il a pensé à mon anniversaire. Je prends

mon téléphone sur ma table de chevet. Il est plus de minuit. Il est venu me réveiller pour me souhaiter mon anniversaire et m'offrir mon cadeau. Il m'a fait un cadeau.

Ça fait officiellement treize ans qu'il est entré dans ma vie.

15

∞

Elle

Treize ans plus tôt

— Lola !

Sérieux, je pourrais au moins avoir le droit de faire la grasse matinée aujourd'hui !

— Lola !

La porte de ma chambre s'ouvre et va taper contre le mur, faisant trembler mon cadre-miroir de Bob Marley. Si elle le casse… Je crie :

— Sors de ma chambre !

Elle commence à tirer ma couverture, je vais la frapper.

— Carmen !

— Dante va arriver dans une demi-heure et tu n'es même pas habillée.

— Ça ne t'ennuie pas qu'aujourd'hui ce soit mon anniversaire ?

— Non, pas du tout : bon anniversaire !

Elle saute sur mon lit et me prend dans ses bras. Elle sait que je ne vais pas rester fâchée longtemps. Enfin, quand même, j'aurais bien aimé dormir un peu, ce matin.

— T'as pas mis d'Eau Précieuse ? me demande-t-elle après m'avoir embrassée sur les joues.

— C'est une façon sympathique de me dire que j'ai une sale gueule ?

— Dolorès Anita Domingo ! Avoir quinze ans ne te donne pas le droit de parler de cette façon, lance ma mère. Bon anniversaire, ma chérie, ajoute-t-elle en passant la tête dans la pièce.

Ma sœur et moi rions en silence pendant qu'elle s'éloigne dans le couloir. C'est bien ma veine, ça... Dès que je dis un gros mot, je peux être sûre que ma mère est dans le coin. Mais je m'estime heureuse : ce n'était pas mon père. En tout cas ça fonctionne, j'en dis de moins en moins !

— Pourquoi tu ne vas pas prendre une douche pendant que je te prépare ton petit déjeuner ? Et n'oublie pas de te brosser les dents. Et de te coiffer. Et de...

— Je pense que j'ai compris le message...

Je me lève et entre dans la salle de bains que nous partageons. Je me cale devant le miroir. Elle a raison, j'ai vraiment une sale tête, ce matin. Pour ma défense... Non, je n'ai pas de défense. Je repère un énorme spot blanc et j'attrape la bouteille d'Eau Précieuse que ma mère m'a achetée à l'apparition de mon premier bouton d'acné l'an dernier. En même temps, si ce truc était vraiment efficace, les boutons auraient arrêté de me défigurer. Enfin, ça pourrait être pire, il m'en sort un seulement de temps en temps, au moment de mes règles, bien sûr. Comme si avoir des crampes dans le bide et une humeur massacrante ne suffisait pas. Je parie que y en a un là-haut qui s'est dit : « Et si on leur refilait un gros bouton purulent pile à un endroit impossible à camoufler... Genre... au milieu du nez, oh mieux : le coin de la lèvre ! »

J'ouvre l'eau de la douche que je laisse couler longtemps pour qu'elle soit bien chaude. Je fais pipi en bâillant et saute sous le jet. Je ne comprends pas pourquoi Carmen tient tant à ce que tout le monde soit présentable pour l'intronisation de son nouveau copain. Le dernier n'a même pas remarqué que j'existais ; c'est sûr, il ne matait que les seins de ma sœur et, dans ce domaine, j'ai du mal à concurrencer qui que ce soit. J'en ai un peu, mais vu ma taille, je n'ai de toute façon pas envie que ça pousse trop, ça ferait bizarre. C'est comme mes cheveux, je ne me vois pas les porter plus longs que la mâchoire, ça me donnerait l'air ratatinée. Et puis Alex a dit à Magali qui l'a dit à Sophie qu'il trouvait ça mignon, ma coiffure. *Mignon*…

— Lola ! Ça fait deux heures que tu es là-dedans ! Ton chocolat va refroidir !

Si on ne peut plus fantasmer tranquille…

∞ ∞ ∞

Je n'en reviens pas !

— Mais… ça marche comment ?

Mon père me prend le petit machin blanc des mains et se met à m'expliquer :

— Ça s'appelle un iPod, tu as vu la pub, non ? Des gens qui dansent en silhouettes sur un fond coloré ? Non ? Tu branches ça sur l'ordinateur, tu mets des MP3 dessus et ça marche comme ton vieux baladeur CD, sauf que ça prend moins de place. Et que c'est moderne.

Mon père, sous ses airs austères, a toujours été à la pointe de la technologie pour tout. Il aime avoir le dernier gadget à la mode, même s'il ne s'en sert pas longtemps. Ce qui l'intéresse est de tester, examiner et savoir. Et donc, pour mes quinze ans, il m'offre un baladeur CD, sans CD.

— Je t'ai déjà mis des chansons dessus, ajoute-t-il en me le rendant.

Là, j'ai peur.

— Du genre ?

— Du genre de celles que j'ai trouvées disponibles sur iTunes Music Store.

— J'ai l'impression que tu me parles une autre langue…

— Ça, ma fille, c'est parce que tu es toujours en train de lire ces trucs, là…

— Harry Potter ? Tu viens vraiment de traiter Harry Potter de « truc » ?

— Les livres, c'est bien, d'accord. Mais être au courant de ce qui se passe en son temps, c'est tout aussi bien. Crois-moi, bientôt on aura des appareils comme ton iPod pour lire.

J'éclate de rire. Et pourquoi pas des ordinateurs de poche sans clavier ? Je me lève et vais l'embrasser pour le remercier, car je sais que son cadeau est une belle attention, même si je vais devoir le partager avec lui les premiers temps.

Je suis malgré tout curieuse de découvrir quels sont les morceaux qu'il a choisi d'y mettre. Je glisse les écouteurs dans mes oreilles et appuie sur le bouton « play » ; au moins cet appareil a conservé la signalétique habituelle de la petite flèche, c'est déjà ça. La musique démarre et je reconnais aussitôt The Clash et leur tube *Should I Stay or Should I go*. Ouf ! Il est resté dans des classiques. Un des rares points communs que j'ai avec mon père, c'est notre goût pour le rock en général. Mais je me doute que dans le lot il a dû incruster un titre de Pavarotti.

Je retourne dans ma chambre en chantonnant. Il paraît que ça ne se fait pas de recevoir quelqu'un en pyjama, même si c'est un pyjama propre. J'avais prévu de passer la journée à ne rien faire, mais non… Je pourrais en vouloir à Carmen d'avoir choisi pile ce jour pour nous présenter son nouveau copain, mais je sais qu'elle fait ça pour que ça passe mieux. Mes parents sont distraits par mon anniversaire, ils vont vouloir rester aimables et de bonne humeur parce que c'est comme ça qu'on fête les anniversaires chez nous. On appuie sur « joie » au réveil et on en profite à fond jusqu'à minuit. Alors je ne lui en veux pas, je l'aime trop pour ça. Ce que je me garderais bien de lui dire, elle serait capable d'en abuser !

Je pioche dans mon armoire mon pantalon treillis imprimé armée, un débardeur noir moulant, un sweat à capuche imprimé « Sauvez un arbre, mangez un castor » et je zappe l'étape soutien-gorge, c'est inconfortable et, dans mon cas, totalement inutile — si je lève les bras, tout remonte par-dessus mes seins. Je me coiffe, aussi, puisque Carmen me l'a subtilement demandé. C'est rapide, un petit coup de sèche-cheveux pour bien mettre ma frange en place, le reste fait sa vie.

— Ah ! Tu es habillée… Je crois qu'il arrive… Je suis comment ?

— Stressée ?

— Allez, dis-moi !

— Belle, tu es belle, Carmen. Et je te rappelle qu'il te connaît déjà, donc s'il vient ici, c'est qu'il sait que tu es capricieuse, élitiste et insupportable et… hé !

Je lui renvoie le coussin qu'elle vient de me jeter dessus, mais la bataille s'arrête lorsque la sonnette de la porte retentit. Carmen pousse un petit cri et part en courant, je lève les yeux au ciel et la suis, mon cadeau d'anniversaire dans la main, les écouteurs dans les oreilles diffusant Indochine tentant un come-back avec *J'ai demandé à la lune*. Je m'assois sur la dernière marche de l'escalier et jette un œil distrait lorsque Carmen ouvre la porte.

Quand son regard croise le mien, je tombe irrémédiablement amoureuse.

— Lola, je te présente Dante. Dante, voici ma petite sœur Dolorès, mais tout le monde l'appelle Lola.

Je me lève, j'ai les mains moites. Je manque faire tomber mon iPod et le glisse maladroitement dans ma poche ; j'ai l'impression d'être complètement empotée. J'essaie de sourire, je suis sûre que je suis ridicule. Dante s'approche de moi en souriant. Il me fait la bise et je décide de ne plus jamais me laver les joues de ma vie.

— Bon anniversaire, miss !

Il me tapote la tête. Je ne me laverai plus jamais les cheveux non plus.

Il se retourne et Carmen lui prend la main avant de le conduire au salon où sont mes parents. Je voudrais réussir à faire un pas, pour les suivre, mais j'ai peur. Et s'il me voit comme la petite sœur collante ? Je ne veux pas qu'il s'imagine que je vais les suivre partout, il faut qu'il pense que j'ai une vie… Mais si je remonte dans ma chambre, il va se dire que je suis asociale, non ? Je ne sais pas quoi faire, je suis perdue…

— Je vais téléphoner !

Après mon annonce, j'attrape le sans-fil et monte me réfugier dans ma chambre.

— Allô ?

— Bonjour, c'est Lola, est-ce que Sophie est là, s'il vous plaît ?

— Je l'appelle…

Je commence à me ronger les ongles en l'attendant et puis

j'arrête. Ce n'est pas sexy, une fille qui se ronge les ongles… Pas du tout, même. Carmen a les ongles un peu longs, super bien limés, elle se fait faire une manucure une fois par mois par sa copine qui s'est mise à son compte. Je pourrais lui demander d'en faire une avec elle la prochaine fois…

— Bon anniversaire, Lola ! Je ne pensais pas que tu serais déjà réveillée !

— Tu crois au coup de foudre ?

Un blanc suit ma question.

— Sophie ?

— Non mais… Et Alexandre ?

— Qui ?

— Tu es sérieuse ?

— Ah oui, pardon… Alexandre… il ne sait même pas que j'existe.

— Il a dit que ta coup…

— Je viens de tomber amoureuse, Sophie, suis un peu !

— Mais de qui ? Tu es où ?

— Dans ma chambre, où veux-tu que je sois ?

— Comment tu peux tomber amoureuse chez toi ? Le jardinier ?

— Le copain de ma sœur.

Au moment où je le dis, je sens que ce n'est pas du tout une bonne idée. Ni de tomber amoureuse de lui, ni d'en parler. Mais à Sophie, je peux.

— Tu crains, Lola… Vraiment. Déjà, il a quel âge ?

— Je n'en ai aucune idée. Mais on s'en fiche. C'est un homme !

— Un vieux, quoi…

— Pas du tout ! Tu trouves ma sœur vieille ? Parce que je

crois bien qu'ils doivent avoir à peu près le même âge, je suis pas sûre…

— Pour une fille c'est pas pareil. Mais pour un mec…

— Ça ne t'ennuie pas, toi, ces types boutonneux au lycée ?

— Dans la mesure où j'ai aussi la tronche couverte de boutons, je me sens plus dans mon élément avec eux qu'avec le mec de ta sœur.

— Tu dis ça parce que tu ne l'as pas vu.

— Il est comment ?

— Beau, parfait… sexy…

— Ça ne m'aide pas beaucoup, là…

— Il est brun, ses cheveux sont très courts, tu sais presque comme à l'armée… tu crois qu'il est dans l'armée ? Non, Carmen nous l'aurait dit…

— Tu t'égares.

— Les yeux clairs, bleus ou verts, je ne sais pas trop… Les lèvres fines mais bien dessinées. Il est grand.

— N'importe qui te semble grand.

— Non, il est même plus grand que Carmen, je sais ce que je dis.

— Et il sort avec ta sœur, tu te souviens ?

— Elle ne reste jamais plus de quelques semaines avec ses copains !

— Ton plan c'est d'attendre qu'elle le quitte et tu iras le consoler ?

— Pourquoi pas ?

— Je sais que c'est ton anniversaire et que tu as tous les droits aujourd'hui, mais pas celui de piquer le mec de ta sœur.

— Je ne tenterai rien tant qu'elle est avec lui, bien sûr !

— J'aime mieux ça.

Je suis déçue, je pensais qu'elle serait au moins aussi excitée que moi par la grande nouvelle. En fait, c'est une rabat-joie. J'aurais dû appeler Magali.

∞ ∞ ∞

Je suis assise en face de Dante Novelli.

Je n'arrive pas à détacher les yeux de mon assiette, car j'ai peur de faire une fixation sur lui et qu'il me prenne pour une gamine.

— Tu as eu un cadeau de ton Alex ? me demande Carmen au milieu du repas.

Je relève la tête, je voudrais la supplier du regard de ne pas aborder ce sujet, mais Dante remarquerait aussitôt mon expression et je dois rester cool. Détendue.

— Ce n'est pas *mon* Alex. Il sort avec une fille en ce moment…

— Oh ! mince… Désolée, Lola… Je pensais vraiment que cette fois il finirait par s'intéresser à toi. Mais tu es allée lui parler ?

Je hausse les épaules. Elle m'aurait demandé tout ça ce matin, il s'en serait suivi une longue discussion sur toutes les stratégies auxquelles j'avais pensé pour approcher Alexandre et lui signaler mon existence. Mais maintenant, ça me semble totalement futile par rapport à Dante. Je sens qu'il me regarde pendant que je discute avec Carmen, j'espère que je ne suis pas en train de rougir… J'espère aussi que je n'ai rien entre les dents…

— Un type qui n'a pas vu comme tu es mignonne, c'est un imbécile, déclare Dante avant de me faire un clin d'œil.

— C'est ce que je lui dis depuis des mois, marmonne mon père.

Je crois que je peux mourir heureuse. Et cette fois, j'en suis sûre, je suis rouge écarlate. Il faut que j'appelle Sophie… non, Magali, pour lui raconter ça ! Il pense que je suis mignonne ? Il pense vraiment que je suis mignonne ? Alex pense que ma coupe de cheveux est mignonne, mais Dante, lui, c'est moi tout entière qu'il trouve mignonne.

— On pourrait lui offrir son cadeau avant le dessert, non ? Elle l'a bien mérité ! déclare ma sœur en me souriant.

— Mais oui, vas-y, ma chérie ! l'encourage ma mère.

Elle se lève et revient quelques secondes après avec un petit paquet bleu dans les mains.

— De notre part à Dante et moi.

Elle dépose une bise sur ma joue et le paquet devant moi.

Dante a participé à mon cadeau ?

Dante m'a offert un cadeau d'anniversaire alors qu'il ne me connaît que depuis quelques minutes ?

— Merci…

Ma voix n'est qu'un faible filet, alors je tousse et retente le coup, un peu plus sûre de moi.

— Ouvre ! me dit Carmen en reprenant sa place.

Dante entrelace ses doigts aux siens et je me rappelle soudainement qu'ils sont ensemble. Je me focalise sur le paquet pour ne pas déprimer à la vue de leurs mains jointes. Je défais le ruban de la jolie boîte turquoise et reconnais d'un coup le nom. Je relève la tête et souris à ma sœur. Elle s'est rappelé ça… Je n'arrive pas à le croire ! J'ouvre l'écrin et découvre un bracelet argenté, fin, orné de plusieurs signes de l'infini.

— Je savais que tu rêvais d'un bijou de chez Tiffany depuis

que tu as vu le film avec Audrey Hepburn… Et Dante a trouvé que le symbole de l'infini était parfait, tu sais, pour que tu puisses accomplir ce que tu veux dans ta vie, sans aucune limite.

Je crois que je vais pleurer. Je me lève, me précipite et fais le tour de la table pour embrasser ma sœur, je la serre dans mes bras et, quand je me redresse, Dante me tend les siens, tout naturellement. Alors, je m'y blottis et il pose les mains dans mon dos. Je sais que c'est innocent pour lui, et que ça doit le rester pour moi, mais j'ai aussi la certitude que je viens de rencontrer celui avec qui je me marierai un jour.

16

∞

Lui

De nos jours…

— Hé, réveille-toi !

Je secoue un peu la fille… Marie, je crois ? Je ne sais plus, peu importe.

— Quoi ?

— Tu dois partir.

— Pardon ?

Je la regarde sans rien dire, les bras croisés, j'attends qu'elle réagisse. Heureusement, elle n'est pas trop longue à comprendre et soupire avant de se rhabiller.

— Je peux te laisser mon numéro ?

— Non, merci.

Elle n'ajoute rien et j'entends la porte d'entrée lorsqu'elle sort. Voilà, ça, c'est simple. Et j'aime la simplicité. Pas qu'on me prenne la tête avec des situations alambiquées. Surtout quand Lola vient de me balancer une information de taille à digérer. Je ne suis même pas certain de réaliser ce qu'elle m'a dit. Tout ce que je sais, c'est que je dois m'éloigner d'ici, d'elle, et vite.

Comment peut-elle me proposer de vivre avec elle si elle est… Je n'arrive même pas à le formuler.

J'attrape un sac de sport, pour ce soir je vais me contenter du minimum. Je reviendrai quand je serai sûr que Lola est au taf et que je ne risque pas de la croiser. Parce que là, tout de suite, j'ai vraiment besoin de ne pas la voir. Comment ai-je pu être aveugle à ce point ? ! Même maintenant qu'elle me le dit, je ne suis pas sûr d'y croire. Je veux dire… C'est une gamine !

Non, en fait non. Si je suis tout à fait honnête, elle n'est plus une gamine et j'en ai eu la preuve bien concrète à plusieurs reprises. Mais cette nana est comme moi, non ? Elle s'amuse, elle s'envoie en l'air sans réfléchir, elle profite à fond de la vie. En fait, je suis sûr qu'elle n'est pas vraiment amoureuse de moi, elle croit juste qu'elle l'est. Mais c'est cette histoire de colocation, ça lui est clairement monté à la tête. C'est pour ça que je dois partir, maintenant. Je vais aller à la maison, de toute façon on n'a même pas encore eu une seule offre depuis qu'elle est en agence, et si Sandro sait que je m'y installe, il fera en sorte d'éviter d'y aller. C'est temporaire. Je ne sais pas du tout ce que je vais faire, mais je vais trouver. Et la solution n'impliquera pas la petite emmerdeuse de la chambre à côté.

Je fourre des fringues en vrac dans mon sac, je prends le strict minimum… Je m'habille rapidement, mets mes chaussures et sors dans le couloir. Je n'entends pas un bruit ; si elle s'est rendormie, c'est parfait, je ne me sens pas du tout de la croiser, pas dans l'immédiat. Au moment où j'atteins la porte, je l'entends arriver en courant derrière moi. Ça aurait été trop beau que je réussisse à m'échapper aussi facilement.

— Attends, j'ai dit n'importe quoi, c'était…

Sa phrase se termine dans un boucan atroce, ponctué d'un cri qui me décolle les tympans. Je lâche mon sac, me retourne, et découvre Lola affalée juste derrière moi. Elle hurle encore, comment un si petit bout de femme peut-il avoir autant de coffre ? Je m'agenouille devant elle et la retourne doucement. Elle crie encore plus fort et je découvre pourquoi. D'accord… je peux gérer ça.

— Lola, ne bouge pas… et crie un peu moins fort pendant que j'appelle les pompiers.

— Les pompiers ? Pourquoi les pompiers ?

— Je pense que tu viens de te casser le poignet.

— Quoi ?

Elle essaie de le bouger, bien sûr, hurle et découvre le sang.

— J'ai quoi ? Pourquoi je saigne ? Dante !

— Tais-toi deux minutes ! Oui, bonsoir…

Je transmets toutes les informations au standard et on m'assure que les secours seront là d'ici à vingt minutes. Je me lève.

— Où tu vas ? Tu ne peux pas m'abandonner par terre !

— Ne dis pas de conneries, je vais chercher une serviette pour… tu sais…

Je préfère ne pas évoquer le fait qu'elle pisse le sang et qu'on voit l'os de son poignet dépasser par la fracture ouverte. Elle se recroqueville et pleure. Je peux comprendre, ça doit bien faire mal… En même temps, on n'a pas idée de courir en chaussettes sur du parquet au beau milieu de la nuit ! Je reviens rapidement au salon et reprends ma place devant elle.

— Je vais juste la glisser dessous, je ne touche à rien et toi, tu ne bouges pas, compris ?

Elle hoche la tête. Elle sanglote comme un bébé. Elle n'a jamais eu l'air aussi fragile et vulnérable que maintenant. Et pourtant, cette nana porte « petite fille délicate » écrit sur son front.

— Ça fait mal…

— Normal.

— Je ne voulais pas, tu sais…

— Tais-toi, garde tes forces, ils vont arriver et tu vas être prise en charge.

Elle me regarde, des larmes dégoulinant sur ses joues, je vois qu'elle serre les dents et qu'elle fait son maximum pour ne pas crier. Ce dont je lui suis reconnaissant.

Enfin, on sonne à la porte. Je vais ouvrir. Si la situation n'était pas ce qu'elle est, je pense que je pourrais rire d'être celui qui ouvre aux pompiers, moi qui suis habituellement de l'autre côté… Enfin, avec un slibard brillant en dessous, mais je me comprends.

J'explique ce qui s'est passé au responsable, il me regarde bizarrement. Je mets un moment à capter que les circonstances ne jouent pas en ma faveur et qu'on pourrait penser que c'est moi qui suis responsable de la blessure de Lola. Elle parle avec les deux autres secouristes qui prennent sa tension et son pouls. Ils l'installent sur le brancard et je me décale sur le côté pour leur laisser le champ libre.

— Vous avez ses papiers ? Sa carte Vitale ?

Je regarde autour de moi, elle a dû laisser son sac dans sa chambre.

— Je vais chercher ça.

— Vous nous rejoignez à l'hôpital pour remplir les formulaires ?

∞ ∞ ∞

C'est comme ça que je me retrouve aux urgences, le sac à main de Lola dans les bras, au beau milieu de la nuit… Le jour de son anniversaire. Au moins, elle a été immédiatement prise en charge, il n'y a presque personne aux urgences en pleine semaine. Moi par contre, je suis dehors pour l'instant.

Il est une heure et demie du matin et je n'avais pas franchement prévu de passer ma nuit de cette façon. Le programme était simple : je m'envoyais en l'air, ensuite j'offrais son cadeau à Lola et je retournais me coucher. Sauf qu'avec elle rien ne peut jamais se passer comme prévu. Si je me rappelle bien, déjà à l'époque où j'étais avec Carmen, la spécialité de Lola était de nous appeler vers 2 ou 3 heures du matin pour aller la chercher. Parfois, elle ignorait même où elle se trouvait et c'était un jeu de piste nocturne pour la retrouver. Mais à ce moment, ça ne m'ennuyait pas, j'aimais prendre soin d'elle. Aujourd'hui, c'est une adulte, merde quoi ! Elle n'est pas censée avoir besoin d'un chaperon ou d'un garde du corps !

J'hésite à appeler ses parents… Dans la mesure où ils ne feront rien de plus pour l'instant, je vais peut-être temporiser, voir comment ça se passe. Pour l'instant, je m'installe sur une chaise en plastique inconfortable de la salle d'attente. Je commence à somnoler, c'est ce que j'ai de mieux à faire…

— Monsieur Novelli ?

J'ouvre un œil. L'infirmière urgentiste qui m'a accueilli tout à l'heure pour faire les papiers me secoue un peu l'épaule.

— Humm…

— Mlle Domingo demande à vous voir. Vous avez droit à cinq minutes, ensuite on va la monter en chambre.

Je me redresse d'un coup, fais tomber le sac de Lola, le ramasse et suis l'infirmière. J'ai vraiment la tête dans le cul et je donnerais n'importe quoi pour un café. Ou un bon lit. Oui, je pense que là je préférerais dormir, en fait. Elle m'indique une pièce dont la porte est entrouverte, j'y entre sans bruit.

Lola est allongée sur un lit d'hôpital, sous les draps, le bras en écharpe, son poignet entouré d'une bande.

— Je suis désolée…

Je me penche et l'embrasse sur le front. Elle a l'air vraiment misérable dans ce grand lit. Et surtout, elle a l'air complètement stone. Je regarde la perf, elle est shootée aux calmants, pour supporter la douleur probablement. Totalement sonnée… Enfin pas tout à fait puisqu'elle parle encore, mais elle ne tardera pas à dormir, à mon avis. C'est mieux pour elle. Je m'assois à côté d'elle, sur un tabouret, et prends sa main valide dans la mienne. Je regarde distraitement son bracelet. Je me souviens du jour où on le lui a offert avec Carmen. J'ai été surpris, quand on a fait ça sur son tapis au salon, de voir qu'elle le portait toujours.

— Non mais, tu sais, en vrai quand je t'ai dit que je t'aimais… c'était pour rire. Ah ah ah ! s'esclaffe-t-elle bizarrement.

Là, je commence à flipper pour de bon. Ce serait le moment de m'esquiver, l'air de rien et…

— C'est vrai, je t'assure. Et puis je ne veux pas que tu partes. Tu serais à la rue, ce serait bête à cause d'une blague foireuse. Parce que ça fait déjà treize ans que je t'aime en secret, franchement, je peux survivre encore quelques années à ta présence. Même les filles que tu ramènes à la maison, hein, ça ne me dérange pas. Enfin si, ça me dérange en vrai, mais ça fait partie de mon secret, tu sais, faire comme si ça ne me dérangeait pas. Comme ça tu n'as pas peur et tu n'as pas envie de partir. Et si je peux supporter ton indifférence, honnêtement, tu peux supporter de savoir que je suis amoureuse de toi, hein. Il faudrait que tu y mettes un peu du tien, sinon on ne va jamais s'en sortir. Mais ne sois pas fâché contre moi, d'accord ? Oh dis donc, t'as piqué mon maquillage ? Pourquoi tu as mis de l'ombre à paupières turquoise ? Non parce que, ne le prends pas mal hein, mais ce n'est pas exactement la couleur que j'aurais choisie à ta place. Tu vois, j'aurais plutôt tapé dans quelque chose de plus sombre pour contraster avec tes yeux clairs. Mais je ne suis pas experte en tout ça, je ne me maquille presque pas. Enfin si, je mets du mascara, tu sais, et puis je triche un peu pour les cernes... J'ai aussi un truc génial pour faire croire que je suis de super bonne humeur, tu sais, tu te mets ça sur les joues et hop tu as l'air en bonne santé. Tu vois ? Tu en as mis, non ?

Elle se redresse et je reste comme un con à la regarder et l'écouter. C'est moi ou on vient de basculer dans une faille spatio-temporelle ? Parce que j'ai vraiment du mal à la suivre. Si on me filait un peu de ce qui coule dans sa perf, j'arriverais peut-être à capter où elle veut en venir.

Pause. Retour en arrière...

Elle est amoureuse de moi depuis treize ans ?

Sérieusement ? Mais...

— Non, Dante, vraiment, je t'assure... Je ne peux pas te laisser te maquiller à la truelle comme ça ! On dirait un travesti qui va faire le tapin, là ! Il faut estomper un peu les bords, tu sais... Plus de subtilité. Attention hein, je n'ai rien contre les drag-queens qui vont faire le tapin, c'est juste que ça ne te va pas, pas du tout même. Et le mascara que tu as mis, là... tu as recourbé tes cils, avant ? Non hein, c'est ce que je pensais. Mais ça ne va jamais tenir toute la journée... Puis tu as mis quoi, six couches ? Tes cils sont tellement lourds que ça m'étonne que tu arrives à garder les yeux ouverts. Si j'étais toi, je me démaquillerais complètement. En plus, pas de chichi entre nous, je t'ai déjà vu sans maquillage. En fait, je t'ai déjà vu tout nu !

Elle se met à glousser. Lola ne fait pas partie de ces nanas qui gloussent. Je ne sais pas ce qui me choque le plus : qu'elle divague sur mon prétendu maquillage, qu'elle m'avoue m'aimer depuis une éternité, ou qu'elle glousse.

Je ne dis rien. Je reste bloqué sur « Ça fait déjà treize ans que je t'aime en secret » et tout le reste est flou. Je sais que je suis là, je sais qu'elle me parle, mais je n'imprime rien.

— Dante, allez, reste à la maison, s'il te plaît. Je ne t'embêterai plus, c'est promis. Et même, si ça te fait plaisir que je mette encore Carmen en colère, je le ferai. Je veux dire… c'est pour toi que je le fais, parce que tu mérites que quelqu'un lui montre que toi tu vaux la peine qu'on te défende. Je sais que tu peux te défendre tout seul hein, je ne veux pas remettre ta virilité en cause, ni rien… Mais c'est ma sœur et j'ai tellement honte de ce qu'elle t'a fait. Tu vois, si tu m'avais choisie moi, plutôt qu'elle, je t'assure que je ne t'aurais jamais trompé, jamais. Puis c'est toi qui m'aurais dépucelée, et pas l'autre loser qui a fait ça en quelques secondes… Mais ne t'inquiète pas, après lui, je t'ai attendu… Non, monsieur, je n'ai pas couché de tous les côtés, c'était toi que je voulais. Et le premier il ne compte pas vraiment, alors c'est toi l'homme de ma vie. Ah, du blush ! ! ! ! Voilà, c'est ça le nom de ce qu'on se met sur les joues pour faire croire qu'on pète la forme. Mais tu n'as pas le droit de t'en mettre autant, c'est contraire au règlement. En fait je ne suis pas sûre qu'il y ait un règlement, mais j'en écrirai un, fais-moi confiance. Je t'apprendrai à faire ça bien, si tu veux… Parce que même si je ne me maquille pas souvent, tu sais, j'aimerais bien ressembler à ces filles que tu ramènes à la maison. Comme ça tu me regarderais vraiment. Par contre, je ne peux pas grandir, ça, c'est fini depuis longtemps. Mais je peux apprendre à marcher avec des talons. En fait il faudrait déjà que j'apprenne à marcher tout court parce que je crois que je suis tombée toute seule ce soir, non ? Mais il faudra qu'on s'occupe de tes sourcils parce que, si tu veux vraiment aller faire le tapin en travelo, je t'assure que le côté viril, là, c'est pas tout à fait dans le ton. Est-ce que tu apprécierais que je me laisse pousser les sourcils comme ça ? Et ne dis pas oui, je suis d'origine espagnole, c'est pas loin du Portugal, on a le même genre de pilosité… Alors tu…

— Allez, mademoiselle, on vous monte au service orthopédique !

Je sors de ma torpeur et pose le sac de Lola sur le lit.

— Je vous laisse ses affaires personnelles, il y a ses papiers dedans.

— Je m'en occupe, ne vous inquiétez pas.

— À quelle heure démarrent les visites, demain ?

— 13 heures.

Je me retourne pour dire au revoir à Lola, elle s'est enfin endormie. Alors je remercie l'infirmière et sors. Je vais rentrer à l'appartement, je ne vois pas trop ce que j'ai d'autre comme option pour le moment. Et puis il va falloir que j'appelle ses parents, ça va être sympa, ça aussi.

J'arrive chez nous sans aucun souvenir du trajet de retour, ce qui est assez inquiétant en soi. Et je me repasse en boucle tout ce que Lola a pu me dire, ses histoires de maquillage à part. Comment j'ai pu être à ce point à côté de la plaque ?

17

∞

Lui

— Bonjour, monsieur Domingo, c'est Dante Novelli.

Je ne sais pas pourquoi je donne mon nom de famille, c'est con de se présenter comme ça, alors qu'il n'y a aucune chance pour qu'il ait oublié qui je suis. Je ne pensais pas être aussi anxieux.

— Dante ? Il y a un souci avec Lola ?

— Elle a fait une mauvaise chute cette nuit, elle a probablement le poignet cassé, elle est à l'hôpital.

— *¡Mierda !*

C'est la première fois que j'entends le père de Carmen jurer. Le père de Carmen *et Lola.*

— Elle était sous calmants quand je l'ai laissée cette nuit. Je voudrais y retourner tout à l'heure, mais…

— Oui, bien sûr.

— On pourrait peut-être se mettre d'accord sur les horaires ?

J'espère qu'il comprend où je veux en venir. Le croiser lui ou sa femme, à la rigueur, je peux vivre avec. Mais voir Carmen, c'est hors de question.

— Carmen et Béatrice sont chez ma belle-mère pour la journée. Je vais les prévenir, mais le temps qu'elles rentrent…

— J'irai à 13 heures alors, je partirai avant 14 heures pour le travail.

— Ça me semble parfait. Merci, Dante, merci de prendre soin de Dolorès.

— C'est normal.

Je raccroche et pose mon téléphone à côté de moi. Voilà, ce n'était pas si difficile, en plus je sais maintenant avec certitude que je ne croiserai pas Carmen. Il me reste deux heures avant de retourner à l'hôpital. Même si je n'ai aucune obligation de m'y rendre, je voudrais m'assurer qu'elle va bien, qu'elle n'a besoin de rien… Et puis merde, quoi, Lola et moi on est amis, c'est normal que j'aille lui rendre visite et que je m'inquiète pour elle, non ?

∞ ∞ ∞

Je suis là, comme un con, dix minutes avant l'heure officielle des visites, tout ça parce que je ne tenais plus en place. Je tente le coup ; à dix minutes près, ils ne vont pas me prendre la tête, enfin j'espère…

— Bonjour, je viens voir Dolorès Domingo, vous auriez le numéro de sa chambre ?

— Bonjour, monsieur, vous connaissez le service où elle est hospitalisée ?

— Orthopédie, je crois.

— Oui, c'est bien ça. Chambre 426.

— Merci.

Le trajet dans l'ascenseur me semble durer une éternité. Pourquoi suis-je nerveux ? Honnêtement, ce n'est que Lola. Je n'ai pas besoin de me stresser. Enfin, les portes s'ouvrent et je peux sortir de ce cercueil vertical — au retour je prends l'escalier... Je ne savais pas que j'étais claustrophobe.

Je tape deux petits coups à sa porte, pas de réponse... J'entre. Elle est endormie, toute menue dans ce grand lit. Son bras est replié en écharpe, contre elle. Je m'assois un moment dans le fauteuil. C'est une chambre simple ; tant mieux, je préfère : on ne sait jamais si on va se coltiner quelqu'un qui va nous raconter sa vie ou étaler ses idées politiques. Là au moins, elle peut se reposer.

Je l'observe en me remémorant tout ce qu'elle m'a dit hier. Je ne m'en suis pas encore remis. Est-ce qu'elle se moquait de moi ? Non, je sais bien que non. Autant elle a déliré à mort avec son histoire de maquillage, autant je sais qu'elle m'ouvrait son cœur. Mais Lola... c'est Lola, quoi. Un peu chiante, carrément catastrophique. La preuve : elle n'est pas fichue de faire deux pas sans se ramasser et se péter le poignet. Mais de là à l'imaginer amoureuse de moi ? Non, on s'amusait, c'est tout. Pour moi c'était ça : du bon temps. Pour elle... Putain, elle m'embrouille encore !

Je me lève et me rends au bureau des infirmières de l'étage. Une jolie blonde m'accueille en souriant. Le genre de sourire que je connais bien et qui signifie qu'elle serait tout à fait disposée à faire des heures sup en ma compagnie.

— Bonjour, vous pouvez me donner des nouvelles de l'état de Mlle Domingo, chambre 426 ?

— Bonjour !

Son sourire devient plus hésitant.

— Vous êtes son…

— Cousin.

— Ah, oui, alors… Elle a une fracture du radius au niveau du poignet, en longueur, à deux endroits. Elle ne s'est pas loupée, la pauvre. Le chirurgien a programmé son opération pour 17 h 30.

— Elle est sous calmants ?

— Oui, mais on a dû baisser la dose en prévision de l'anesthésie.

— Elle souffre beaucoup ?

— Elle tient le coup, c'est une dure à cuire.

— D'accord, merci. Je vais retourner avec elle au cas où elle se réveille.

Elle me sourit encore, ça commence à devenir gênant. Pourquoi ça m'agace plus qu'autre chose, d'ailleurs ? Je devrais voir là l'opportunité de tirer un coup, ça me détendrait. Je grimace en réalisant que je pense à m'envoyer en l'air alors que Lola va être opérée tout à l'heure. Je retourne dans la chambre et elle dort toujours. Alors je m'installe à nouveau à côté d'elle et sombre doucement…

∞ ∞ ∞

Une porte qui claque dans le couloir me fait sursauter. Je me suis endormi !

Lola m'observe.

Elle a remonté le haut de son lit et incliné la tête vers moi. Et elle me regarde en silence. Je commence à être mal à l'aise. Tant qu'elle dormait, c'était la Lola que je connaissais. Là, je la revois en train de m'avouer ses sentiments et je n'ai aucune idée de ce que je dois lui dire. Est-ce que je dois lui en reparler ?

Lui répondre quelque chose ? Faire comme si de rien n'était ? C'est lâche, mais je vais la laisser parler en premier, comme ça je ne prends pas trop de risques.

Sauf qu'elle ne parle pas. Nous restons de longues minutes à nous regarder sans rien dire. Je finis par craquer :

— Tu as mal ? Comment tu te sens ?

Je me rapproche et prends sa main valide dans la mienne. Je lui en caresse doucement le dos, mais elle la retire et j'essaye de ne pas me sentir mal à cause de ce rejet. Ce n'est pas brusque, ni agressif, elle rompt juste le contact entre nous. Je me suis habitué à ces petits gestes anodins en vivant avec elle. Depuis que je la connais, depuis le premier jour où je l'ai rencontrée, j'ai des gestes tendres comme ça à son égard. Et je réalise d'un coup que pour elle ils devaient avoir une tout autre signification.

— Ça va, j'ai moins mal qu'hier.

Elle n'est plus du tout dans les vapes. Elle a l'air même carrément lucide. Je sens que je dois dire quelque chose…

— Il faut que je te dise, tu sais, pour cette nuit…

— En fait, Dante, je suis fatiguée et j'aimerais me reposer. Je te remercie d'être venu, mais je préférerais être seule, maintenant.

Je crois que je ne parviens pas à masquer la surprise de mon visage. Elle me demande de partir ? Sérieusement ?

— Hé, bon anniversaire, miss…

Elle tourne doucement la tête de l'autre côté, pas assez vite pour que je ne me rende pas compte qu'elle est en train de pleurer. Je me sens con. C'est à cause de moi qu'elle pleure ? Elle se souvient de ce qu'elle m'a dit cette nuit et elle pensait que j'allais lui répondre quelque chose ? J'aurais dû lui dire quelque chose ? Je suis vraiment perdu, là. Mais je ne peux pas m'imposer, pas dans l'état où elle est. Alors je me lève et, tant pis si elle n'en veut pas, je l'embrasse sur le front, comme je l'ai toujours fait. Je ne vais pas d'un coup me comporter comme si nous étions des inconnus ! J'en profite pour remettre un peu sa frange en ordre, je sais à quel point elle peut être psychorigide avec ses cheveux. C'est presque un fétichisme… Quand elle était ado, je passais mon temps à la charrier avec ça avant et à la décoiffer pour le plaisir de la voir péter les plombs. Parce que lorsque Lola s'énerve, c'est son et lumières et, malgré sa petite taille, on a envie de courir se mettre à l'abri pour ne pas subir la tornade. Mais là, elle ne m'offre que de l'indifférence, et je ne la reconnais pas. Après tout, elle est sous calmants, elle doit malgré tout souffrir, elle va se faire opérer… C'est sûrement une réaction normale. Je soupire avant de sortir sans bruit. Je me doute qu'elle ne dort pas pour de vrai, et c'est le fait qu'elle fasse semblant pour me faire partir qui me blesse. J'aurais mille fois préféré qu'elle fasse une crise de nerf plutôt qu'elle me tourne le dos comme elle vient de le faire.

Quand je passe devant le bureau des infirmières, celle de tout à l'heure est en train de s'en aller aussi, sac à main glissé en bandoulière, blouse retirée.

— Vous partez déjà ?

Elle bat des cils et j'ignore pourquoi, mais ça m'agace. Et ça m'arrange en même temps.

— Vous aussi ?

— Oui, j'ai terminé mon service.

J'appuie une épaule sur le mur et lui fais signe d'approcher en agitant mon index. Elle obéit si rapidement que j'ai envie de lui demander si c'est bien conforme à l'éthique de se laisser draguer par un opportuniste dans les couloirs de son lieu de travail. Mais j'ai tellement de frustration à évacuer que je préfère rester fidèle à mes habitudes.

— Tu connais peut-être un endroit calme ici où on pourrait… faire connaissance…

Elle a la décence de rougir, mais son numéro de vierge effarouchée ne dure pas bien longtemps. Elle prend ma main dans la sienne et m'entraîne vers la cage d'escalier. Nous montons de deux étages et elle me fait entrer dans ce qui semble être une sorte de réserve. La porte est à peine refermée qu'elle me plaque contre elle et fait courir ses mains jusqu'à mon jean.

— Tu as une capote ? Parce que moi non…

Elle attrape son sac et l'ouvre pour se mettre à fouiller dedans. Elle en sort un préservatif qu'elle me tend. Elle soulève sa jupe, retire sa culotte, sans un mot. OK, je vois, on n'est pas là pour enfiler des perles. Alors je la saisis par la taille et la pousse face à la porte à ma place. Elle pose les mains à plat et se cambre en arrière, le cul en l'air, les jambes écartées. J'éteins la lumière, je ne sais pas pourquoi… Je préfère. Elle ne dit rien. J'enfile la capote sur mon érection pas franchement au top… et je pense à Lola. D'où ça sort, ça ?! Depuis quand je pense à Lola au moment où je m'apprête à m'en envoyer une autre ? Je n'ai pas le temps de m'appesantir sur le sujet : mon érection s'est réveillée. Après avoir rapidement vérifié que l'infirmière est prête, je la pénètre par-derrière sans délicatesse. Elle demande :

— Plus fort !

Je ne suis pas contrariant : j'obtempère. Elle vient à ma rencontre, c'est brutal et bestial et totalement mécanique, mais ça a le mérite de me permettre d'évacuer la tension que je ressens depuis cette nuit.

Je me retire et commence à me débarrasser du préservatif.

— Hé, je n'ai pas joui !

Je l'ignore, trouve une poubelle et me rhabille. Je pose la main sur la poignée, elle referme la porte d'un coup.

— Je n'ai pas joui, répète-t-elle avant d'allumer la lumière.

Pourquoi je suis entré dans ce placard avec elle, déjà ? Elle a l'air vachement moins jolie que tout à l'heure maintenant qu'elle est en colère. Une fille en colère ça peut être foutrement sexy ; Lola, par exemple, quand elle se fâche, ça me donne envie de... D'accord, c'est totalement hors sujet.

— Et donc ? je demande.

— Et donc ? Tu penses que tu peux me culbuter et te tirer ?

— Tu comptes faire quoi ?

— Tu es vraiment un enfoiré !

— Tu penses que tu es la première à me le dire ?

Je me penche vers elle, pousse une mèche de son visage et lui murmure en souriant :

— Et tu ne seras probablement pas la dernière...

Je l'écarte de la porte et sors. Je me suis trompé, je n'ai évacué aucune tension. Je suis même tout à fait furieux : même quand je saute une fille, Lola arrive à se taper l'incruste dans ma vie privée.

∞∞∞

J'essaie de me sortir de la tête ce sentiment de culpabilité qui me gonfle depuis que je suis rentré de l'hôpital. Je ne dois rien à Lola, et pourtant je me dis que c'était sacrément dégueulasse de m'être envoyé en l'air deux étages au-dessus d'elle, avec l'une des infirmières de son service. Et puis ce qu'elle m'a dit me perturbe, et pas seulement la partie sur le fait qu'elle soit amoureuse, non. Surtout celle où elle a pris ma défense vis-à-vis de Carmen. Je n'avais jamais réalisé à quel point elle avait pu prendre position pour moi, alors qu'il s'agit de sa sœur. J'aimerais bien dire qu'il y a une sorte de lien inconditionnel dans une fratrie, mais ce serait me moquer du monde étant donné que je ne veux plus jamais avoir affaire à mon propre frère. Pourtant, je pensais vraiment que Carmen et Lola surmonteraient ça. Je me souviens bien de la réaction de Lola lorsqu'elle a découvert, en même temps que moi, la trahison de Carmen. Plus j'y repense et plus je me dis que sa réaction était plus intense qu'elle n'aurait dû l'être.

J'ai l'impression qu'elle en a beaucoup souffert, elle aussi.

Mais elle a tenu bon, et c'est elle qui m'a entraîné dehors, c'est elle qui m'a offert sa compagnie et sa compassion…

Ce qui me contrarie en particulier, c'est que je me suis mis à analyser tout ce que je me rappelle de Lola à l'époque où j'étais avec Carmen. Des signes, des indices qui auraient pu me mettre sur la voie. Mais je ne vois rien. Bien sûr elle traînait beaucoup avec nous, mais c'est ce que font les petites sœurs, non ? J'ai toujours trouvé ça naturel qu'elle se tape l'incruste quand on sortait. On avait une voiture, on pouvait commander une bière pour elle, tout ça… Je n'aurais jamais pensé qu'elle pouvait… Non, honnêtement, ça m'échappe. Et je ne comprends même pas pourquoi elle m'a proposé de venir vivre avec elle en sachant le mode de vie que je mène. C'est complètement masochiste de sa part, et stupide. Elle espérait quoi, me changer ?

Je sais qu'elle a connu une version de moi bien plus saine que l'actuelle, mais si elle s'imagine que je peux redevenir celui que j'étais, elle est tellement à côté de la plaque que je ne sais même pas comment je pourrais le lui faire comprendre. Je ne suis pas un mec bien et, surtout, je ne suis pas un mec pour elle.

Je vais me tirer. Je ne vois que ça. Le plan que j'avais cette nuit a juste été décalé. Mais si je suis si sûr de moi, pourquoi je me sens aussi minable à l'idée de la laisser seule ? Je me lève, sans réfléchir, et vais dans sa chambre. Je ramasse son cadeau qui a dû tomber par terre quand elle s'est levée pour m'empêcher de partir. Elle passe le jour de son anniversaire à l'hôpital, à se faire opérer, et moi je suis en train de chercher le moyen de m'enfuir de sa vie… *Bien, Dante, de mieux en mieux…*

18

∞

Lui

— Eh merde !

Je regarde le pilulier qui vient de se renverser sur la table de la cuisine, avant que je n'aie refermé tous les couvercles, bien entendu : sinon, c'est moins drôle. Non seulement j'ai tout à refaire, mais je dois aussi trier tous les cachets histoire de ne pas me planter quand je les remettrai en place. Je pensais que le boulot me changerait les idées, mais je ne suis clairement pas plus détendu qu'à mon arrivée.

Lola est au bloc en ce moment et je n'arrête pas de penser à ça. Alors que bon, ce n'est pas non plus très grave. Pour le chirurgien, c'est sûrement la routine de s'occuper de son poignet…

— Il y a un problème, mon petit ?

Celle-là, quand elle le veut, elle a une bonne ouïe, hein, mais quand c'est pour entendre son mari qui a besoin de quelque chose, bizarrement, elle a plus de soucis d'audition.

— Désolé, Hortense, j'ai juste fait tomber quelque chose. Je m'en occupe, ne vous inquiétez pas !

Je n'aurais pas dû jurer, ça ne m'arrive jamais de jurer sur mon lieu de travail. Pas pour ce travail, en tout cas. C'est inapproprié et pas du tout professionnel. Autant dans la vie, je ne surveille pas du tout mon langage, autant avec mes patients, je fais très attention. Encore une fois, Lola met un sacré bordel dans mes habitudes. Et elle n'est même pas dans le coin !

Je ne devrais pas me demander comment elle va. Je ne devrais pas regarder mon téléphone toutes les deux minutes en essayant de deviner si elle est sortie du bloc, si ses parents sont avec elle ou je ne sais quoi. De toute façon, à l'heure qu'il est, les visites sont terminées et je ne risque pas d'aller la voir. C'est donc inutile de continuer à me prendre la tête avec tout ça. Voilà, encore un effort et j'arriverai à me convaincre.

— Je vous trouve un peu tendu, Dante.

Je me retourne d'un bond. Hortense se tient à la porte de la cuisine, plus fringante que jamais. Quand je pense au cinéma qu'elle me fait tous les soirs pour que je ramasse ce qu'elle fait « accidentellement » tomber… Et puis si elle aussi elle se met à chambouler mes habitudes, il va me rester quoi comme repères ?

— Je vais bien, je suis désolé si j'ai été grossier ou…

— Je vous en prie, vous pensez vraiment qu'à mon âge ce que vous avez dit a pu heurter ma sensibilité ? Tsss… Dites-moi plutôt ce qui vous tracasse.

Elle vient s'installer sur une chaise et m'observe pendant que je m'occupe de remettre en ordre le pilulier hebdomadaire de son époux. Je ne peux décemment pas l'envoyer balader, même si c'est ce que je ferais avec n'importe qui essayant de me tirer les vers du nez — quand je dis que ça va, c'est que ça va. Elle, je l'aime bien. J'ai quelques patients qui sont vraiment des têtes de cons. Ils me prennent pour une sous-merde parce que je ne suis pas infirmier. Aide-soignant, pour certains, c'est le métier de ceux qui n'ont pas réussi le concours de l'école d'infirmier.

Alors qu'en toute honnêteté je fais ce que j'aime faire. Et je le fais bien, en plus. Je n'ai pas à me plaindre du salaire, ce n'est pas la meilleure situation qui existe sur Terre, mais je n'ai pas à me plaindre en général. À part donc les quelques abrutis qui me regardent de haut. Mais aucun boulot n'est parfait, il y a des avantages et des inconvénients partout. Et jusqu'à présent, Hortense était un avantage. Ce serait super si ça pouvait rester comme ça. Ces dernières vingt-quatre heures ont vraiment été déroutantes, je pense avoir mérité un break. Elle insiste :

— Une fille… Enfin, plus probablement une femme. C'est ça, je suis sûre que le problème vient d'une femme.

En même temps, il n'y a pas grand-chose qui peut mettre un homme dans l'état où je suis. C'est soit une nana, soit le boulot, et elle sait très bien qu'au travail tout se passe bien. Je lui raconte toujours dès que j'ai des petits soucis, je sais que ça l'occupe et moi ça me fait passer le temps. D'ailleurs, je me demande comment elle passe le temps autrement… Son mari est devenu un légume suite à un AVC. Il a plus de quatre-vingt-dix ans alors, même si c'est malheureux, il a eu une longue et belle vie. Et elle aussi, mais maintenant qu'elle n'a pour ainsi dire plus vraiment de compagnie…

Je m'assois un moment avec elle tout en terminant de remplir le pilulier.

— Vous êtes mariés depuis combien de temps ?

— Soixante-sept ans.

Ah oui, quand même…

— Et vous, mon petit, vous avez quelqu'un dans votre vie ?

— Non… Vous savez, je suis plutôt du genre à ne pas me caser.

— Vous caser ? Je suis toujours étonnée de voir les termes

que les jeunes de nos jours emploient pour parler du mariage. Vous voyez ça comme une prison, une entrave, la fin de la liberté… Alors que lorsqu'on trouve la bonne personne, c'est tout le contraire.

Je la regarde un moment en silence. Et je parle sans réfléchir :

— J'ai eu ça.

— Vraiment ?

— Enfin, je pensais l'avoir trouvée.

— Si vous n'êtes pas avec elle aujourd'hui, c'est que ce n'était pas la bonne.

— Je ne crois pas qu'il y ait cette personne pour moi quelque part.

— Peut-être que vous êtes *la* personne pour quelqu'un d'autre…

Il est trop tard pour philosopher… Je lui tapote la main et vais m'assurer que tout est en place pour la nuit de son mari. Edmond me fixe en silence pendant que j'ajuste ses couvertures. Je dois devenir parano parce que j'ai clairement l'impression qu'il est en train d'essayer de me dire quelque chose avec ses yeux. Comme s'il me comprenait et qu'il m'encourageait à prendre des nouvelles de Lola avant d'aller bosser avec les Golden Boys. C'est ridicule, mais je prends ça comme un signe.

Au moment de partir, Hortense a réintégré son fauteuil et m'appelle :

— Dante, mon petit…

Je souris. Quelque part, ça me rassure qu'elle ne sacrifie pas au rituel de l'objet à ramasser.

∞ ∞ ∞

Je suis dans ma voiture devant chez la cliente, avec ma tenue de flic. On va devoir faire une intervention subtile du genre « Nous avons reçu des plaintes pour le bruit… » Mais avant, je prends mon téléphone et mon courage à deux mains, et j'appelle le père de Lola.

— Bonsoir, Dante. Elle va bien, elle est réveillée, ils l'ont remontée dans sa chambre. Elle a encore mal mais les calmants font de l'effet. Béatrice est avec elle, là. Elle sortira après-demain matin.

— Merci pour les nouvelles.

— Nous sommes rassurés de savoir qu'elle ne sera pas totalement seule à la maison et que tu pourras l'aider. Enfin, Béatrice se serait installée avec elle si besoin, mais je pense pouvoir affirmer que Lola aurait rapidement saturé d'avoir sa mère à domicile.

Voilà, donc là, si je suis le gros connard que tout le monde pense que je suis, je lui dis qu'en fait, justement, j'étais sur le point de partir.

Je m'entends répondre :

— Bien sûr, c'est normal.

Et ça, c'est une réponse qui me met dans une situation contrariant mes plans.

— Carmen ne veut pas aller la voir à l'hôpital, donc… si jamais tu souhaites lui rendre visite demain, la voie est libre.

— Je vous remercie.

— C'est la moindre des choses.

Je suis mal à l'aise. La famille de Carmen me manifeste de la compassion et ils se sentent coupables pour ses actes. Alors qu'il n'y a en réalité que deux responsables pour la situation.

— Je dois te laisser, j'ai un double appel ce doit être mon

épouse. N'hésite pas à me contacter si tu as besoin de quoi que ce soit pour organiser le retour de Lola.

— Merci, bonne soirée.

Je raccroche, un peu sonné. Ce n'est pas que je m'attendais à ce que le père de Carmen soit hostile, mais là il est carrément très sympa. Sûrement parce qu'il pense que je vais prendre soin de sa cadette. Et avec ce que je lui ai dit, je viens de m'impliquer bien plus que je ne le souhaitais. Quand je disais que Lola est un fléau, je pense que j'étais encore loin de la réalité…

— Hé, tu fous quoi ? Je me gèle avec ces fringues ! Le système de velcro laisse passer tout l'air !

Je tourne la tête, Benj se tient juste à côté de ma voiture, le lecteur à la main, comme toujours. Et j'aperçois Matt au téléphone un peu plus loin. Je sors et nous le rejoignons.

— Non, je suis désolé, mais ça fait gigolo…

Benjamin et moi regardons Mathias et attendons qu'il continue sa conversation avec je ne sais qui à l'autre bout du fil. Nous n'essayons pas d'être discrets : s'il voulait que cette discussion soit privée, il ne parlerait pas de gigolo devant nous… Et quand il parle de gigolo, bien entendu, ça me rappelle Lola.

Matt raccroche et nous fait signe d'avancer.

— Euh… Tu ne vas pas nous expliquer de quoi il retourne ? lui demande Benj sans bouger.

— Un truc que le boss me demande de faire.

— Yoan ?

— Tu connais un autre boss ?

— Attends, Yo et toi vous manigancez des arrangements dans notre dos ?

Il soupire et croise les bras, comme s'il était en train de peser le pour et le contre.

— Non, c'est entre lui et moi et je préfère vraiment qu'on se concentre sur la soirée. En plus, ce sont des vieilles…

— Je ne sais pas vous, mais j'ai l'impression qu'elles aspirent toute notre énergie, je lâche. Je repars des soirées du troisième âge épuisé et si on les laissait faire, elles nous garderaient en otage toute la nuit…

— C'est Matt, ça, il amène une bouffée de jeunesse et d'air frais et…

— Ça va, hein, je ne suis pas *si* jeune que ça…

— J'ai cinq ans de plus que toi, petit, et tu n'as pas encore trente ans, alors si, tu es jeune.

— Petit ?

Il fait la même taille que moi et est aussi bien foutu que moi, ou Benj, d'ailleurs.

— Bon, les gars, on y va ?

— C'est parti…

Je sonne, et Matt se charge du discours d'entrée… Ce sont des clientes régulières, l'effet de surprise est proche de zéro, pour ne pas dire en dessous. Et pourtant, c'est sûrement la partie qu'elles adorent. Quand on les menace de les menotter, puis qu'on les menotte effectivement… Benj allume le lecteur, *I'm Too Sexy* (classique mais efficace) résonne dans la pièce et on se met à danser. Ça peut paraître bête, mais je m'éclate vraiment. Et peu importe si j'ai des grands-mères en face de moi, danser c'est vraiment un moment de pur délire pour nous. Me désaper dans la manœuvre ne m'a jamais posé aucun souci, sûrement parce que j'ai une confiance absolue en moi à ce niveau. Je suis bien foutu, je ne vais pas faire celui qui ne s'en rend pas compte… je n'aurais jamais été embauché par Yoan si ce n'était pas le cas. Il ne fait pas dans le caritatif, c'est un homme d'affaires et il sait que je lui rapporte du pognon. Tout comme Matt et Benj. Alors je profite de ce moment pour oublier tout ce qui occupe mon esprit et ma vie. Les Golden Boys, c'est un peu ma deuxième famille. *Bordel, je deviens sentimental, là, faut que j'arrête.*

∞ ∞ ∞

J'essaie de me faire discret en passant devant le bureau des infirmières. Heureusement pour moi et parce que j'ai une chance que je ne mérite pas, la blonde n'est pas de service ou alors elle est occupée ailleurs. Si je me débrouille bien, je parviendrai à repartir sans la voir.

Je tape à la porte et attends. Je suis un peu surpris quand Lola m'ouvre.

— Salut…

J'hésite, je me sens stupide. Elle ne me sourit pas, elle laisse la porte ouverte et retourne vers le lit où elle s'allonge. Elle porte un pyjama qui semble tout doux et qui lui donne encore plus l'air d'une gamine. Ses cheveux ne sont pas vraiment coiffés. Ce n'est pas moche, ça ne lui ressemble juste pas. C'est elle, moins l'étincelle qui la caractérise.

C'est moi qui ai fait ça ? C'est à cause de moi qu'elle a l'air déprimée ? Ou c'est juste parce qu'elle est fatiguée après son opération ?

— On t'a retiré la perf, tu te sens mieux ?

— Je peux avaler les comprimés, c'était chiant ce truc dans la main…

— Mais tu as encore mal ?

— Oui.

— Tu gères ?

— Oui.

Le coup des réponses monosyllabiques, ça va vite me gonfler.

— Tu sors demain, ton père m'a dit ?

Elle tourne la tête vers la fenêtre. Elle va vraiment faire comme si je n'étais pas là ?

— Lola… regarde-moi.

— Je suis fatiguée.

— Tu m'emmerdes.

Là, j'ai toute son attention.

— Pardon ?

— C'est quoi ton problème ? Tu me tiens pour responsable de ta chute ?

— Pas du tout.

— Alors pourquoi tu fais la gueule ?

Elle ne dit rien, elle cligne des yeux. Elle a l'air d'être vraiment HS maintenant que j'y prête attention. Quel abruti, toujours à tout ramener à moi alors qu'elle est simplement épuisée. Et elle peut, avec tout ce qu'elle souffre et son intervention d'hier.

— Pardon, c'était nul de te dire ça.

— Tu vas déménager ?

Après tout ce qu'elle vient de vivre, sa préoccupation est de savoir si je vais partir ou pas ? Je m'en collerais bien une à l'occasion pour mon manque de tact et mon égoïsme…

— Je vais rester, tu sais… pour t'aider tant que tu dois garder ton poignet immobilisé.

— Ce que je t'ai dit, le soir où…

— On en parlera tranquillement demain. Repose-toi, tu as l'air fatiguée. Je m'occupe de te ramener à la maison demain, d'accord ?

Elle hoche la tête et s'installe plus confortablement dans son lit. Je la couvre machinalement, geste habituel que j'ai avec mes patients et qui me semble d'autant plus naturel avec elle. Je l'embrasse sur le front, remets sa frange en place et la regarde s'endormir doucement. J'ai besoin de m'assurer qu'elle va bien, avant de partir. Parce que c'est Lola… et que je suis moi.

19

∞

Lui

Elle est assise à côté de moi dans la voiture. Elle ne m'a pas regardé une seule fois, ni parlé, d'ailleurs. Elle pourrait tout aussi bien ne pas être là, ça ne changerait rien pour moi. Je ne sais pas ce que j'ai encore fait, mais elle boude. Et quand Lola boude, elle est perdue dans sa tête et le reste n'existe pas. Par chance, je n'ai pas vu sa famille ; je crois que déjà au téléphone j'étais à mon maximum question diplomatie envers les Domingo…

Lola fait la tronche dans son coin et ça commence sérieusement à me prendre la tête, cette histoire. Un coup elle a l'air contente de me voir, un autre elle reste silencieuse et fait comme si je n'existais pas. Ça lui a traversé l'esprit que j'ai posé mon après-midi juste pour pouvoir la ramener à l'appartement et m'occuper de son installation ? Ingrate…

D'un autre côté, je n'imaginais pas la laisser se débrouiller seule. Ses parents n'avaient pas l'air disposés à réaménager leur emploi du temps pour aider leur fille, et faire appel à un taxi était parfaitement inenvisageable. Je devais le faire. Je *voulais* le faire. Pourquoi ? Je n'en sais rien, mais je crois que j'ai besoin de me racheter auprès d'elle… Même si je ne suis pas sûr de quoi.

Je lui jette un coup d'œil ; vu mon allure, je ne prends pas trop de risques. Comme la ceinture exerçait une pression sur son poignet, elle ne l'a pas mise, en conséquence de quoi je roule tellement en dessous des limitations de vitesse que j'ai peur de me faire arrêter. Mais ça me permet de m'assurer qu'elle est bien installée, en sécurité. Elle a ses lunettes de soleil sur le nez, des lunettes trop grandes pour son petit visage, ça lui donne l'air d'une diva. Et elle garde obstinément la tête tournée vers la fenêtre parce que, bien sûr, ce serait trop demander à Son Altesse Sérénissime d'accorder un peu d'attention au type qui se plie en quatre pour son confort…

Ce n'est pas compliqué, elle n'a pas prononcé une seule parole depuis que nous avons quitté l'hôpital. Je n'ai pas du tout l'impression d'être son chauffeur… J'ai bien essayé de lui expliquer quelques détails sur la façon dont elle devait tenir son bras, le repos qu'elle devait prendre mais aucune réaction. Je me gare dans le parking souterrain de l'immeuble et nous restons un instant dans le silence. J'en viens à me demander si elle ne s'est pas endormie.

— Lola…

Elle tourne lentement la tête vers moi. Pas un mot ne franchit ses lèvres, pas une expression ne vient illuminer son visage. Ça me donne envie de la secouer. Ce que je ne ferais pas, bien sûr : avec son poignet, ça ferait désordre.

Je sors de la voiture et fais le tour pour lui ouvrir, mais elle est déjà debout et claque maladroitement sa portière de la main gauche. Je repars vers le coffre, comme si de rien n'était, même si je pense très fort « chieuse ». Elle tend le bras pour récupérer son sac et je n'essaie même pas de lui expliquer à quel point elle est ridicule, je fais comme si je n'avais pas vu son geste et passe la bandoulière du petit bagage sur mon épaule. J'attends qu'elle se soit reculée pour fermer le coffre — là aussi, ce serait bête que je lui pète un autre truc alors qu'on lui a pourtant bien stipulé de limiter ses mouvements.

Je peux le faire, après tout, c'est mon boulot de m'occuper de gens malades. Habituellement, ils sont plus dociles et je n'ai pas couché avec eux… et ils ne sont pas amoureux de moi. Bon, peut-être bien que je ne suis pas en mesure de le faire, finalement. Mais maintenant que je me suis engagé, je me vois mal la planter là. La tentation est grande car Lola ne me facilite pas les choses. Elle est déjà en train d'appuyer sur le bouton de l'ascenseur comme une hystérique. *Dans quoi je me suis encore fourré, sans déconner ?* Je garde le silence : j'ai dans l'idée que tout ce que je pourrais dire serait trop facilement retenu contre moi.

Dès que nous sommes dans l'appartement, elle fonce directement vers sa chambre et en referme la porte. Le message est clair, et ça me gonfle. Sûrement parce que j'ai dû faire des pieds et des mains pour me faire remplacer à la dernière minute. Ou peut-être est-ce à cause d'autre chose, mais la première possibilité est plus facile à gérer. Avec ces nanas, il y a toujours quelque chose qui ne va pas. J'ignore précisément quel est le problème de Lola, mais je n'ai pas l'intention de me la jouer petit chiot obéissant et discret. Je tape à sa porte, sûrement plus sèchement que je n'aurais dû. Pas de réponse, bien sûr. Comme c'est étonnant… J'entre sans tergiverser, elle est capable d'être en train de faire n'importe quoi avec son bras et de compromettre sa convalescence. Je suis quasiment sûr que si je la laissais se débrouiller seule elle serait obligée de se faire réopérer. Cette fille a toujours été assistée pour tout…

Elle est allongée sur son lit, elle me tourne le dos, immobile. Au moins, elle n'est pas couchée sur son bras, c'est toujours ça de gagné. Par contre, elle fait comme si je n'étais pas là, alors qu'il est impossible qu'elle se soit déjà endormie. Enfin, tout de même, ce n'est pas moi qui lui ai fait un croche-patte pour qu'elle se pète le poignet ! Ça me fatigue son attitude, là !

— Lola.

Pas de réaction. Je sais que je possède en moi la force de rester zen… quelque part… Je n'ai juste pas encore trouvé où… ça ne saurait tarder. Je pousse un profond soupir et viens m'asseoir à côté d'elle.

— Hé, miss…

Je regarde autour de moi ; elle n'a même pas enlevé ses chaussures, rien, elle est arrivée et elle s'est directement jetée sur son lit. Est-elle en train de virer dépressive ? Parce que je n'ai pas le courage de gérer une nana déprimée, mais alors pas du tout. Je ne suis pas un saint et je ne cherche pas à en être un. Je veux bien rendre service, mais ça me gonfle déjà et ça fait quoi… dix minutes tout au plus que nous sommes rentrés ?

— Tu n'as pas ouvert ton cadeau, tu le veux ?

Silence.

Je pose une main sur son front, geste machinal que j'ai déjà eu un paquet de fois avec elle. Pourtant, elle se recule brusquement et s'assoit difficilement. Je ne lui propose pas de l'y aider, je sens que je me ferais refouler.

— Merci de m'avoir raccompagnée, Dante, mais tu peux partir, maintenant.

— Tu me mets à la porte ?

— Tu avais l'intention de déménager avant… ça…

Elle secoue son bras pour me montrer son poignet et grimace. Irrécupérable.

— Ne bouge pas ton poignet, tu dois le garder immobile si tu veux que ça se ressoude bien.

Elle me fixe en silence.

Je crois que je préfère, et de loin, sa version capricieuse. Là, elle m'inquiète.

— Tu vois bien que je ne peux pas te laisser seule, tu serais capable de te faire une fracture par-dessus ta fracture…

— Je te fais pitié ?

— Un peu…

Ma tentative d'humour échoue.

— Ce n'est pas de la pitié, Lola, c'est ce que font les amis et…

— On est amis, maintenant ? me coupe-t-elle en plissant les yeux.

En réagissant ainsi, elle ressemble déjà un peu plus à la fille que je connais. Ce n'est pas encore ça, mais pas loin. Elle hausse un sourcil, attendant ma réponse. Je souris franchement. Depuis quand elle y arrive ? Avant elle levait toujours les deux, c'était ridicule ! Elle sait que c'est ma mimique, pas la sienne. Ça lui donne un côté adorable et sexy. Un côté… Lola, quoi ! Chiante, agaçante, capricieuse mais *aussi* adorable et sexy. Adorable comme elle sait l'être naturellement et sexy comme la femme qu'elle est devenue et avec laquelle j'ai couché dernièrement… trois fois ! Je dois faire attention à mes pensées, elle doit se reposer et, de toute façon, rien ne dit qu'elle serait partante pour remettre ça vu la façon dont elle se comporte avec moi.

— Je pensais qu'on pouvait en effet se considérer amis…

— Tu peux partir, Dante, je me débrouillerai. Mais je te remercie de…

— Je reste, ne serait-ce que par respect pour le travail du chirurgien. Nous savons très bien comment ça va se passer si je te laisse seule. Tu vas faire n'importe quoi, compliquer la situation… Non, je reste.

— Je ne suis plus une ado, au cas où tu ne t'en serais pas rendu compte. J'ai vingt-huit ans, depuis quelques jours seulement peut-être, mais j'ai vingt-huit ans. Le fait que tu aies quelques années de plus que moi ne fait pas de toi un grand sage ni de moi une écervelée, d'accord ? Quand j'avais quinze ans, la différence était peut-être plus marquée, mais maintenant j'aimerais que tu arrêtes de me traiter comme une petite fille.

Je reste un moment à la regarder sans trouver aucune repartie. Elle a raison… Je continue à me comporter avec elle comme si elle était la gamine que j'ai rencontrée il y a quoi… ah oui, treize ans…

Je lui souris. Ça fait en effet un bail qu'elle a changé… Et j'ai pu m'en apercevoir d'assez près et en détail. Ce qui ne m'arrange pas des masses. Avant elle, j'arrivais assez bien à m'en tenir à mon objectif : prendre mon pied avec une nana. Si elle le prenait elle aussi c'était tant mieux pour elle, sinon… Or, si je me souviens bien, la dernière fois qu'on s'est retrouvés tous les deux à poil, c'est elle qui était ma priorité. Et ce n'est pas comme ça que je fonctionne. Je fais toujours bien attention à ne pas mélanger sexe et amitié, c'est un coup à se retrouver avec une nana qui s'imagine des trucs qui n'arriveront jamais entre nous. C'est un réflexe de survie. Et si j'étais futé, et ce n'est qu'une supposition, je partirais et on n'en parlerait plus. Mais je pense qu'on peut affirmer sans prendre trop de risques que je ne suis pas très futé, pas en ce qui concerne Lola, en tout cas. Je tente quand même :

— Si tu trouves quelqu'un qui peut rester s'occuper de toi, je pars. Si c'est ce que tu veux.

Elle pince les lèvres et fuit mon regard. Qu'est-ce que j'ai encore dit ? Ce n'est pas ce qu'elle voulait entendre ?

J'insiste :

— Tu veux que j'appelle quelqu'un en particulier ?

Je ne sais pas moi, aussi… Elle a une langue pour s'exprimer, non ? Et pour faire d'autres trucs, mais ce n'est pas le propos. Pas du tout le propos. Trop tard. Sérieusement, j'ai une femme mal à l'aise et blessée en face de moi et je suis excité ? Je vais tester une diversion, sait-on jamais.

— Je peux contacter ta mère et m'arranger avec elle…

Voilà, parler de Béatrice Domingo me semble être une alternative imparable pour arrêter de penser à la langue de Lola. Sur moi. Partout. Dans ma bouche. *Eh merde…*

Elle secoue la tête et prend une inspiration avant de murmurer :

— Je n'ai pas envie d'être un boulet…

— Tu as des gens qui tiennent à toi dans ton entourage, que ça te plaise ou non.

— Je n'aime pas dépendre de qui que ce soit. Je veux dire… je dépends déjà de pas mal de monde pour pas mal de choses.

— Oui mais là, tu as une bonne excuse…

Quand je vois ses yeux s'humidifier, je comprends que j'ai encore fait une gaffe. Sauf que je ne vais pas commencer à m'attarder sur chaque phrase prononcée, on n'est pas sortis sinon.

— Lola, écoute, ça m'arrange de rester à l'appart. Sans ça, je serais obligé d'aller à la maison et la copine de Sandro a l'air d'y passer beaucoup de temps pour la préparer à la vente… Donc dis-toi que ça me rend autant service qu'à toi de rester.

— Je t'ai menti, déclare-t-elle sans transition.

— À quel sujet ?

— Le soir où je suis tombée… tu sais… eh bien…

Elle se redresse un peu, perd l'équilibre parce qu'elle ne peut pas utiliser son bras, alors je l'aide et elle se crispe dès que je la touche. Je fais comme si sa réaction ne me vexait pas et vais m'asseoir à son bureau. Si elle veut de la distance, je peux au moins essayer de lui en donner.

— Bref, tu sais, je t'ai dit ce que je t'ai dit parce que j'étais jalouse que tu ramènes des filles à la maison et moi… ben moi rien.

Je la regarde en attendant la suite. Qui ne vient pas.

— Tu m'as dit ce que tu m'as dit parce que ta vie sexuelle est désertique ?

Elle grimace. Quoi encore ? Si je ne peux plus parler, je vais juste la boucler et tout le monde sera content !

— Ce n'est pas exactement ce que je dis. Ma vie sexuelle n'est pas… désertique.

— Pas loin, quand même.

— Ça ne te regarde pas.

— C'est toi qui en parles, moi si tu veux pas qu'on en parle, ça me va aussi.

— Non, mais… Ce que j'essaie de t'expliquer, c'est qu'en réalité je ne suis pas… tu sais…

C'est quoi ce délire, on a un mot tabou maintenant ?

Je décide de l'aider.

— Amoureuse de moi ?

— Voilà, ça.

— C'était une stratégie pour… ?

J'ai du mal à suivre, en fait.

J'avoue, ça m'amuse de la voir s'enliser dans son mensonge.

Ce n'est pas charitable, mais elle me prend vraiment pour un abruti, aussi. J'ai la tronche d'un type à qui on peut raconter tout et n'importe quoi ?

— J'ai dit ça pour que tu culpabilises, tu sais… d'amener des filles et que je subisse tout ce manège…

— Donc, tu voudrais que j'arrête de recevoir des nanas dans ma chambre ?

— Ou ailleurs, dans l'appartement…

— Je m'en suis toujours tenu à la chambre…

— Si on pouvait éviter de rentrer dans les détails. Mais non, je ne veux pas que tu changes tes habitudes. Ce serait cruel de ma part de te demander ça.

— Cruel ?

— Dante, tu t'envoies en l'air comme tu respires. Si je te demandais de ne plus recevoir de filles ici, tu dépérirais. Et tu serais exécrable. J'étais juste super fatiguée ce soir-là, j'aimerais autant qu'on oublie.

— D'accord, oublions. Et on doit aussi oublier ce que tu m'as dit aux urgences, du coup ?

Elle me regarde avec de grands yeux étonnés. Je l'observe froncer les sourcils ; elle réfléchit, mais ça n'a pas l'air très concluant.

— J'ai dormi lorsque j'étais aux urgences, tu étais là ?

— Tu ne dormais pas, tu m'as parlé, assez longuement, même.

— De quoi ? me demande-t-elle sur la défensive.

— De Carmen… Tu m'as dit que c'était pour la contrarier que…

— Ah oui. Oui, exact. Non, on n'est pas obligés d'oublier ça.

La façon dont elle se précipite pour conclure la conversation me pousse à ne pas en dire plus. Je la sens fragile et, malgré son caractère et son espèce de girl powa qu'elle affiche habituellement, je crois que le moment est venu pour moi d'être un peu plus compatissant.

— Je pense que je vais essayer de dormir un peu, je suis encore fatiguée.

— C'est normal, tu as eu une anesthésie générale, ça met quelques jours à s'éliminer de ton organisme. Par contre tu veux dormir dans cette tenue ? Tu serais mieux en pyjama, non ?

— Je vais me changer.

— Je vais t'aider.

Elle rougit. J'ai l'air d'un sale type si je dis que ça me plaît de la voir mal à l'aise ? Je ne le dirai pas, alors. Mais je me lève et lui tends la main pour l'aider à faire de même. Elle accepte et se retrouve propulsée contre mon torse. Elle incline la tête, avant de faire un pas en arrière pour s'éloigner, mais elle rencontre le bord du lit et manque de tomber. Je la rattrape au dernier moment.

Sérieusement, quand je disais que seule elle n'allait pas survivre longtemps, je n'étais pas loin de la vérité…

20

∞

Lui

Elle pousse un petit cri victorieux et sort de son placard un pyjama orange absolument hideux. C'est-à-dire encore plus hideux que celui que sa mère lui avait apporté à l'hôpital, ce qui est une prouesse en soi…

Elle commence à retirer son écharpe et, en bref, ne prête aucune attention à ce que je lui ai dit de faire pour préserver son poignet. Ce n'est quand même pas compliqué de faire attention ! Elle n'a aucun instinct de survie. Je m'approche et pose les mains sur ses épaules :

— Tu sais que tu vas te faire mal ? Tu t'y prends sûrement de la pire façon possible.

— Je fais ce que je peux…

— Laisse-moi t'aider.

— Je vais me débrouiller.

— C'est bien le moment de faire la pudique. Je me rappelle la première fois où je t'ai vue à poil, juste là, sur ton lit… Pudique est bien le dernier mot auquel j'aurais pensé pour te décrire.

Elle rougit encore. J'ai du mal à la suivre. Où est passée la fille sensuelle et sûre d'elle qui se tenait nue devant moi sans aucune gêne ? J'ai parfois l'impression d'avoir deux personnes totalement différentes en face de moi selon la situation. Là c'est la petite fille timide qui me regarde.

— Ne bouge pas…

Je défais les boutons de son chemisier. Sa mère lui a apporté tout un tas de vêtements faciles à enfiler et retirer, mais je préfère qu'elle ne bouge pas trop le bras pour le moment. C'est trop tôt et le médecin a été clair, elle doit le garder immobile le plus possible. J'écarte les pans de son vêtement et mes yeux restent bloqués un moment sur sa poitrine. Nue. En même temps, elle n'a pas besoin de soutien-gorge. Ses seins sont petits, fermes, et je me souviens parfaitement de la sensation de les avoir dans mes paumes.

— Dante.

Je relève d'un coup la tête. Elle ne rougit plus, mais je reconnais dans ses yeux le désir qui doit se refléter dans les miens. Je lui souris et remonte lentement les mains… pour faire glisser le chemisier sur ses épaules. Lorsque je l'ai totalement retiré, en prenant garde de ne pas lui faire mal au passage de sa main droite, elle reste là, le bras replié contre son ventre, sans chercher à se dissimuler… et je la retrouve. La petite nana insolente qui m'a entraîné dans sa chambre un soir en me proposant un arrangement. Elle me tend le pyjama qu'elle a récupéré sur le bureau. Je l'attrape et le jette par terre. Elle le suit des yeux avant de me regarder à nouveau. Sans un mot, je suis mon impulsion et déboutonne son jean. Elle me laisse faire. Sa peau se couvre de chair de poule au passage de mes doigts. Je retire lentement son pantalon et m'agenouille devant elle. Je l'aide à enlever ses chaussures, ses chaussettes et elle se retrouve en culotte devant moi. Elle n'essaie toujours pas de se cacher ; ça m'encourage. Je glisse les pouces dans l'élastique de sa culotte, au niveau de ses hanches, et la fais descendre le long de ses jambes. Sans jamais la quitter des yeux une seconde. Elle me fixe sans rien dire. Je n'ai absolument aucune idée de ce qui peut bien se passer dans sa tête en ce moment. J'ai simplement envie… d'elle. Pas de n'importe quelle fille. Pas de n'importe quel coup. *Elle.*

Je me redresse jusqu'à être face à elle. Elle relève la tête. Pas un instant, elle n'essaie de m'échapper. Je pose la main sur son sein gauche, je la touche à peine. Je sens qu'elle est déjà excitée. Mes doigts viennent frôler la pointe durcie qu'elle tend vers moi. Je la pince, légèrement, juste assez pour voir Lola aspirer un peu d'air et s'humidifier les lèvres. J'ai besoin de savoir pourquoi elle m'a tenu à distance depuis des semaines. Pourquoi elle a voulu mettre un terme à notre arrangement. Pourquoi elle s'est comportée comme si elle ne voulait plus de moi alors que je vois bien qu'elle en meurt d'envie. Je lèche mon pouce et mon index sous son regard attentif avant de replacer ma main sur elle et de frotter à nouveau son téton entre mes doigts.

Elle soupire. Je souris, rassuré.

— Qu'est-ce que tu fais ?

Elle murmure à peine et je mets quelques secondes à comprendre qu'elle attend une réponse, mais ne la lâche pas pour autant.

— J'ai envie de te faire jouir, Lola.

— Pourquoi ?

Je secoue la tête et ferme les yeux. Je n'ai aucune réponse à lui donner pour la simple et bonne raison que je ne sais pas moi-même. Pourquoi est-ce que je ressens ce besoin de lui donner du plaisir ? Pourquoi est-ce que je la fais passer avant moi ? Pourquoi est-ce que je la caresse tout en sachant ce qu'elle ressent pour moi ? Pourquoi est-ce que je refuse de me soulager tant que ce n'est pas le cas pour elle ?

Aucune putain d'idée.

Je l'embrasse. Pour ne pas parler. Elle entrouvre les lèvres dès que les miennes s'y posent. Sa langue trouve la mienne et le mouvement de notre baiser se calque sur les cercles humides que je dessine sur son sein. Je pose l'autre main sur sa taille et l'attire délicatement à moi, en veillant à ne pas lui faire mal, son bras replié entre nous. Contre sa cuisse, elle sent à quel point je suis excité. Pour elle. Et j'aime ça. Savoir qu'elle voit l'effet qu'elle me fait, sans même me toucher. Juste en étant là. Quelque part, j'ai conscience de mal agir, qu'elle m'a dit être amoureuse de moi et que je devrais m'éloigner d'elle. Ne serait-ce que parce qu'en ce qui me concerne je ne ressens que de l'affection pour elle. Rien de plus… à part peut-être un désir tellement intense que je commence à avoir mal…

Je l'incite à reculer jusqu'au lit et je l'y fais s'asseoir. Elle suit chaque impulsion que je lui insuffle, elle ne réfléchit pas, elle me fait confiance. Elle écarte les genoux quand je m'accroupis devant elle, prend appui sur son bras valide, un peu en arrière, me regarde sous ses paupières à moitié closes — pas totalement, juste de quoi observer le moindre de mes mouvements. Je passe lentement la langue sur mes lèvres et m'agenouille pour être à la bonne hauteur. Je l'attire de manière à ce qu'elle se retrouve au bord du lit, et glisse mes mains sous ses genoux pour soulever ses jambes. Je les place sur mes épaules et, encore une fois, je suis subjugué qu'elle me laisse faire d'elle ce que je veux. Je me refuse à penser que c'est grâce à l'amour qu'elle me porte, parce que je suis sûr, quelque part, qu'elle m'idolâtre avec des yeux d'adolescente. En réalité, c'est une fixation qu'elle fait depuis des années et je peux l'aider à passer à autre chose. Je peux lui montrer qu'elle ne ressent qu'une attirance physique qu'elle nourrit depuis tellement de temps qu'elle croit qu'elle m'aime.

Je commence ma démonstration en embrassant son genou et en remontant le long de sa cuisse tout en y déposant de petits baisers, la mordillant, la léchant… Elle se tortille sous moi, gémit déjà, et quand je pose la main entre ses cuisses, je sens à quel point elle est excitée. Au moins autant que moi. Je remplace ma main par ma langue et elle se laisse tomber en arrière. Je recule. Elle se redresse aussitôt et me fusille du regard. Je lui souris et hausse un sourcil.

— Tu veux quelque chose, Lola ?

Elle ne dit rien, mais serre les dents.

— Dis-moi ce que tu veux…

— Ta langue.

— Où ?

Elle retire les jambes de mes épaules et s'assoit, écartant bien les jambes. Elle commence alors à se caresser sans me quitter des yeux. Je suis tellement excité par le tableau qu'elle m'offre que je pense que je serais foutu de m'éjaculer dessus. Je prends un peu de distance pour mieux la voir. Non, elle n'a rien d'une gamine, elle a complètement raison. Il est temps que j'intègre qu'elle est une femme désormais.

— Ici…, souffle-t-elle entre deux gémissements.

Je sors de ma transe et reviens vers elle. Je l'allonge sur le lit et l'embrasse rapidement avant de redescendre entre ses cuisses pour terminer ce que j'ai commencé. Je glisse un doigt en elle tout en la caressant avec ma langue, elle plie les jambes en les écartant le plus possible. Son bassin ondule contre mon visage pour venir à la rencontre des va-et-vient de mon majeur.

— Plus…, murmure-t-elle.

Je lui obéis, ajoute l'index et accélère le rythme sur lequel se cale aussi ma langue. Je sens qu'elle n'est pas loin et je n'ai jamais eu autant envie de faire jouir une fille. Non, pas une fille : une femme. Et quand l'orgasme lui tombe dessus, je me concentre au maximum pour ne pas succomber à celui qui menace de mon côté.

Lorsqu'elle me repousse, ne pouvant visiblement pas en supporter plus, je me lève, déboutonne aussitôt mon jean histoire de soulager un peu la tension. Elle tend la main, l'air encore ailleurs, pas complètement revenue, et reprend sa place au bord du lit. Sauf que cette fois elle se cale entre mes jambes et prend mon érection entre ses lèvres.

— Lola… je ne vais pas…

Elle exerce une succion et je me tais. Mais je ne vais vraiment pas tenir longtemps. Pas avec la vision que j'ai sous les yeux. Elle, si délicate, moi dans sa bouche, sa petite main qui me caresse en même temps… ses seins qui frôlent mes cuisses…

— Lola !

J'essaie de me retirer, elle me lâche et plaque la main sur mes fesses pour m'obliger à rester en elle… où j'explose. Elle avale, lèche, caresse et finit par reculer, un petit sourire triste sur le visage. Je pose la main sur sa joue et prends soudain conscience de la connerie que nous venons de faire.

— La capote, putain !

Elle se lèche les lèvres. Je viens de lui rappeler qu'on a déconné — pour la deuxième fois ! bordel, d'habitude ça ne m'arrive jamais ! — et elle se lèche les lèvres ? !

— Tu penses qu'il y a un risque ? finit-elle par me demander.

— Non, pas de mon côté.

— Alors ça ira.

Elle s'allonge. L'air totalement paumée. Elle se pose un milliard de questions, je vois presque les rouages de son cerveau s'activer tant elle est perturbée par ce qui vient de se passer. J'ai envie d'elle, elle a envie de moi, en théorie, ça pourrait être simple. Mais nous savons tous les deux que c'est bien plus complexe et qu'on a totalement déconné. Et j'ai l'impression que sa confusion est le miroir de la mienne. Pourquoi me laisse-t-elle faire en sachant où nous en sommes réellement ? Et pourquoi suis-je incapable de me tenir à distance ? Quand je disais que cette fille était une tornade de force 5…

Je renfile mon jean et la rejoins. Je m'étends sur le lit à sa gauche et, d'un coup, je me sens oppressé. Elle chamboule trop d'habitudes chez moi, je n'aime pas ça. Je préfère savoir où je vais, garder le contrôle de la situation. Lola, elle, me perturbe…

— Tu pourrais me faire couler un bain tant que je suis nue ?

Même quand elle dit juste « nue », ça m'excite. Ça ne va pas, pas du tout. Je m'entends répondre :

— Je vais te préparer ça. Avec ou sans mousse ?

— C'est quoi cette question ? Avec, bien sûr !

Elle me sourit et je retrouve un peu la Lola avec laquelle j'ai des repères, avec laquelle je suis à l'aise. Ça me rassure, pas beaucoup, mais assez pour que je me détende. Je me lève et évite de la regarder. D'ailleurs, c'est inutile : je sais exactement de quoi elle a l'air après le sexe. Je ne veux même pas réfléchir au fait que j'aie gardé en mémoire une image très précise de son expression, sa posture. Je m'enfuis dans la salle de bains et me rafraîchis pendant que l'eau remplit la baignoire.

J'ai adoré lui faire prendre son pied. Et c'est bien pour ça que ça ne doit surtout pas se reproduire.

∞ ∞ ∞

J'essaie de me rappeler pourquoi je me suis porté volontaire pour m'occuper d'elle. Parce que, quand je disais que ce n'était plus une sale gamine capricieuse et qu'elle était devenue une femme, je ne pouvais pas me planter plus que ça. Trois jours… Trois petits jours à m'occuper d'elle et j'ai l'impression que ça fait trois longs mois que je suis à son service !

— Dante !

Bordel, je vais me la faire, mais pas dans le bon sens du terme… Je la retrouve dans sa chambre, elle porte son pyjama orange absolument horrible. Je pense même qu'on devrait voter un décret pour l'interdire, tellement il m'agresse visuellement.

— Oui, Lola ?

Impossible de masquer l'agacement dans ma voix. Quand j'ai dit que je voulais l'aider, j'étais loin d'imaginer à quel point j'allais en baver.

— Je n'arrive pas à tenir mon livre pour lire…

— Tu es en train de me demander de rester à côté de toi, tenir ton livre, tourner les pages et…

— Ne sois pas ridicule. Je voudrais que tu m'aides à commander une liseuse numérique sur Internet. Parce qu'avec une seule main valide ça va me prendre une éternité.

Je m'assois à côté d'elle, elle me fait un peu de place et j'attrape l'ordinateur portable qui est en équilibre sur ses genoux.

— OK, tu veux quoi comme modèle ?

— Tu peux trouver un comparatif ?

Je fais ce qu'elle me demande et je m'efforce de garder mon calme parce que j'ai la mauvaise impression que ça va durer longtemps, cette histoire. Et puis elle ne pouvait pas tomber sur un pire assistant pour aller sur Internet. La caricature du flic qui tape avec deux doigts ? Ouaip, c'est moi.

Près d'une heure plus tard, elle hésite toujours entre plusieurs modèles.

— Bon, Lola, je sais que ça va te choquer, mais j'ai une vie en dehors de toi.

— Tu travailles seulement ce soir.

— Et j'ai fait ta lessive, le ménage, j'ai repassé tes fringues… Bon sang ! J'ai fait du repassage !

— Si c'est froissé, c'est moche, et tu vois bien que je ne peux pas tenir un fer de la main gauche. C'est un coup à me brûler.

Je ferme les yeux. Respire profondément. Les rouvre.

— Choisis. Maintenant.

— J'hésite parce que les…

— Non, Dolorès, choisis. Je vais compter jusqu'à trois, si à trois tu n'as pas décidé, je te laisse te débrouiller.

— Tu ne peux pas faire ça ! Je suis handicapée !

— Un…

— Dante, je ne suis pas sûre et ça représente une somme et…

— Deux…

— Celle-là ! Celle-là !

— Tu vois, quand tu veux.

En deux clics, je lui commande sa liseuse et opte pour la livraison express. Avec un peu de chance, elle arrivera demain et ça l'occupera.

— Tu regardes un film avec moi ? elle demande.

— Ça dépend, quel film ?

— Je te laisse choisir.

— Vraiment ?

— Je choisirai le suivant.

Là, j'ai peur. Mais je vais déjà l'abandonner toute la soirée, je ne me sens pas de refuser. Je ferais bien une sieste, d'ailleurs… mais je pourrai roupiller devant la télé. Je réponds :

— Non, tu peux décider, je vais faire du pop-corn.

— Au caramel ?

— Je n'avais pas prévu ça, non.

Elle me fait son regard de gamine perdue, sa lèvre inférieure en avant, tremblotante… Je me fais avoir à chaque fois. Moi qui pensais que rester loin d'elle serait un challenge, c'était avant de voir ce que le quotidien avec une Lola blessée pouvait donner. Alors, je capitule.

— Avec du caramel, d'accord.

Je suis foutu.

21

∞

Lui

— Tu as l'air tendu…

Je regarde Matt d'un air que j'espère menaçant. Mais il me connaît trop bien pour être impressionné. On s'est retrouvés à la salle de sport de son quartier où on a tous un abonnement. Benj est en train de faire des développés couchés, et Matt et moi sommes sur les pec-deck. Indifférent à mes menaces silencieuses, il continue :

— Tu as loupé les deux dernières séances, c'est con, tu vas devenir mou et…

— Ta gueule.

— C'est ta coloc qui t'en fait voir de toutes les couleurs ? Pourtant je pensais qu'elle t'aidait à te détendre, justement, insiste-t-il.

— Qu'est-ce que tu ne comprends pas dans « ta gueule » ? Prends-moi encore la tête et je te décoiffe.

— Je dis ça pour toi, hein… Si tu te laisses trop aller…

— Benj, sérieux, comment tu as fait pour le supporter sans moi ?

— Hein ?

— J'ai compris, tu n'écoutes plus…

— Tu parles de Mathias et sa tendance à ne jamais la boucler ? Voilà, tu as tout compris : je l'ignore. Tu sais, c'est juste un gamin en quête d'attention, il ferait n'importe quoi pour qu'on s'intéresse à lui…

Matt a beau me souler, je l'adore et ils m'ont manqué, ces deux-là.

— Mais je dois reconnaître qu'il a raison, t'as l'air d'avoir avalé un truc de travers.

— Ouais…

J'hésite. Je ne me vois pas leur parler de mes petits soucis avec Lola. Surtout que je n'ai pas vraiment de soucis avec elle. Et le véritable problème est que je n'ai plus de souci avec aucune nana parce que, depuis qu'on est rentrés de l'hôpital, il ne s'est rien passé avec personne. Ni avec elle, ni avec une autre. C'est sûrement pour ça que je suis tendu. Je n'ai pas l'habitude de jouer la carte de l'abstinence.

— Ce soir c'est quel genre de clientes ? je demande pour changer de sujet.

— Jeunes, me répond Matt.

— Bien.

C'est exactement ce dont j'ai besoin. Une fille qui sera dans l'ambiance et avec qui je pourrai me vider la tête.

— Boss !

Je tourne la tête et Yoan s'approche de nous, en tenue de sport. Si le patron ne participe presque jamais à nos shows à domicile, il continue l'entretien de son corps. Il remplace parfois l'un de nous lorsque nous avons un empêchement, mais ça arrive assez rarement. On a trop besoin de la paye pour ça.

— Dante, c'est bien de voir que tu es toujours soucieux de ton apparence.

— Tu t'inquiètes pour moi ? Comme c'est mignon…

— Je m'inquiète pour mon employé qui, s'il ne ressemble plus à rien, ne me rapportera pas assez. Et sache qu'il serait difficile de te trouver un remplaçant, les filles t'aiment bien. Ne me demande pas pourquoi, il y a quelques énigmes dans ce monde qui me sont totalement étrangères.

— Dante, c'est une sorte de X-Files…, remarque Matt.

— Je sais que ça va faire redondant, mais : ta gueule.

— « Redondant »… ça va, petit, ou tu as besoin d'un dictionnaire ? lui demande Benjamin en reposant la barre.

— Moquez-vous, en attendant, je suis celui qui se fait le plus de pourboires, les gars… Et je suis le chouchou du boss, hein, Yo ? Tu confirmes ?

— Absolument pas, ce sont les mémés qui t'adorent. J'ai la tronche d'une mémé ?

— Maintenant que tu le dis…

— Bon, les gars, si je suis venu aujourd'hui ce n'est pas pour écouter les petites plaisanteries de Matt. Je pense qu'on doit essayer de se renouveler, déclare le boss en commençant à s'échauffer.

— Tu veux dire…

— Vous avez entendu parler de *Magic Mike 2* ?

— Ne me dis pas qu'ils ont osé en faire un deuxième…

— Mais si, me coupe Matt, ils se retrouvent pour un dernier show et…

Nous le regardons tous les trois sans rien dire. Un silence inquiétant s'installe et Mathias hausse les épaules :

— Quoi ? Je me tiens au courant de l'actualité cinématographique…

— C'est dangereux de griller tout son vocabulaire dans une phrase, non ? je réplique avant d'attraper ma bouteille d'eau.

— Boss, tu me comprends, toi ?

— Non, pas vraiment. Je suis au courant uniquement parce qu'une amie m'en a parlé.

— Et donc…, j'enchaîne, histoire qu'on ne reste pas coincés deux heures sur le pourquoi du comment Matt a l'air d'être fan d'un film pour minettes.

— Donc, reprend Yoan, le scénario est pauvre et sans aucun intérêt, comme pour le premier, mais il y a une vague de folie autour de cette suite. C'est le moment de rebondir.

— Que ce soit clair, annonce Benjamin en interrompant les push-up qu'il s'était mis à faire, je ne porterai pas de string.

J'approuve en hochant la tête. Déjà le minislip moulant brillant, c'est franchement limite, alors un string, avec juste une ficelle… Merci, mais non merci.

— Je pense juste qu'on doit s'y intéresser de près. Ne serait-ce que pour reprendre quelques musiques, scènes… ça plairait. Et vous savez que si ça plaît elles raquent plus.

Là, personne ne proteste. Il a raison et on ne peut lui opposer aucun argument valable. Les Golden Boys commencent à être connus dans le coin, on nous fait même aller dans les villes voisines. Ça n'a l'air de rien dit comme ça, mais on ne se rend pas compte du nombre de clientes intéressées dans la région. Elles entendent parler de nous grâce au bouche-à-oreille, ensuite, elles se donnent l'info et, doucement mais sûrement, on se constitue une clientèle. Au départ, j'ai vraiment fait ça pour le pognon, mais très rapidement, je me suis attaché aux gars, et ces moments passés ensemble sont un peu devenus ma soupape de sécurité. On a trouvé un bon équilibre, et j'y tiens.

— On devrait modifier le show des pompiers, suggère Matt qui dit parfois des trucs intéressants.

— C'est vrai que la plupart des clientes habituelles l'ont déjà vu, ce serait judicieux de varier.

— Mais on garde la chanson, non ? s'inquiète Benj.

Lui, son truc, c'est la musique. La danse aussi, bien sûr, mais il adore choisir les morceaux. Quand je dis qu'on a trouvé un équilibre, c'est qu'on a chacun notre rôle bien précis. Matt c'est la belle gueule, moi la danse, Benj le son et Yoan il coordonne tout ça. Il est un peu polyvalent, quand il doit remplacer l'un de nous, il le fait sans souci, il s'adapte.

— Oui, tu peux garder la chanson, elle plaît, le rassure le boss.

On continue à discuter de ce qu'on pourrait éventuellement améliorer dans nos interventions et puis c'est l'heure d'y aller. On a une soirée prévue et, même si je n'ai pas franchement envie de rentrer parce que Lola m'excite autant qu'elle me soûle, je ne peux pas éternellement éviter l'appartement…

∞ ∞ ∞

— Lola, explique-moi quelque chose : tu sors, ce soir ?

— Non, tu sais bien que je ne peux pas conduire et…

— Donc, ça fait quatre tenues que tu essaies juste pour rester à la maison ?

— C'est important de se sentir bien, même quand on est chez soi. Imagine, il se passe un truc et je dois sortir de chez moi en urgence… Je serai présentable !

— Présentable pour quoi ?

— Eh bien… les pompiers ?

— La dernière fois que tu as vu des pompiers, tu t'en fichais pas mal de ce que tu avais sur le dos.

Elle ne répond pas mais se retourne pour que je lui retire son haut. Je m'énerve.

— Tu me fatigues. Je vais finir par être à la bourre et moi, je bosse ce soir ! Il faut encore que je m'habille !

— Je ne vois pas pourquoi tu te prends la tête, de toute façon tu vas te désaper. D'ailleurs, vous faites quoi, ce soir ? Les pompiers ?

— Oui, comme d'hab.

— Tu me ferais un spectacle privé ? Tu sais, parce que je suis convalescente et…

— Lola…

— Oh ! ça va, si on ne peut plus plaisanter…

Qu'elle me souffle le froid et le chaud me perturbe plus que je ne voudrais l'admettre. On sonne et, comme prévu, je ne suis pas encore prêt. Mais ça m'évite de continuer cette discussion dans laquelle je ne suis pas à l'aise.

— Ne bouge pas, n'essaie même pas de t'habiller seule, compris ?

Elle hausse les épaules et me regarde avec son air faussement innocent. Heureusement, depuis notre dérapage, elle met des brassières… Ça m'évite de penser à tout ce que j'essaie d'ignorer. C'est mieux pour nous.

Benj et Matt sont à la porte, tout sourires.

— Entrez, je ne suis pas prêt, je termine avec Lola et j'arrive.

Matt lève plusieurs fois ses sourcils, je lui mets une tape sur la tête.

— Bonsoir !

Je me retourne et elle est là, à moitié nue, sans aucune pudeur. Elle s'approche, rayonnante, et tend la main gauche à Benjamin, puis à Matt, qui se présentent tout en la matant sans aucune retenue. *Non mais, si je vous gêne, tous les trois, je peux vous laisser !*

— Viens ici…

Je la fais pivoter vers moi et termine de l'habiller. Elle tourne la tête vers eux et lance :

— La dernière fois qu'on s'est vus, vous étiez en slip et nous n'avons pas eu le temps de nous présenter correctement.

Elle me regarde à nouveau et ajoute :

— Tu vois, Dante, je t'avais dit que les pompiers pouvaient débarquer n'importe quand…

Je baisse les yeux sur elle. Elle est sérieuse ?

— Et tu t'es dit que leur ouvrir la porte à moitié nue était une bonne idée ?

— Je ne suis pas à moitié nue.

— Non ? J'ai cru que tu te baladais en sous-vêtements, pendant un moment… Mais la mode évolue tellement vite, je peux me tromper.

— Ce n'est pas comme si *toi* tu allais te retrouver en string devant plein d'inconnues, ce soir…

— Des slips, intervient Benj en se penchant un peu en avant. Non, parce que les strings on a dit non.

— C'est dommage, vous êtes musclés, vous porteriez sûrement ça très bien.

— Le boss a essayé, moi je m'adapte, mais ces deux-là…, ajoute Matt.

— Ah, mais toi tu as les fesses parfaites pour un string,

peut-être qu'ils ont des complexes ! Dante, je ne me souviens pas bien : en fait, tu as des poils sur les fesses et ça te dérange ?

Mes deux collègues se marrent et j'hésite entre les frapper eux ou elle.

— Je ne suis pas spécialement poilu. Benj, en revanche…

— Excuse-moi, mais on parlait de toi !

— Je vais m'habiller, tu peux retourner dans ta chambre, Lola. Les gars, j'arrive, laissez-moi quelques minutes.

— Dans ma chambre ? Et puis quoi encore ? ! Un suppo et au lit ?

Matt ricane. Je vais me le faire.

— Lola…

— Dante.

— Tu fais chier.

Je vais dans la salle de bains et m'habille en quatrième vitesse. Pourquoi ça me contrarie autant qu'elle se retrouve seule avec eux ? Je préfère ne pas m'attarder sur cette pensée. Je les rejoins rapidement, je ne me souviens pas m'être déjà préparé aussi vite !

— On y va !

— Faites rêver la foule ! nous lance Lola avant de lever le bras droit pour nous faire signe.

Elle grimace et je reviens vers elle, pose les mains sur ses épaules et la regarde droit dans les yeux :

— Qu'est-ce qu'on a dit sur le fait de garder ton bras immobile ?

— Que c'était important…

— Alors, explique-moi pourquoi tu le bouges ?

— Je ne sais pas…, murmure-t-elle avant de baisser les yeux.

Elle me tue. Je soupire et tente de conserver mon calme.

— Tu vas être raisonnable si je te laisse seule ?

— Oui…

— Tu vas faire quoi pendant mon absence ?

— Lire.

— Tu lis quoi ?

— Une histoire avec un Highlander.

— Quoi, un livre où tout le monde doit couper la tête de tout le monde ?

— Non, rien à voir…

— Tu me raconteras demain. Sois sage, OK ?

— Oui, promis.

Je l'embrasse sur le front, ébouriffe ses cheveux, elle râle et je me retourne… pour découvrir Benj et Matt qui me regardent comme si… je ne sais pas, ils sont bizarres.

— Quoi ? On y va ou on prend racine ?

Je passe devant eux avant que la situation ne devienne plus étrange encore.

∞ ∞ ∞

— Tu peux attendre encore un peu ? Une petite demi-heure ?

— Tu es sûr ? me demande Benj, surpris.

— Pourquoi ?

— Non, c'est juste que je pensais que…

— Arrête de penser, ça ne te réussit pas.

— Oui, vas-y. Je t'attends.

Je remercie Benj d'une tape sur l'épaule et suis la jolie brune qui héberge la soirée et m'a fait comprendre qu'elle aimerait bien qu'on continue en duo dans sa chambre. Nous y entrons et elle allume la lumière, je l'éteins aussitôt. Je ne sais pas pourquoi, je n'ai pas envie de la voir. C'est salaud, mais sérieusement, je n'ai pas envie. Elle s'approche et commence à faire courir ses mains sur moi. Je saisis ses poignets et les maintiens d'une main avant de la retourner contre la porte.

— Hum… Sauvage, j'aime ça…

Pourquoi se sent-elle obligée de me raconter sa vie ? Lola se tait, elle savoure chaque seconde, elle… *Putain !* Pourquoi faut-il que Lola vienne s'incruster dans mes pensées alors que je suis avec une autre ? J'avais du mal à être excité, mais une pensée pour la petite brunette qui m'attend à la maison, et je suis prêt.

— Dante… prends-moi fort…

Je soupire. Elle ne veut pas juste… la fermer ? Se taire et écarter les cuisses ? Ses remarques ne cessent de me rappeler que je suis avec elle et non avec…

Je me recule, rompant tout contact entre nous.

— Tu fais quoi ?

— J'ai changé d'avis.

— Pardon ?

— Je ne suis plus d'humeur.

J'essaie de la pousser pour sortir, mais elle allume la lumière, croise les bras et attend.

— Tu m'as excitée avec ton petit numéro et…

— C'était mon boulot, tu sais. Tu nous as embauchés pour qu'on vous excite, tes copines et toi.

— Tu es impuissant ?

J'attrape sa main et la plaque sur mon érection. Elle sourit.

— Je n'ai aucun problème pour réussir à bander. Mais

le souci c'est que c'est en pensant à une autre que j'en suis arrivé là.

— Hein ?

— Donc, si tu voulais bien te décaler, afin que je puisse retrouver mes collègues...

Elle se pousse sans plus rien dire, je crois qu'elle est trop choquée. Tant mieux, sa voix commençait à m'insupporter. Benj discute avec une jolie rousse, mais Matt attend à l'entrée. On dit rapidement au revoir et nous nous rendons à la voiture de Benjamin.

— Je suis amoureux, déclare-t-il en se mettant derrière le volant.

Ça faisait longtemps...

— Ça faisait longtemps, fait remarquer Matt.

La connexion est parfois flippante. Mais, pour notre défense, Benj tombe amoureux environ toutes les deux minutes trente. J'exagère à peine. Il a un cœur d'artichaut et, régulièrement, il s'imagine avoir trouvé la bonne. En général, on ne le contrarie pas, enfin on le chambre un peu, normal quoi... Je pense qu'il a lui-même conscience qu'il ne s'agit que de sentiments passagers. Ça doit être lié à son côté gros nounours. Il a l'air assez bourru comme ça, mais en réalité c'est un type que les filles trouvent adorable. Il nous parle de sa rouquine durant tout le trajet et on l'écoute en plaçant une remarque de temps en temps — il ne se vexe pas, on n'est pas méchants — et nous voilà devant chez Lola. Je n'arrive pas encore tout à fait à dire que c'est chez moi.

— À demain ! Merci, Benj, bonne nuit, les gars !

Je monte à l'appartement et, comme à chaque fois que je rentre tard et que Lola dort déjà, j'ouvre la porte de sa chambre et vérifie discrètement que tout va bien. Sauf que je distingue quelque chose de bizarre. Je m'approche silencieusement et, quand je comprends ce qui cloche, je me fige, complètement choqué.

Lola n'est pas seule dans son lit.

22

∞

Lui

Je finis par digérer ce que je viens de découvrir et me secoue un peu. Puis je m'approche un peu, pour vérifier — c'est plus fort que moi. C'est bien un mec, avec elle, dans le lit. Mais depuis quand Lola reçoit des types à la maison ? Ça fait quelques minutes que je suis planté là, alors je ressors sans faire de bruit. Ça ferait tache qu'ils se réveillent et me découvrent en train de les mater comme un satyre ou un psychopathe. Mais merde !

Je vais dans la salle de bains et poursuis mon rituel post-soirée afin de me débarrasser de l'odeur de gonzesses et de la sensation des mains de l'autre sur moi. Je n'ai jamais tenu aussi longtemps sans m'envoyer en l'air et ça commence sérieusement à m'agacer. D'autant plus que je constate que, de son côté, Lola ne se prive pas. Non pas que je pensais qu'elle était chaste en dehors de moi… Enfin… Maintenant que j'y réfléchis, ça ne m'aurait pas dérangé… Mais d'où ça sort, ça ? Bien sûr qu'elle peut faire ce qu'elle veut de sa vie ! On n'est pas un couple, on est à peine colocataires ! Cette histoire me monte au cerveau. Mais c'est elle aussi, à me dire qu'elle n'a couché qu'avec un seul type à part moi… Du coup, ça fait au moins deux avec celui qui est dans son lit.

En repassant devant sa porte pour aller me coucher, je suis tenté de vérifier à nouveau, peut-être que je me suis planté et peut-être qu'elle est seule en réalité et… Bon allez, stop, il faut que j'arrête les conneries.

∞ ∞ ∞

C'est quoi ce boucan ? On est samedi, j'aurais bien aimé dormir un peu… Je me lève, parce que de toute façon, entre la musique et les rires, ça m'étonnerait que j'arrive à dormir. Et Lola est à court de boules Quiès, je crois… Je passe à la salle de bains et décide de rester en boxer. Je sais, c'est complètement puéril, mais j'entends bien que le type de cette nuit est toujours là. Pas étonnant, maintenant que j'y pense, qu'elle m'ait gonflé pour changer cinquante fois de tenue, hier soir. Elle avait un rancard et elle ne m'a rien dit. Non pas que je la tienne au courant de tous mes rendez-vous, mais sachant que… que quoi ? Rien du tout. Elle n'a pas plus de comptes à me rendre que moi.

Il n'empêche que je ne lui ai jamais imposé la présence des nanas que je ramène à l'appartement pour le petit déjeuner. Il lui est arrivé d'en croiser, certes, mais c'était rapide et puis, bon, je n'ai plus ramené personne depuis une éternité ! Depuis son accident ! J'ai de la considération pour elle, non ? Elle pourrait en avoir un minimum.

C'est pour ça que je débarque dans la cuisine comme si je possédais les lieux. En même temps, je suis chez moi, plus que ce type en tout cas. Type qui me fait face, assis à la table avec

Lola, une tasse de café dans la main, un sourire sur le visage. Et en plus, il est beau gosse. Et il a l'air bien foutu. Ça aurait été trop lui demander de se trouver un thon, histoire que je me sente un peu mieux ? Aucun tact… aucun.

Dès qu'il me voit, l'intrus se lève, son sourire s'élargit, et il fait le tour pour venir me tendre la main.

— Tu dois être Dante ! Ravi de faire ta connaissance, je suis Chris.

Chris ? C'est bien un prénom de petit con, ça. Je lui serre la main et il a une poigne parfaite. Ni trop serrée, ni pas assez… Il m'agace. Je hoche la tête, mais ne dis rien. Lola s'est retournée et nous observe. Elle a les joues roses. Ils l'ont fait au réveil ? Pendant que je dormais juste à côté ? Le gars retourne à sa place et je m'approche de Lola, me penche et l'embrasse sur le front, comme je le fais souvent. Sauf que là, je ne sais pas pourquoi, je ne réfléchis pas et rajoute une bise sur sa joue, tout près de ses lèvres, en sortant la pointe de la langue. Je vais m'exciter tout seul si je continue à jouer à l'abruti de service… et comme je suis en boxer, je ferais mieux d'arrêter. *C'est bien, Dante, on sent que tu gères complètement la situation.*

Lola me regarde, étonnée, et ses joues deviennent encore plus roses. Je jette un regard à l'intrus qui nous observe sans cesser de sourire. *Eh ouais, mon gars, c'est moi qui la fais rougir comme ça…* Je vais me servir une tasse de café et m'installe juste à côté d'elle. Bien trop près d'elle. J'ignore l'autre bouffon et lance :

— Ça va ? Pas trop mal, ce matin ?

Honnêtement, c'est ce que je lui demande tous les jours depuis trois semaines, alors je ne vais pas changer mes habitudes parce qu'elle a décidé d'inviter un type à la maison.

La maison. Parfaitement.

Qu'est-ce qui m'arrive ?

— Non, ça va, merci. Et toi, bonne soirée ?

— Normale. Dis-moi, ce n'est pas pour me mêler de ce qui ne me regarde pas, mais je ne suis pas certain que ce soit prudent que tu dormes avec quelqu'un. Tu pourrais te cogner le poignet pendant la nuit.

Elle rougit encore et boit une gorgée de son chocolat. Je l'imite avec mon café et reporte mon attention sur le fameux Chris. Il veut ma photo, peut-être ?

— Ne t'en fais pas, me dit-il toujours avec son sourire satisfait qui commence à me taper sur le système, nous avons été prudents.

Il fait un clin d'œil à Lola et elle s'absorbe dans sa tasse, comme si ce qui s'y passait était plus intéressant que la discussion autour de la table. Elle fait bien de faire profil bas ! C'est vrai, quoi, elle aurait pu au moins me prévenir, je ne sais pas, moi… Un post-it sur ma porte, n'importe quoi. On vit ensemble, ce serait la moindre des choses. Ce n'est pas comme si elle m'avait habitué à ça et…

Et voilà, je pense comme une meuf ! Je savais bien que vivre avec une fille n'était pas une riche idée. Non seulement je ne m'envoie plus en l'air depuis un bail, mais en plus je me mets à raisonner comme si j'avais des ovaires à la place des burnes. C'est mal barré…

Je ne sais pas, mais depuis qu'elle m'a retrouvé après toutes ces années, j'avais l'impression que la véritable Lola n'était pas la gamine dévergondée qu'elle semblait être avant. J'ai dû me tromper. Comme quoi, on croit connaître les gens, et non. Je veux dire… moi, par exemple. Elle a tout de suite vu quel était mon nouveau mode de vie. Je n'ai pas fait semblant, j'ai annoncé la couleur et ça lui convenait parfaitement, enfin presque… Mais elle, je ne m'attendais pas à ça. OK, elle a ramené un seul mec, mais c'est déjà un de trop, non ? C'est Lola ! Elle ne ramène pas de plan cul à la maison, point barre. Voilà, c'est simple à comprendre. On ne perturbe pas l'ordre des choses sans prévenir, un minimum de correction, quoi !

Elle croque un bout de sa tartine et je remarque qu'elle a un peu de confiture au coin des lèvres. Avant que je n'aie pu réagir, l'autre abruti se penche, pose son index sur elle et le glisse entre ses lèvres en la regardant… comme si c'était elle qu'il voulait manger. Là, ce devrait être un signal pour les laisser seuls profiter de leur petit déjeuner post-coïtal. Mais si j'étais quelqu'un de diplomate et correct, ça se saurait. Si je faisais ça, je suis sûr qu'ils finiraient par se sauter dessus, là, sur la table de la cuisine. Et l'image qui me vient en tête m'horrifie déjà. Alors je fais comme si je n'avais rien remarqué et je reste avec eux. Je suis chez moi, bon sang !

— Alors, Dante, tu es gogo-dancer ? demande l'intrus.

— Et aide-soignant, je précise.

Comme si j'avais honte de mon taf nocturne. Ce n'est pas du tout le cas, pourtant !

— Je suis barman au Slam, tu connais ?

— Non, ça ne me dit rien.

Bien sûr que je connais. En dehors du Topaze, c'est l'un des seuls bars de la ville où on peut passer une bonne soirée sans côtoyer les piliers de comptoir et les joueurs de PMU. Un peu trop design à mon goût, peut-être.

— Tu n'es pas barman, Chris. Tu es le patron du Slam, intervient Lola.

Elle veut que je me sente minable ? Bonjour la loyauté.

— Passe un soir, si ça te dit. Tu pourrais venir avec Lola, vu qu'elle ne peut pas conduire. Hein, Lolita, ça te dirait ?

Lolita ? Ce type est sérieux avec son petit nom débile ? Et elle, elle va l'appeler comment ? Chrissounet ? Je crois que je vais vomir.

— Je ne sais pas trop…

Elle a au moins la décence d'être mal à l'aise. Et elle peut. Enfin, quoi ! Un peu de bon sens ! Ça rime à quoi, ce petit déjeuner ? Chris se lève et déclare :

— Bon, je vais aller prendre une douche, si c'est d'accord pour tout le monde ?

Je le regarde sans rien dire. Il attend quoi ? Ma permission pour aller se mettre à poil sous le jet d'eau ? Trop subtile comme approche ! On a compris, bouffon.

— Ensuite je t'aiderai à t'habiller, Lola ?

— Je m'en occupe, je le fais tous les jours.

Je ne sais même pas pourquoi j'ai parlé, j'ai dû avoir une absence. Mais de l'imaginer en train d'effectuer les gestes dont je me charge quotidiennement depuis trois semaines, ça m'énerve encore plus. Alors qu'il a sûrement fait bien plus cette nuit… Je stoppe immédiatement mes pensées : je préfère ne pas m'engager sur ce terrain, ça pourrait devenir dangereux pour lui.

— Euh, d'accord… Chris, les serviettes sont dans le…

— Je sais où sont les serviettes, ma belle, je n'en suis pas à ma première nuit ici, tu te souviens ?

Et encore un clin d'œil. S'il ne se tire pas rapidement de la pièce, je pense que je rendrais service à l'humanité en lui crevant les deux yeux. Problème résolu. Moi, si je peux être utile… Et puis « ma belle » ? « Lolita » ? *Elle a déjà un surnom, bouffon, c'est Lola.* Il se lève enfin et nous laisse seuls. Dès que j'entends la porte de la salle de bains se refermer, je me tourne vers elle :

— Ça fait longtemps que tu t'envoies en l'air avec ce trou du cul de première ?

Elle me regarde quelques secondes, choquée, en clignant des yeux.

— Lola, tu le fréquentes depuis combien de temps ?

— Je ne pense pas que ça te regarde.

— C'est vrai. Mais tu me déçois, tu vaux mieux que ça.

— Pardon ?

— Tu sais bien à quel genre de type tu as affaire, non ? Je l'ai tout de suite vu…

— Tu ne le connais même pas !

— Ah non ? Je me regarde tous les matins dans le miroir, et lui et moi, on est du même genre.

— C'est-à-dire ? Éclaire-moi, vas-y, tu m'intéresses…

Elle est fâchée, c'est bien, je préfère la voir en colère contre moi que transie d'amour pour son pote le propriétaire de bar.

— Il saute tout ce qui a un vagin.

— Oh ! tiens donc…

Elle a un petit sourire que je ne parviens pas à interpréter.

— Tu le sais, quand même ?

— Pour ta gouverne, il saute tout ce qui a un vagin *et* tout ce qui a un pénis.

Cette fois, c'est moi qui reste un moment à la regarder sans rien dire. Non pas que j'ai quelque chose contre les bi, mais je ne comprends pas bien pourquoi elle me dit ça.

— Ça ne change rien, Lola, il pourrait être zoophile, il n'en aurait toujours qu'après ton cul.

— C'est marrant que tu dises ça, parce que c'est exactement ce qui semblait t'intéresser avant de décider de te la jouer grand gentleman et de ne plus jamais me toucher.

Elle voulait que je la touche ? ! J'ai du mal à suivre. Je suis complètement largué avec cette nana. Un coup on a un arrangement, après on vit ensemble donc il faut annuler l'arrangement… et puis elle me laisse la faire jouir et, après ça, ne manifeste plus aucun intérêt pour moi et se comporte comme si nous étions de super potes. Et maintenant elle râle ? C'est sa façon de me faire payer les distances que j'ai prises avec elle ces derniers temps ? C'était par respect pour elle !

— Dante ? Rien à ajouter ?

— Tu mérites mieux que lui, c'est tout ce que je voulais te dire. Ce type pue le plan cul à des kilomètres.

— Comme toi ?

Je ne sais pas quoi répondre. Elle a raison, comme moi. Mais je suis *son* plan cul. Je veux dire… Je n'ai même pas réussi à coucher avec une autre, hier soir. Cette fille est en train de me foutre en l'air de la même façon que sa sœur l'a fait il y a des années. Après Carmen, j'ai mis un temps fou avant de retrouver confiance en moi et de réussir à reprendre les choses en main. Et Lola… franchement… Lola ne vaut pas mieux. Elle reste là, à me regarder, impassible, la colère ayant totalement déserté ses traits.

— Viens, je vais t'aider à t'habiller.

— C'est un peu facile comme fin de discussion.

— Oui, tu as raison, Lola, comme moi. Malgré tous tes efforts pour donner l'impression du contraire, je vois bien que tu vaux beaucoup mieux que moi, justement. Et que tu t'abaisses à te comporter comme moi, ça me dérange. Parce que tu es une gentille fille et lui, il ne te mérite pas. Pas plus que moi, d'accord. Donc fais ce que tu veux de ta vie, je n'ai rien à dire, mais rappelle-toi que moi j'ai une excuse pour le style de vie que j'ai choisi !

— Elle commence à avoir bon dos et à être sacrément périmée, ton excuse !

— Quoi ?

— Ça fait combien d'années, Dante ? Huit, non ? Tu la tournes quand tu veux, la page. Tu sors la tête du sable quand tu veux !

Elle crie et se lève en faisant tomber sa chaise. Il se passe quoi, là ? Comment en est-on venus à parler de moi alors qu'on évoquait sa vie ? Je ne sais pas, j'ai loupé un épisode… Elle sort en trombe et va s'enfermer dans sa chambre. Je la suis sans réfléchir :

— Qui met fin à la discussion un peu trop facilement, maintenant, hein ?

Elle m'ouvre sa porte juste quand j'arrive devant et pointe un index qui se veut menaçant sur moi. Il pourrait l'être si elle n'avait pas l'autre bras en écharpe…

— Ne me fais pas la morale sur la façon dont je gère ma vie ! *Un* mec ! Je ramène *un* mec à la maison et tu me prends la tête avec ça ! Tu imagines si j'avais fait pareil avec toutes les greluches que j'ai vues défiler ?

— Ce n'est pas pareil et tu le sais !

On crie de plus en plus fort et il n'y a aucune chance pour que l'autre sous la douche ne nous entende pas. Mais ça m'est complètement égal.

— Pourquoi ? Parce que je suis une fille ?

— Non ! Parce que tu es Lola ! Bordel !

— Ça veut dire quoi, ça ?

— Si tu ne le comprends pas toi-même, je ne peux plus rien pour toi ! Aie un peu d'estime pour toi, Dolorès !

Cette fois c'est moi qui sors et vais m'enfermer dans ma chambre puis tire le verrou, histoire d'être sûr d'être tranquille. Mais elle ne cherche pas à venir me voir. Je reste comme un abruti appuyé à la porte. Un moment plus tard, je les entends chuchoter, même si je ne comprends pas ce qu'ils se disent. Et il est sûrement en train de l'aider à s'habiller. Je réalise d'un coup qu'elle n'a plus besoin de moi, elle l'a lui. Alors j'attends… jusqu'à ce que je sois sûr qu'ils sont partis. Je laisse encore passer quelques minutes pour être certain qu'ils ne reviennent pas, et je commence à rassembler mes affaires.

L'avantage de ne pas être vraiment chez moi est que je n'ai pas grand-chose en dehors de mes fringues, mes uniformes, quelques bouquins. Un voyage en voiture suffira. Je n'aurai qu'à déposer la clé dans sa boîte aux lettres et on n'en parle plus.

J'en suis au point où je préfère prendre le risque de croiser Sandro, sa copine et n'importe qui d'autre, plutôt que de voir Lola roucouler avec son Chris. Et ce constat est très inquiétant.

23

∞

Lui

Huit ans plus tôt…

Aujourd'hui, je me marie. Et je suis incapable de nouer ma cravate tout seul.

— Carmen…

— N'entre pas ! Tu n'es pas censé me voir !

— Depuis quand on est superstitieux ?

— Depuis que je l'ai dit !

— D'accord. Mais qui va attacher autour de mon cou ce truc que tu m'as fait acheter ?

— Demande à Lola, elle fait toujours les nœuds papillon de mon père.

— Ton père porte encore des nœuds papillon ?

— Dante…

— Je ne suis plus là !

Des mois à préparer cette journée et je ne peux même pas voir ma fiancée avant de nous retrouver devant le curé ?

Je descends au rez-de-chaussée où Béatrice a installé mes « quartiers » comme elle le dit. J'ai l'impression que quelqu'un d'autre que moi va se marier, aujourd'hui. Je suis là, je vois bien tout le monde s'agiter, la grande tente dans le jardin — la grosse tante Amparo qui hurle sur le traiteur, aussi — mais je crois que je ne réalise pas vraiment. Où est Lola ? Cette gamine est toujours fourrée dans nos pattes et quand on a besoin d'elle, impossible de la trouver ! Je tente une dernière fois d'attacher cette cravate, qui est, d'après Carmen, une lavallière. Sérieusement, c'est une grosse cravate, point barre… Mais j'échoue. Je remonte à l'étage, croise ma mère qui met la main sur son cœur avant d'avoir les yeux embués, je m'esquive, ce n'est vraiment pas le moment de tomber dans le piège de la mama italienne… Sinon, on ne serait jamais prêts pour la cérémonie.

Je tape à la porte de Lola. Pas de réponse. J'insiste et j'entends du mouvement, mais elle ne réagit toujours pas.

— Lola ?

— Une minute !

Qu'est-ce qu'elle fait, encore ? Elle finit par m'ouvrir, tout sourires, sauf que je vois bien qu'elle a pleuré.

— Qu'est-ce qu'il se passe ? je lui demande en entrant et refermant derrière moi.

Elle est sans arrêt en train de se mettre dans des situations impossibles et je ne serais même pas étonné que ce soit encore le cas aujourd'hui.

— Rien, pourquoi ?

— Tu as pleuré.

Je m'assois sur son lit et lui fais signe de me rejoindre. Elle s'installe à côté de moi et je l'attire plus près en la prenant par les épaules.

— Alexandre ?

Elle hésite un moment avant de hocher la tête.

— C'est un imbécile, je te l'ai déjà dit, non ?

— Je sais…

— Pourquoi faut-il que tu restes amoureuse de ce type alors qu'il y a forcément quelqu'un de parfait pour toi ailleurs ?

Elle lève les yeux sur moi et renifle un peu. Je sens qu'elle va se remettre à pleurer d'une seconde à l'autre. Tout le monde a choisi le jour de mon mariage pour sortir les grandes eaux, on dirait…

— Il n'est pas invité, rassure-moi ?

— Non, bien sûr que non !

— Alors, si tu te concentrais sur la belle journée qui s'annonce ? J'ai vu ta grand-tante Amparo qui faisait un scandale à propos des petits-fours, tout à l'heure.

J'arrive à lui tirer un léger sourire. Et puis elle se met à sangloter. Une chance qu'elle ne soit pas maquillée, étant donné qu'elle enfouit la tête contre ma chemise. Blanche. Repassée. Neuve.

Je lui tapote la tête comme je le fais souvent. Cette nana est un aimant à catastrophes et elle a un cœur gros comme ça. Donc cette scène, nous l'avons déjà vécue un nombre incalculable de fois. Et pourtant, je n'arrive pas à me résoudre à la laisser se débrouiller. Même ce matin, alors que j'ai une liste longue comme le bras de choses à faire, établie par Carmen. Tiens, ça me donne une idée…

— Tu sais ce qu'on va faire ? Tu vas m'aider à accomplir les missions que ta sœur m'a confiées, ça va te changer les idées. D'accord ?

— OK…

— Mais avant, il faudrait que tu m'aides à nouer cette cravate.

— Avant les missions ?

— Tu as raison, je vais me changer. Si je fais une tache ou

un accroc sur le costume, ta sœur sera veuve beaucoup trop tôt ! Descends quand tu es prête, il faut déjà aller déposer la voiture chez le fleuriste.

— Merci, Dante.

— Hé… On est presque de la même famille maintenant, hein ? Alors ne me remercie pas et bouge-toi ! On ne peut pas se permettre d'être à la bourre.

∞ ∞ ∞

Le fleuriste vient de nous annoncer qu'on allait devoir attendre une heure qu'il décore la voiture. Je me tourne vers Lola :

— Tu as mangé, ce matin ?

Lola secoue la tête. Elle a ses lunettes de soleil sur le nez, je ne vois pas ses yeux bouffis, mais j'ai bon espoir que d'ici aux photos officielles ce sera dégonflé.

— Viens, on va s'offrir un petit déjeuner !

Je la prends par les épaules, elle fait pareil, et nous allons nous installer dans un café, en terrasse, pas loin du fleuriste. J'envoie un SMS à Carmen pour la prévenir que ça va durer plus longtemps qu'elle le pensait. Histoire qu'elle ne s'imagine pas que j'ai réfléchi et changé d'avis, comme le type qui va acheter des clopes un matin et ne revient jamais, par exemple…

Lola choisit, comme toujours, un chocolat chaud et deux croissants. Je l'observe quelques instants pendant qu'elle est concentrée sur sa tasse. Ça fait cinq ans que je la connais, et je ne sais pas pourquoi, là, tout de suite, je réalise qu'elle n'est plus la gamine de quinze ans que j'ai rencontrée le jour de son anniversaire. Elle porte toujours son bracelet au poignet gauche, d'ailleurs. Comme une preuve qu'en fait si, elle a bien été cette adolescente, un jour.

— Tu veux me raconter ?

— Non, c'est sans importance. Tu as raison, aujourd'hui, le reste ne compte pas.

J'ai du mal à la croire, mais je la connais : elle ne dira rien tant qu'elle ne sera pas prête. Elle peut rester des semaines à ruminer, analyser, décortiquer… et le jour où ça lui prend, elle passe en mode bulldozer et fonce, sans réfléchir. Elle est très différente de sa sœur, pour ça. Carmen est du genre à imposer son point de vue, ses angoisses, tout. J'aime ça, chez elle, ce côté tout à fond. Lola est plus dans l'incertitude. Elles ne se ressemblent pas trop physiquement non plus. Là où Carmen est grande et tout en formes, Lola est petite et menue. C'est marrant quand on les voit côte à côte, complices et proches comme elles le sont, on a du mal à saisir la ressemblance physique et pourtant on remarque immédiatement qu'elles sont sœurs.

Ça fait à peine trente minutes que nous sommes là, à profiter du soleil, en train de digérer le petit déjeuner, et je reçois un appel.

— Monsieur Novelli, la voiture est prête.

— Merci, nous venons tout de suite !

Je règle nos consommations et nous retournons chez le fleuriste. Le coupé cabriolet Mazda MX-5 que le père de Carmen lui a offert pour nos fiançailles est magnifique. Je reconnais les choix élégants et discrets de ma fiancée. Je remercie le fleuriste et nous prenons le chemin du retour. Lola ne dit rien, je garde également le silence ; c'est apaisant ce calme avant de retourner dans la tempête qui fait rage à la villa des Domingo. Lorsque mes futurs beaux-parents ont proposé d'accueillir la réception, nous n'avons pas hésité une seconde. Personnellement, moins j'en fais pour ce mariage, mieux je me porte. Ce n'est pas que ça ne m'intéresse pas, mais entre le boulot et le fait que, de toute façon, Carmen s'en sort toujours avec le dernier mot, j'ai préféré éviter une discussion qui ne serait qu'une perte de temps. J'ai déjà compris le mécanisme des compromis qui sont, paraît-il, la base d'un mariage réussi.

La maison est tellement spacieuse que mes parents, mon frère qui est aussi mon témoin, et plusieurs tantes de Carmen y logent avec nous. C'est une ambiance sympa, bien qu'un peu fatigante.

— C'était bien votre soirée d'enterrement de vie de jeune fille ?

Je ne sais absolument pas ce qu'elles ont fait il y a deux soirs. Du côté des mecs, on s'est contentés de passer la soirée au Topaze à boire des bières et discuter. Cette pause au milieu de l'effervescence des préparatifs était vraiment la bienvenue.

— On a fait venir un gogo-dancer.

— Pardon ? Qui ça, « on » ?

— Moi.

— Lola…

— C'est juste un danseur qui fait un strip-tease, tu sais.

— Non mais… Quand je pense que Carmen a fait un foin à mes potes pour qu'ils comprennent bien qu'il était hors de question d'engager une strip-teaseuse !

— Je ne suis pas Carmen.

Le ton sur lequel elle dit ça me fait tourner la tête une seconde vers elle. Je l'ai contrariée ? Bon sang, je ne sais jamais quand je dis ce qu'il faut ou pas avec les filles de la famille… J'ai l'impression qu'elles gravitent dans un espace-temps parallèle au mien et que nous sommes condamnés à ne jamais nous comprendre.

— Je sais, mais bon, bref : il a fait quoi ?

L'idée qu'un type en string enduit d'huile se frotte à ma fiancée ne me plaît pas franchement. J'ai beaucoup moins de compassion pour Lola, d'un coup.

— Dolorès…

— Il s'est assis sur elle à un moment, mais si ça peut te rassurer, elle ne l'a pas touché. Elle était un peu mal à l'aise et il a compris, du coup il est resté à distance.

— Je préfère ça.

— En même temps, il n'y a pas de photos, pas de vidéos, rien, je peux te raconter ce que je veux.

Le regard que je lui lance n'a pour effet que de la faire sourire. Et quelque part, je préfère la voir sourire pour se moquer de moi que pleurer à cause de cet abruti fini qui la rend triste depuis des années.

— Je ne comprends pas pourquoi un gigolo a tant d'effet sur vous.

— Déjà, ce n'est pas un gigolo, un gigolo est un homme qui se prostitue ; en l'occurrence, il s'est contenté de danser en se déshabillant. Et j'aime autant te dire que son uniforme de policier a eu un très gros succès !

Danser, ça je peux comprendre. J'adore danser, même si je ne le fais pas autant que je le voudrais. Mais se foutre à poil en le faisant, quel intérêt ? Ça détourne complètement l'attention des mouvements, du sport, de la performance… Vraiment, je ne comprends pas les mecs qui font ça.

— Les flics n'ont pas la cote, comment ça se fait que vous aimiez ça ?

— Le prestige de l'uniforme, ça te parle ?

— Pas vraiment, non.

— Arrête, tu sais bien qu'on a toutes un faible pour les pompiers, les militaires, et encore mieux : les commandos.

— Les commandos ? Tu fantasmes sur les commandos ? Couverts de boue, en train de ramper dans la flotte ?

— Tais-toi, tu m'excites.

Je m'étouffe avec ma salive. Depuis quand la petite Lola est devenue cette femme qui balance des trucs comme ça, l'air de rien ?

— Parlons d'autre chose.

— Tu es mal à l'aise parce que j'avoue m'être caressée en pensant à…

— Stop ! Vraiment, Lola, juste… S'il te plaît… Je ne veux pas avoir ce genre d'idées en tête. Tu es… ma petite sœur !

Elle ne répond pas. Je la regarde à nouveau, elle a tourné la tête vers sa fenêtre et serre la mâchoire. Enfin, quand même… un peu de tenue, quoi ! Est-ce que je lui balance mes fantasmes ? Non, merci ! La pudeur n'a pas été instaurée pour rien. Il y a des règles sociales qui s'appliquent d'autant plus à nous qui sommes presque de la même famille et le serons officiellement d'ici à quelques heures. Si ça se faisait d'étaler ses fantasmes au grand jour comme ça, ça se saurait !

Je me gare devant la maison et elle descend vite de la voiture.

— Hé ! Lola ! Ma cravate, tu peux m'aider ?

— C'est une lavallière. Je vais voir si tita Amparo a besoin d'aide, après j'irai me préparer dans ma chambre. Viens me voir quand tu seras habillé.

Elle s'éloigne en sautillant. Malgré ses vingt ans, malgré ses fantasmes, je crois que pour moi elle sera toujours cette gamine de quinze ans qui écoutait son iPod en pleurant pour un petit con qui ne sait pas ce qu'il loupe. Je souhaite bon courage au type qui finira avec elle : il lui en faudra pour supporter son fichu caractère.

∞ ∞ ∞

Pantalon, chaussures, chemise, boutons de manchettes, veste, gilet, boutonnière… Je crois que je n'oublie rien. J'ai l'impression d'avoir avalé un parapluie, mais je sais que ça fait plaisir à Carmen que je porte ce costume un poil rétro, alors je la boucle et je supporte. Pour ma fiancée. Ma future femme. J'ai encore du mal à réaliser ! Cinq ans, déjà… Et pas un nuage à l'horizon !

Il ne me reste que cette cravate à mettre. J'attrape l'épingle qui va avec et monte l'escalier pour rejoindre Lola. Quand elle m'aura installé ce truc, je ne toucherai plus à rien. Je crois que je ne m'approcherai pas de quoi que ce soit qui pourrait ruiner mon costume. Sinon, ça va, je vis très bien la situation. Non, sérieusement, tu m'étonnes que la plupart des mariés aient l'air coincés devant le curé ou le maire, ce n'est pas humain toutes ces couches de fringues en plein été ! Mais, encore une fois, on va dire que je le fais pour Carmen.

Je suis en train d'ajuster mon gilet et j'entre dans la chambre de Lola en oubliant de frapper. Avant de lever la tête, je mets la main devant moi :

— Désolé, Lola, j'étais perdu dans mes pensées, tu es visible ?

Un cri de surprise, un « putain » masculin qui n'est définitivement pas prononcé par Lola…

La porte de la salle de bains qu'elle partage avec Carmen ouverte…

Ma fiancée, à quatre pattes sur le tapis de bain, face à moi, les seins sortis de son soutien-gorge blanc que nous avons choisi ensemble.

Sa culotte par terre à côté d'elle, mon frère, derrière, en train de la prendre en levrette.

Je reste quelques secondes à la regarder dans les yeux, je me dis que si je ferme les miens je vais réaliser que j'ai halluciné, que ce n'est pas réel. Mais non, je les rouvre et Sandro se rhabille. Pour Carmen, c'est plus délicat étant donné qu'elle est presque à poil et elle essaie de se cacher avec le tapis de bain.

— Putain de merde…

Je me retourne et vois Lola ; elle a l'air aussi choquée que je dois l'être.

— Carmen ! Sandro !

Elle reporte son attention sur moi et j'accroche mon regard sur elle, je me concentre sur son visage fin, sa frange parfaite, sa bouche ouverte, ses mains qui viennent s'y plaquer, les larmes qui commencent à rouler sur ses joues. Pourquoi pleure-t-elle ?

Je dois sortir d'ici, j'étouffe dans cette tenue…

— Dante ! Attends !

Carmen.

Je ne me retourne pas.

— Dante, putain, ta fiancée m'a sauté dessus ! Je t'ai rendu service ! Je te l'aurais dit !

Sandro.

Je préfère l'ignorer.

Au moment où je passe à côté de Lola, elle prend ma main et m'entraîne à sa suite. Je ne réalise pas bien comment, mais je me retrouve dans sa voiture. Et nous roulons. En silence. Enfin presque, parce qu'elle pleure. De temps en temps, elle pose la main sur ma cuisse et dit quelque chose qui semble être réconfortant, mais je n'entends pas. J'ai comme un bourdonnement dans les oreilles. Je crois que je n'imprime pas ce qui se passe. J'ai actionné une sécurité pour ne pas péter les plombs. Je suis anesthésié. Je n'ai même pas envie de pleurer. Et les kilomètres défilent. Le téléphone de Lola sonne à plusieurs reprises. Elle finit par décrocher et crier. Je crois qu'elle parle à Carmen. Je m'en fous.

Aujourd'hui, je devais me marier. Mais j'ai surpris ma fiancée en train de se faire sauter par mon petit frère, mon témoin. Carmen craignait qu'un imprévu chamboule le planning qu'elle avait minutieusement établi. Un imprévu a détruit ma vie.

24
∞
Elle

De nos jours…

— Je ne suis pas sûre que c'était la meilleure idée du monde…

— Bien sûr que si. Maintenant bois, et tais-toi.

— Hé ! J'ai le droit de parler si je veux. Et ton boulot en tant que barman, justement, ce n'est pas d'écouter le client ?

— Je t'écoute depuis des heures, et tu ne m'as même pas donné de pourboire !

Chris se détourne et va servir un autre client. J'ai trop bu, et en plus j'ai mal, car je n'ai pas pris mes calmants, justement pour pouvoir boire. Nous avons passé la journée à faire les boutiques, regarder la télé, et l'idée que je l'accompagne ce soir vient de lui. Il n'a donc pas le droit de se plaindre si j'ai un peu l'alcool triste. D'ailleurs, il devrait s'en vouloir ! C'était n'importe quoi de faire croire à Dante que nous avions couché ensemble cette nuit. Et son petit cinéma ce matin avec ses clins d'œil, et son léchage de doigt… J'ai failli vomir ! Pas de ça entre lui et moi, jamais. Et de quoi j'ai l'air, surtout ? Je passe mon temps à changer d'attitude avec Dante. Dans ma tête, c'est tout autant le bazar : je navigue entre la certitude qu'il n'est pas fait pour moi et que ce que je ressens pour lui va finir par me détruire… et la certitude qu'il est le seul homme que j'aimerai jamais. Et lui, eh bien lui… il est aussi perdu que moi, je crois. Pas étonnant. J'essaie au maximum de jouer mon rôle de petite sœur capricieuse depuis qu'il s'occupe de moi à la maison. Mais ce n'est pas moi. Et il y a ces moments où je suis dans la séduction, spontanément, et où je réalise trop tard ce que je fais. Sans parler de ces moments où je le déteste d'avoir autant d'impact sur ma vie. Un jour, je voudrais qu'il se jette à mes pieds et me déclare son amour indéfectible pour moi. Le lendemain, je lui en veux d'avoir laissé les choses aller si loin à notre retour de l'hôpital. En résumé : c'est plus que compliqué et ça me frustre autant que ça m'exaspère.

Chris revient se planter devant moi et pose les coudes sur le comptoir en zinc en me fixant intensément.

— Tu sais ce dont tu as besoin ?

— D'aller voir Dante, lui expliquer que ton plan était nul, lui dire que je l'aime et…

— De t'amuser.

— Ah.

— Je termine tôt, ce soir. Donc…

— Donc…

— Tu verras ! Je sais exactement ce que nous allons faire. Par contre, je te coupe les vivres.

— Laisse-moi au moins terminer mon verre !

— Je ne crois pas, non.

Il attrape mon cocktail et l'éloigne de moi avant que je ne puisse réagir. Il a raison, j'ai déjà bien assez bu et je n'ai qu'un bras de disponible, ce n'est pas prudent de continuer. Je le regarde servir encore quelques clients, passer la relève à l'autre barman, disparaître dans la réserve…

— Dis donc, comment tu as fait pour te matérialiser derrière moi alors qu'il y a deux secondes tu étais à l'autre bout de la salle ?

Je me retourne et lui souris. Il grimace.

— Tu as un sourire de psychopathe, Lola. C'était quand ta dernière beuverie ?

Je fronce les sourcils en réfléchissant. C'est une excellente question. Je n'ai plus franchement l'habitude de boire. Pourtant, j'ai eu quelques cuites mémorables.

— Je ne bois pas, habituellement. Mais je me rappelle très bien la fois où j'ai tellement picolé que je n'ai plus touché une goutte d'alcool pendant des mois. Des années, même, je crois.

— Viens, tu me raconteras ça dans la voiture. Appuie-toi sur moi, ton Dante me couperait les couilles et me les ferait bouffer si tu te faisais mal au poignet sous ma surveillance.

— Tu veux dire qu'en dehors du fait que Dante pourrait t'en vouloir tu te fiches complètement de savoir si j'ai mal ?

— Ah non, Lola, ne te mets pas à chouiner, c'est insupportable.

— Je ne chouine pas !

— Pas de larmes non plus, s'il te plaît…

— Mais je ne pleure pas !

— Tu n'en es pas loin.

— Ça, c'est parce que tu as mis Dante en colère et maintenant il croit que je couche avec toi !

Il ouvre la porte de service du bar et nous nous retrouvons sur le parking du personnel. Il m'entraîne vers sa voiture et, comme par magie, nous sommes déjà en train de rouler.

— Chris…

— Humm ?

— Je crois que j'ai des mini black-out.

— Hein ?

— Il y a une seconde, tu ouvrais ma portière et là, tu conduis.

— Je t'assure qu'entre-temps tu as parlé, ce ne sont pas des black-out…

— Alors, c'est bizarre.

— Non, tu es juste bourrée.

— Oui, mais je ne me sens pas vraiment bourrée…

— Tu crois que ça peut interagir avec tes médicaments ?

— Aucune chance, je ne les ai pas pris en prévision de la soirée.

— C'est un mystère mystérieux, alors, Daphné !

— Daphné ? Tu veux dire la rousse ? Grande, bien foutue, avec des gros seins et des cheveux de trois kilomètres ?

— Pour commencer, ses cheveux ne sont pas si longs. Ensuite, si tu préfères être celle qui a la coupe de Mireille Mathieu…

— C'est quoi son nom ?

— Aucune idée, je ne me souviens que de Daphné.

— Comme par hasard, tous les mecs se souviennent toujours de la mieux gaulée.

— Tu viens d'employer le mot « gaulée » ? En 2017 ?

— C'est interdit ?

— C'est *has been* ! Mais soit, je crois que tu nous fais un petit caprice, là.

— « Petit » parce que je suis petite ?

— On y est ! Et tant mieux, parce que je commence à avoir du mal à supporter tes jérémiades.

Je regarde autour de nous.

— Une fête foraine ?

— C'est pile ce qu'il te faut pour te changer les idées… et les miennes !

— Et si je vomis ?

— Tu m'as affirmé ne jamais vomir.

— J'ai dit ça ? Quand ?

— Tout à l'heure.

— Aucun souvenir. Je crois que je t'ai menti.

— Il n'y a qu'une façon de s'en assurer !

Il sort et… mince ! Deux secondes après, je suis assise dans une sorte de capsule sortie tout droit de *Dragon Ball*, je suis Bulma du coup ?

— Chris… On fait quoi, là ?

— Un tour de manège, c'est toi qui as insisté.

— Pas du tout !

— Tu commences vraiment à m'inquiéter, pourtant tu n'as pas bu tant que ça ! Enfin si, quand même. Rappelle-moi, c'était quand ta dernière cuite ?

— Il y a huit ans.

— Putain, Lola !

— Quoi ?

Nous arrêtons de parler parce que le manège se met lentement en route et je m'agrippe à la barre de sécurité devant moi. Si le démarrage est lent, lorsque le bidule se met à chuter d'un coup, j'ai les poumons qui viennent percuter mon cerveau et je crois que je risque fort de vomir. J'essaie de me contenir, parce qu'une pluie de vomi sur les gens qui attendent leur tour en dessous serait sûrement mal accueillie.

Miraculeusement, quelques cris et bonnes frayeurs plus tard, nous sommes devant le stand de barbes à papa. Hypnotisés.

— Haaaaan, c'est magique…

— Merci, mademoiselle !

Le vendeur réalise des barbes à papa en forme de fleurs, à plusieurs couleurs et en quelques minutes, sous nos yeux. Il m'en tend une et je la prends en souriant. Puis je panique :

— Mais je ne vais jamais oser la manger, elle est trop belle !

— Lola, si tu ne la manges pas, elle va fondre.

Nous partons nous asseoir sur un banc avec nos œuvres d'art éphémères et je me résigne à y goûter.

— Parle-moi de cette fameuse cuite qui t'a poussée à ne plus picoler durant toutes ces années.

— Oh ! c'était le jour du mariage de Dante.

— Je croyais qu'il ne s'était pas marié.

— Il ne s'est pas marié. Mon père avait pris ma voiture la veille pour aller chercher le champagne ; je l'ignorais. Mais lorsqu'on a découvert ma sœur et le frère de Dante emboîtés dans la salle de bains, j'ai entraîné Dante sur la route. Il était vraiment… tu sais…

— Non, je ne sais pas. Lola, il faut que tu finisses tes phrases.

— Eh bien, il était sous le choc, il me fixait bizarrement alors que son frère et ma sœur étaient juste derrière lui. Mais lui, il me regardait comme si ma réaction était plus importante que la sienne. Alors quand j'ai vu que les deux autres essayaient de lui parler, j'ai attrapé sa main et nous nous sommes enfuis avec ma voiture.

— Et le champagne dans le coffre.

— Exactement. Mais nous nous en sommes rendu compte plus tard, au moment où j'ai voulu récupérer une couverture pour qu'on pique-nique dans un parc.

— Et vous avez mangé et bu.

— On a mangé du McDo tout en buvant du Bollinger !

— Sans déconner ?

— Je ne te raconte pas la tête de mon père quand j'ai fini par rentrer et qu'il a vu qu'il manquait quatre bouteilles.

— Quatre bouteilles à deux ?

— Nous étions sous le choc, comme je te l'ai dit.

— Une cuite au champagne, ça ne doit pas être beau à voir.

— On a pris une chambre et on a partagé les toilettes toute la nuit à vomir tripes et boyaux. Mais au moins, il n'était pas seul et il n'a pas déprimé.

— Tu es une sainte.

— Je sais.

— Je le pense, Lola. Tu as eu un seul partenaire sexuel en dehors de Dante.

— Est-ce que tu peux le crier un peu plus fort ? Je pense qu'ils n'ont pas bien entendu au niveau du train fantôme.

— Arrête, il n'y a pas de honte à avoir ! Tu es restée amoureuse toute ta vie du même type et tu as fini par trouver assez de courage pour aller le voir.

— Tu parles.

— Mais non, sois fière de toi !

— Pourquoi, parce qu'il me voit sûrement comme une traînée ?

— J'avoue, c'était un plan de merde.

— Je fais quoi, maintenant ?

— On mange une pomme d'amour ?

— C'est ironique ?

— Arrête, c'est délicieux ! Viens, je t'achète des chouchous, si tu veux.

— J'ai une tête à aimer les chouchous ?

Il me fixe un moment avant de déclarer, sérieux :

— Tu as une tête à aimer les chouchous.

Bon, dans ce cas !

∞ ∞ ∞

— Sonne, ton Dante nous ouvrira…

— Ce n'est pas « mon » Dante. Je ne dis pas que je ne voudrais pas qu'il le soit, mais ce n'est pas le cas.

— Sonne.

— Je peux ouvrir, je suis quand même capable d'utiliser ma main gauche pour déverrouiller une porte.

— J'attends.

— Assieds-toi, ça risque d'être long.

Il sonne.

— Je t'avais dit que j'allais réussir !

— J'ai très envie de pisser.

— Ce n'est pas joli comme mot…

— Et si tu n'ouvres pas rapidement, c'est devant chez toi que ça ne va pas être joli.

— Victoire !

Je rentre dans l'appartement et Chris me dépasse pour se précipiter à la salle de bains. J'en profite pour aller tout doucement dans la chambre de Dante. J'ai gagné une peluche parfaite pour lui, c'est un petit Elmo avec une tenue de pompier. Et on peut même retirer la tenue, j'ai vérifié. Bon, il n'y a pas de tout petit slip brillant, mais je suis sûre que ça doit se trouver. Je n'ai aucune idée de comment j'ai réussi à gagner cette peluche ni à quel jeu, j'ai eu un black-out à ce moment. Heureusement, je n'en ai plus depuis une petite heure. Enfin je crois, comment en être sûre, après tout ? Disons que depuis une petite heure ça ne me perturbe plus.

Je m'approche de son lit sans bruit et remarque tout de suite que quelque chose n'est pas normal. Dante n'est pas ce qu'on peut appeler une fée du logis, et je n'ai rencontré aucun obstacle en faisant le trajet de la porte à son lit, alors qu'habituellement il y a toujours au moins des vêtements par terre. J'allume la lampe de chevet. Le lit n'est pas défait. Il n'est peut-être pas encore rentré ? Je me retourne, la chambre est vide. Comme avant qu'il y emménage. Pas une seule affaire personnelle. Je vais jusqu'à son placard. Vide aussi.

Je serre le petit Elmo contre moi et m'assois sur le lit. Dante m'a abandonnée et je me sens tellement seule, d'un coup. J'ai du mal à respirer, je crois… L'air emplit mes poumons par à-coups et un sanglot s'échappe de mes lèvres. Je regarde mes mains et me rappelle que je tiens la peluche. Mes doigts sont crispés sur le tissu. Je reste bloquée à les regarder s'enfoncer dans le rembourrage et une goutte tombe jusqu'à eux. Puis une autre. Et encore une. Mes joues sont humides et j'ai les yeux qui piquent. Je me passe la langue sur les lèvres, un goût salé envahit ma bouche. Je crois que je pleure. Oui, c'est ça, je pleure…

— Il se passe quoi ?

— Il est parti.

Chris ne fait aucun commentaire, il me rejoint et me prend dans ses bras au moment où mes pleurs redoublent. Et je sens l'envie monter, j'ai à peine le temps de me dégager de mon ami et de courir aux toilettes. Je vomis pendant je ne sais combien de temps. Lorsque ça se calme enfin, je vais au lavabo pour me rafraîchir et je remarque Chris, allongé dans la baignoire, en train de dormir. Je souris. Ce n'est pas comme si la vie s'arrêtait. Je ne suis pas seule. J'ai Chris qui veille sur moi depuis la baignoire, et mon petit Elmo. Alors pourquoi ai-je l'impression qu'on vient de m'arracher le cœur ?

∞ ∞ ∞

— Ça doit cesser, annonce Chris.

— Hein ?

— Tu dors dans son lit depuis trois nuits.

— Les draps sentent encore son odeur, je profite jusqu'à ce que ça s'évapore !

Enfin, ça me paraît pourtant logique.

— Cesse de t'apitoyer et appelle-le !

— Pas question ! De quoi j'aurais l'air si je faisais ça ? D'une pauvre fille désespérée !

— Tu es désespérée, Lola. Je te laisse jusqu'à la fin de la semaine et tu as intérêt de bouger ton cul.

— Je le bouge, figure-toi ! Je vais bosser !

— Oui, mais vu l'état dans lequel tu y vas, je me demande comment tu ne t'es pas encore fait arrêter pour atteinte à la pudeur.

— N'importe quoi !

— Tu fais peur aux enfants.

— Faux.

— Demain, pour qu'ils mangent leurs légumes, on pourra leur dire : « Mange ou Lola viendra te hanter. »

— Très drôle. Tu n'es pas censé aller travailler, toi aussi ?

— J'y vais, justement. Sois sage.

— Je suis toujours sage. Pourquoi tu crois que j'en suis réduite à me rouler dans des draps sales en pleurant ? Si j'avais été moins sage, si j'avais agi au lieu de réfléchir, peut-être bien que Dante serait avec moi dans ces draps sales !

— Si c'était le cas, j'espère quand même que tu finirais par les changer.

— Laisse-moi déprimer, s'il te plaît.

— Je reviendrai.

— Tes menaces n'ont aucun effet sur moi !

Il s'en va enfin et je peux me complaire dans mon désespoir et mon chagrin.

Trois jours, toujours aucune nouvelle de Dante. Même pas un petit texto pour me demander comment je vais. Il s'est occupé de moi pendant des semaines, très attentif à ce que je ne me blesse pas. Nous avions réussi à construire quelque chose, tous les deux. Enfin, je croyais. Mon plan établi quand je lui ai proposé de venir vivre avec moi était pourtant simple : lui donner envie de me connaître, qu'on devienne amis tous les deux… et après envisager autre chose. Parce que ce qu'il me proposait, vraiment, ça n'était pas possible, pas suffisant. Mais il semblerait que rien ne soit suffisant, au final. Je regrette tellement ce dérapage à notre retour de l'hôpital. J'en avais envie, bien sûr, mais je n'ai jamais laissé ma libido contrôler mes actions. Il a dû me prendre pour cette fille facile que j'ai essayé d'être… Finalement, j'ai récolté ce que j'avais semé. Et en cédant à mes pulsions ce jour-là, ne lui ai-je pas confirmé que je ne valais pas mieux que les autres ? Que Carmen ? Sauf qu'avec Dante ma libido et mes sentiments se mélangent et créent une confusion qui me dépasse. Je n'ai plus aucune certitude, c'est l'effet qu'il a sur moi : il me fait douter de tout.

Peut-être bien que je dois tourner la page, commencer à vivre, comme me le répète Chris. Je pourrais faire ça lundi, c'est bien de prendre un nouveau départ un lundi. Je ne me vois pas faire ça un mercredi.

« Et elle débuta sa vie un mercredi. »

Non, décidément, ça ne sonne pas bien du tout. En attendant, j'attrape Elmo-pompier qui ne me quitte plus, l'oreiller de Dante qui sent à présent plus mon shampooing que le sien, et je me traîne jusqu'au salon. Je me cale sur Netflix, il y a toujours quelque chose à voir sur Netflix. Je pourrais regarder n'importe quoi, mais là, j'ai besoin de me changer les idées. Je déprime déjà, inutile d'ajouter un film qui va me donner envie de pleurer, je m'en sors très bien toute seule. Je passe un temps fou à naviguer et, au moment où je m'apprête à reprendre *The Big Bang Theory* à la saison 1, mon téléphone sonne. Panique, je fais tout tomber en le cherchant mais je réussis à l'attraper sans me tuer.

— Oui ?

— Maman s'inquiète parce que tu n'es pas venue dimanche. Alors laisse-moi te dire une bonne chose, Lola : que tu couches avec Dante ne te donne pas le droit de snober ta famille. J'avais une annonce importante à faire dimanche, et tu as tout fait foirer parce que tu es d'un égoïsme à toute épreuve. Donc tu as intérêt d'être là dimanche prochain, je te préviens, Lola, si tu…

Je raccroche. Elle est gonflée ! Des fois, j'essaie de me rappeler comment c'était elle et moi avant qu'elle ne tourne garce. J'ai du mal. Heureusement qu'il y a les films que mon père faisait avec le petit caméscope, les lettres qu'on s'est envoyées lorsque nous étions chacune en vacances quelque part, et les bribes de souvenirs... Parce que sinon je me demanderais sincèrement ce que nous avons pu avoir en commun toutes les deux.

Je lance le premier épisode et souris rapidement devant la bande de geeks. Elmo dans mon bras valide, un paquet de mouchoirs à portée de main, j'essaye d'oublier ma souffrance.

25

∞

Elle

— Lola…

— Humm…

— Une semaine, ça me semble largement suffisant. Maintenant, il faut te décider à reprendre une vie normale.

— Demain.

— Demain ?

— Oui, demain c'est lundi, c'est un bon jour pour un nouveau départ.

Chris pose sa tasse de café sur la petite table, pousse ma couverture et s'assoit à côté de moi.

— Quel est ton plan ?

— Je n'ai pas de plan.

— C'est ce que je craignais.

— Je t'arrête tout de suite, la dernière fois que tu as eu une idée, Dante est parti.

— Je doute fort que mon idée ait été à l'origine de la lâcheté de ton copain. Vous êtes entièrement responsables de la situation. D'ailleurs, ni lui ni toi n'avez mis votre orgueil de côté pour prendre des nouvelles de l'autre. Vous vivez ensemble et d'un coup vous êtes en silence radio. C'est ridicule, vous êtes deux gamins têtus et capricieux.

Je le regarde sans rien dire. Je n'en pense pas moins. Je suis profondément blessée que Dante n'ait pas cherché à savoir comment je vais. Et je suis définitivement trop bornée pour faire le premier pas. Surtout que je me sens nulle et encore trop perdue. En plus, je suis persuadée que s'il s'intéressait vraiment à mon cas il se serait manifesté. Dante n'est pas le genre à tourner autour du pot. Il veut dire quelque chose : il parle. Alors c'est qu'il n'a rien à me dire.

— Et c'est quoi cette nouvelle manie de te trimballer partout un doudou ?

— Ce n'est pas un doudou, c'est Elmo.

— Je sais qui est Elmo, merci. Mais ça reste un doudou.

— Je ne suis pas un doudou et je t'emmerde.

— Tu ferais une piètre ventriloque, tu le sais ? Et les gros mots ne te vont guère, ma chère.

Je lui souris.

— Ce n'est pas encore ça, mais c'est un bon début. Et ton téléphone, tu comptes répondre, un jour ?

— Non.

— Et…

— C'est Carmen qui me harcèle, elle a un truc à annoncer à toute la famille et elle voulait que je sois présente.

— Aujourd'hui ?

Je hoche la tête. Je n'ai absolument aucune intention d'aller chez mes parents. Et vu l'état dans lequel je suis, même si Cristina Cordula en personne se pointait à ma porte pour me motiver, il nous faudrait plusieurs heures avant de me rendre apparence humaine. Donc, je préfère rester tranquillement chez moi profiter de ce dernier jour de « monde cruel ».

— Tu regardes quoi ?

— *Vol au-dessus d'un nid de coucou.*

— Et ça t'a pris comme ça ?

— Je regarde des films qui sont sur le top 100 de la liste IMDB.

— Parce que…

— J'ai besoin d'objectifs dans ma nouvelle vie, ça me paraît bien pour commencer, non ?

— Alors, si tu me demandais mon avis, je suggérerais avant tout une douche et un tour chez le coiffeur.

— Tu as un commentaire à faire sur ma frange ?

Tout le monde a dans l'idée que je suis maniaque avec mes cheveux — ce qui est vrai. Mais tout le monde s'imagine surtout que je suis incapable de rester trop longtemps sans aller faire égaliser ma frange ou mon carré plongeant — ce qui est vrai aussi. Sauf que tout le monde ne s'inquiète pour moi que lorsque je me néglige un peu à ce niveau. Je pourrais être à l'article de la mort, si je suis bien coiffée, ils seraient rassurés. Je ne sais pas comment j'en suis arrivée à faire de ma coiffure une échelle de bien-être, mais le fait est que mes proches s'y sont habitués.

— J'irai demain.

— Demain c'est lundi. Tous les coiffeurs sont fermés le lundi.

— C'est ton côté gay qui connaît ce genre de détail ?

C'est à son tour de me fixer en silence.

— C'était une blague.

— Les blagues sur les homos sont toujours hilarantes, réplique-t-il sans esquisser le moindre sourire. Absolument pas politiquement incorrectes. Rien à voir avec une pointe d'homophobie.

Je hausse les épaules et relance le film. Il a le bon sens de ne plus la ramener et de suivre ce qui se passe à l'écran en évitant de faire de nouveaux commentaires sur mon allure. Non mais, je suis chez moi. Si j'ai envie de me trimballer avec une passoire sur la tête, je le fais, et c'est tout.

— Tu vois, la lobotomie, ce n'était pas si mal…, je fais judicieusement remarquer lorsque Jack Nicholson revient de sa petite opération du cerveau, sur l'écran de ma télé.

— Lola, sincèrement, je pense qu'il est temps que tu sortes de ta déprime. Tu commences à me faire peur.

∞ ∞ ∞

— Je n'ai jamais dormi aussi souvent dans le même lit qu'une femme sans qu'il ne se passe quoi que ce soit.

— Oh ! tu me traites de femme !

— Tu préférerais que je te traite de mec ?

— Non, ce n'est pas ça, mais d'habitude les gens parlent de moi comme d'une fille, une gamine, une chieuse… Mais pas une femme.

— Ce sont des abrutis. Bon, on est mardi, tu ne travailles pas avant 15 heures : direction ta coiffeuse !

— J'ai l'impression d'être Pretty Woman.

— Oui, alors que ce soit clair : je suis peut-être à moitié gay, mais il est hors de question que tu me traînes dans tout un tas de boutiques. Je vais faire le minimum syndical et je vais principalement le faire pour moi, parce que c'est moi qui ai ta tronche sous le nez la plupart du temps, et que ça commence à me faire flipper. Je ne te reconnais presque plus.

— Ça va sinon ? Tu n'as pas l'impression d'exagérer ?

Chris a décrété qu'il s'installait chez moi suite au départ de Dante. Pour m'aider à faire la transition. Mouais... Eh bien je ne pensais jamais avoir à dire ça, mais Dante était un colocataire bien plus facile à vivre que Chris. Lorsque je lui ai fait part de mon observation, il m'a rétorqué que je n'étais pas objective. Et que je devais m'estimer heureuse qu'il n'ait fait aucune partouze dans mon salon.

Je m'estime heureuse.

— Donc, coiffeur et ?

— Il me semble que c'est un bon début, je suis convalescente.

— Tu as encore deux semaines d'immobilisation et tu seras tranquille.

— Je parlais de mon chagrin d'amour.

— Ce n'est pas un chagrin d'amour.

— Tu appelles ça comment ?

— Une désillusion post-adolescente avec effet boomerang.

— Dans les deux cas, ça fait pleurer, non ?

— Certes.

On sonne à la porte. On se regarde tous les deux un moment sans rien dire. Il est en caleçon, je suis en pyjashort ; il est trop tôt pour que qui que ce soit se pointe ici.

— Tu attends quelqu'un ? je lui demande.

— Non, et toi ?

— Non plus. Tu crois que c'est Dante ?

— Et pourquoi ton ex viendrait te rendre visite sans prévenir après une semaine de silence ?

— Et pourquoi pas ?

Notre discussion est interrompue par un nouveau coup de sonnette.

— Va ouvrir, tu es l'homme de la maison, maintenant.

— Je suis l'homme presque nu de la maison. Et tu es chez toi, il n'y a pas mon nom sur la boîte aux lettres.

Sur ce, il se lève et va s'enfermer dans la salle de bains. Je me résigne à aller ouvrir. Je ne fais pas trop peur. Enfin, ce ne serait sûrement pas l'avis de Chris, mais étant donné qu'il est allé se planquer, il n'a pas son mot à dire. Il faudrait que je songe à faire installer un judas sur cette porte, d'ailleurs, ça serait bien utile.

Un grand type se tient devant moi. Un grand type que je n'ai jamais vu de ma vie. S'il tente de me tuer et que je hurle, j'espère que Chris viendra me sauver.

— Lola ?

N'ayant jamais eu l'âme d'une Sarah Connor, j'ai envie de répondre « Non, c'est à côté » mais je hoche lentement la tête. J'ai encore la possibilité de refermer la porte avant qu'il ait le temps de réagir.

— Je m'appelle Yoan, je suis le patron de Dante.

Je hoche à nouveau la tête, je crois que j'ai buggé en entendant « Dante ». Et puis je me reprends :

— Il va bien ? Il lui est arrivé quelque chose ? Il y a un souci ?

— Non, tout va bien, enfin plus ou moins. Il ne sait pas que je suis ici. Sur le pas de votre porte.

— Euh…

Il veut que je l'invite à entrer ?

— Lola, tu as un visiteur ?

Je me retourne. Ce fourbe de Chris était en fait allé s'habiller et, du coup, il est tout à fait présentable alors que moi je me trimballe avec un chaton mignon sur le bide ! Il faut que je me rappelle pourquoi j'ai laissé ma mère m'acheter mes pyjamas de convalescence… Ah oui : je n'en avais rien à faire.

— C'est le patron de Dante, je répète bêtement.

— Et tu comptes le faire entrer ou le laisser sur le pas de la porte toute la matinée ?

— Pardon. Entrez.

Yoan passe devant moi et, dès qu'il a tourné le dos à Chris qui lui indiquait le salon, mon ami fait mine de s'éventer avec la main et se lèche les lèvres. Je rêve ! Mais qu'est-ce que je vais faire de lui ? Irrécupérable !

Je les accompagne et Chris propose un café, que le fameux Yoan accepte avec un sourire dégrafeur de soutifs — si j'en avais un, c'est le sort qui lui serait réservé.

— Quand vous dites que vous êtes le patron de Dante, vous parlez de quel boulot exactement ? je demande.

— Les Golden Boys.

— Ah oui.

Je me disais aussi…

— Vous dansez ?

Je l'ai pensé à haute voix ?

— Oui, ça m'arrive de faire un remplacement quand c'est nécessaire.

Chris revient à ce moment de la cuisine et me sauve d'une réplique qui aurait sûrement été du genre « Je m'en doutais, vous êtes bien foutu. »

— Alors, que nous vaut cette visite ? Yoan, c'est ça ? On peut se tutoyer, hein, on a tous à peu près le même âge.

C'est parti pour le petit numéro de Chris ! J'ai comme une vibration hétéro qui me vient de notre invité, mais ce n'est pas comme si ça pouvait arrêter Chris. Ça lui est même complètement égal.

— J'ai un souci avec Dante. Il n'est plus du tout dans ce qu'il fait, il picole à toutes les soirées, envoie balader les clientes, il est en train de ternir la réputation de la boîte.

Nous le regardons en attendant la suite. Visiblement, il a terminé. Je jette un coup d'œil à Chris, histoire qu'il comprenne que je suis perdue. Il saisit la perche que je lui tends et intervient :

— Dante ne vit plus ici depuis une bonne semaine, maintenant.

— Oui, voilà, la semaine passée ils ont eu trois engagements. Il est arrivé en retard à chaque fois, déjà bourré, et son comportement avec les clientes était plus que déplacé.

— Et tu nous dis tout ça pour quelle raison ?

Merci, mon meilleur ami, je retire tout ce que j'ai dit de mal sur toi jusqu'à présent. Ce qui fait un paquet de choses.

J'écoute la conversation en silence. Quelque part, ça m'ennuie que Dante ait l'air d'aller mal. Mais si je suis tout à fait honnête, j'en ai marre de m'occuper de lui et surtout de me préoccuper de son bien-être alors que le mien n'a aucune importance à ses yeux. Donc, je ne vois pas en quoi ça me concerne, comme le fait si bien remarquer Chris.

— Lola, je sais que ça ne me regarde pas, mais il s'est passé quelque chose et tout le monde en souffre. Dante n'est pas du genre à se confier à qui que ce soit. Mais vous avez vécu ensemble et, si j'ai bien compris, tu le connais depuis des années. Je me demandais si, dans l'intérêt de tous, tu accepterais de lui parler.

— Lui parler de quoi ?

— Essayer de comprendre ce qui se passe.

— Non, mais… Dante et moi, nous ne sommes pas…

— Nous allons nous en charger.

Je regarde Chris au moment où ils se lèvent tous les deux. *Sinon, faites donc comme si je n'étais pas là…* Mon « ami » tend la main à Yoan et je vois bien qu'il laisse traîner son pouce plus longtemps que nécessaire avant de rompre le contact. Non, ce type n'est définitivement pas gay et non, Chris n'en a rien à faire. Il le raccompagne à la porte, j'entends qu'il me remercie et me dit au revoir, mais je suis en train de contenir ma colère, donc je suis concentrée. Je compte jusqu'à dix une fois la porte refermée, histoire de laisser le temps au patron de Dante de s'éloigner, et j'explose :

— Ça ne va pas bien ? ! Tu veux que je parle à Dante ? Mon objectif est de tourner la page ! Pas de foncer le retrouver !

— Écoute, j'ai un plan.

— Tu veux vraiment qu'on reparle de tes plans ?

— Inutile de ressasser le passé, il faut aller de l'avant.

— Yoan a l'air cent pour cent hétéro, pour ton information.

— C'est parfait, je le suis à cinquante pour cent.

— Tu es une cause perdue, tu le sais ? Tu dragues un type qui n'est pas du tout réceptif.

— Ne détourne pas la conversation.

— Il n'y a pas de conversation. Je refuse d'aller parler à Dante.

— Mais…

— Tu t'es engagé à ma place, alors tu sais quoi : tu n'as qu'à aller lui parler, toi, puisque tu trouves que ce plan est parfait. Moi, je vais m'habiller, et tu vas m'aider, ensuite je vais aller me faire couper la frange et après je démarre ma nouvelle vie. Et dans ma nouvelle vie, il n'y a pas de place pour Dante !

Il me regarde, bouche ouverte, et il se peut éventuellement que j'ai crié. Je ne crie jamais sur Chris. Mais là, tout de même, il l'a bien cherché. Et puis, j'avoue, j'ai aussi crié pour me convaincre moi-même. J'ai besoin de croire que je peux définitivement tourner la page Dante.

∞ ∞ ∞

— On avait dit « pas de shopping ».

— On avait aussi dit que tu ne prenais pas de décision à ma place, et tu t'es proposé pour que je parle à Dante. Tu expies ta faute, là, alors fais-le en silence.

— Je pourrais aller à ce petit café, en face, t'attendre et…

— Non, j'ai besoin d'un avis pour savoir quelles chaussures acheter pour aller avec cette jupe.

— Si je peux me permettre…

— Non, tu ne peux pas.

Il se tait, mais le regard qu'il me lance est sans équivoque : il souffre. Tant pis pour lui. Je reconnais que je n'avais pas besoin de faire tous ces magasins, c'est juste une punition pour lui apprendre à rester à sa place. En plus, pour le deuxième jour de ma nouvelle vie, je n'arrête pas de penser à Dante. C'est quand même mal barré et je n'y suis pour rien ! J'étais bien partie, pleine de bonne volonté, motivée… et il a fallu que le boss de Dante vienne piétiner un plan qui aurait dû être parfait. Ou qui aurait pu l'être. Ou qui… bref, c'était un plan. Et je sais que j'ai un passif avec les plans, mais j'ai encore plus l'espoir d'en élaborer un parfait un jour.

— Arrête de penser à lui si tu n'as pas l'intention d'aller lui parler.

— Si je suis grossière, ça te choque ?

— Toujours, car ça ne te va pas. Mais j'imagine que ça ne va pas t'empêcher de…

— Ta gueule, Chris, et aide-moi à essayer cette paire.

— Des New Rock ? Pour aller avec… une robe tutu ?

— Un commentaire ?

Il me regarde avec une lueur de frayeur dans les yeux. Pour tout avouer, ma détermination commence un peu à me faire flipper, moi aussi.

— J'ai le droit de dire que ces chaussures sont mortelles, mais un peu en décalage avec le doudou que tu trimballes dans ton sac ?

— Nous avons déjà abordé le sujet, et nous étions tombés d'accord sur le fait qu'il ne s'agissait pas d'un doudou.

Il lève les mains en signe d'apaisement, ce qui m'agace juste un peu plus, et s'approche pour m'aider. Le souci avec un bras immobile, c'est que n'importe quel petit geste du quotidien devient un véritable challenge. Mais après la scène de ce matin, j'ai trouvé le parfait esclave pour m'accompagner dans ce chemin de croix.

Je me lève et fais quelques pas.

— Elles sont parfaites, je les prends.

— Elles te font gagner au moins douze centimètres !

— Plutôt quinze.

Je viens me placer à côté de lui et souris :

— Tu vois, je t'arrive aux épaules.

Il se retient de rire, je lui mets un coup de coude dans les côtes et il éclate franchement. Il sait que je ne lui en veux pas vraiment et je sais qu'il ne souffre pas pour de bon. Il n'empêche que sa promesse d'aller parler à Dante m'agace ; il n'a qu'à y aller, lui, si ça l'amuse ! La nouvelle Lola porte des chaussures trop *badass* et se fiche complètement du reste. Enfin voilà, ça, c'est le plan. Le fameux plan parfait.

26

∞

Elle

Lorsque j'arrive dans le bar, j'ai l'impression que tout le monde me regarde. C'est totalement faux, mais j'aime bien me dire que je ne me suis pas pomponnée pour rien. Et puis, pour une fois, je vois loin devant moi. Ces chaussures sont démentielles, elles pèsent environ dix kilos par pied, mais hé… on n'a rien sans rien ! Dès que Chris me voit, il me fait signe de m'arrêter. Je m'immobilise, interdite, et il tourne son index en l'air.

Je n'ai pas compris, là.

Ça doit se voir sur mon visage, car il sort de derrière le comptoir et me rejoint.

— Je te faisais signe de tourner sur toi-même afin que j'admire ta tenue.

— Ah ! OK, retourne à ton poste, on va la refaire !

Il rit et repart. Je recule de quelques pas et nous rejouons la scène. Je tourne comme il me l'a demandé, il met ses doigts entre ses lèvres et siffle. Je sais bien qu'entre lui et moi c'est strictement platonique, mais j'apprécie tout de même. Je le rejoins et m'installe sur un tabouret haut.

— Alors, qu'avais-tu de si important à me dire ?

— Tout d'abord, je veux que tu saches à quel point je suis fier d'être ton ami.

Je plisse les yeux, méfiante et marmonne :

— Je le sens mal.

— Et que tout ce que je peux dire ou faire est dans ton intérêt.

— De plus en plus mal.

— Si tu jettes un coup d'œil sur ta droite, au bout du bar…

Je regarde aussitôt.

— Tu n'as pas fait ça ?

Mais je ne prête pas attention à ce que Chris me répond, je suis complètement bloquée sur le regard clair qui me fixe. Il ne sourit pas. Il ne manifeste aucune émotion. Il se contente de m'observer et je sens que mes deux dernières semaines de déDantification sont déjà bonnes à jeter aux orties. Un regard, un seul, et je suis retombée encore plus amoureuse de lui.

Pitoyable.

Quelqu'un pose une main sur son épaule, il détourne les yeux, j'en profite pour regarder également ailleurs — ailleurs étant mon soi-disant ami. Je ne dis rien, je pense que mon expression parle pour moi. J'attrape mon sac et me dirige vers la sortie à grandes enjambées. Ce qui n'est pas très facile avec ces chaussures qui pèsent des tonnes. Je me sens vraiment trahie. Chris sait ce que j'essaie de faire, il sait que j'en bave pour me sortir Dante de la tête, et il manigance ce genre de choses dans mon dos ! En cet instant précis, je le déteste sincèrement. Parce que je n'avais pas besoin d'un rappel. Je n'avais pas besoin de constater que je me voilais la face et que je n'arriverais jamais à oublier Dante. En avoir la preuve concrète ne m'aide pas du tout. Parfois, faire l'autruche peut être salvateur. Surtout quand celui qu'on aime n'est pas sur la même longueur d'onde.

Arrivée devant ma voiture, je constate que je tremble. Je m'installe derrière le volant et ferme les yeux en appuyant la tête en arrière pour tenter de me détendre avant de conduire. Je viens à peine de récupérer l'usage de mon poignet, même s'il est encore fragile et un peu raide, et je n'ai pas envie de me planter dans le décor juste parce que mon ex meilleur ami a décidé de jouer l'entremetteur. Ou je ne sais quoi d'autre.

Je sursaute quand on tape à ma fenêtre.

Mon premier réflexe est de penser qu'il s'agit de Chris venu piteusement s'excuser.

Mon premier espoir est de penser qu'il s'agit de Dante venu me dire à quel point il m'aime.

Ma première surprise est de constater qu'il s'agit de son patron. Je le regarde, penché sur ma voiture, et j'hésite à le planter là. Mais on m'a mieux élevée que ça, alors je mets le contact pour pouvoir baisser la vitre.

— Lola, je suis désolé, c'était mon idée.

— Ton idée ?

— Quand Chris m'a appelé, il…

— Pourquoi avait-il ton numéro ? Tu sais qu'il te drague ? Tu l'as compris ? Tu vas quand même lui dire que tu n'es pas intéressé, j'espère ? Parce que tu n'es pas intéressé, n'est-ce pas ?

Il me regarde avec de grands yeux étonnés. Il ne peut pas être aussi à la ramasse que ça !

— Ça fait beaucoup de questions.

Je soupire et me résigne à ne pas me mêler de ça, après tout c'est leur problème et j'ai assez à gérer de mon côté.

— Qu'est-ce que tu veux ? je demande.

— Discuter.

— Pourquoi ?

— Depuis qu'il bosse pour moi, Dante n'a jamais parlé de personne. Il n'a jamais mentionné des proches. Et maintenant, il parle de toi, souvent. Alors je pense que tu peux l'aider. Les gars sont comme une seconde famille pour moi. Je ne peux pas le regarder dépérir sans rien faire, alors que je sais que tu es sûrement en mesure de changer quelque chose à tout ça.

— Et moi je pense que tu te trompes.

Il s'accroupit devant ma portière et nous nous retrouvons presque nez à nez — ce qui m'arrive assez rarement ; c'est déstabilisant. Surtout que je ne le connais pas et ça commence à devenir inquiétant cette manie qu'il a de vouloir m'impliquer dans ses histoires.

— Vraiment, Lola, on ne sait plus quoi faire. Il part en couille.

C'est si joliment dit…

— Je ne comprends pas bien ce que tu attends de moi. Dante et moi, nous ne sommes même pas amis. Il ne m'a jamais écoutée, je doute fort qu'il s'y mette maintenant. Surtout que je ne sais pas du tout quel est le souci.

— Ah non ? Tu n'en as même pas une petite idée ?

— Je ne suis pas certaine d'apprécier le ton sur lequel tu me demandes ça.

— Essaie de te mettre à ma place, non seulement je m'inquiète pour le boulot, mais aussi pour lui.

Ça m'énerve quand les gens jouent sur la corde sensible et en appellent à ma compassion !

Du mouvement attire mon regard et je constate que Dante est devant le Slam, en train de nous surveiller. Il n'a pas l'air très content ; il pense peut-être que je complote ? Ou pire, que je l'ai suivi ?

— Je vais y aller, alors si tu pouvais, tu sais… reculer… que je ne te roule pas sur le pied.

Yoan tourne la tête et aperçoit également Dante, qui se décide à venir vers nous. Ils se fixent quelques secondes en silence et Yoan repart à l'intérieur, me laissant seule avec Dante. Je pourrais démarrer et m'échapper, j'avoue que c'est d'ailleurs la première idée qui me vient en tête.

— Tu es parti sans prévenir.

Mais visiblement, je préfère me faire souffrir un peu plus, c'est tellement plus intéressant, comme ça. Et puis on ne change pas les vieilles habitudes.

— Tu ne veux pas descendre, qu'on discute ?

— Non, merci, je suis bien dans ma voiture.

C'est bête, mais je m'y sens un peu à l'abri. Ce qui est totalement ridicule. Surtout que quelques instants plus tard il ouvre la portière côté passager et s'installe à côté de moi. Donc, note à moi-même : penser à toujours verrouiller les portières, ça peut être dangereux, n'importe qui peut entrer.

— Tu devrais verrouiller tes portières, ce n'est pas prudent.

Je grimace sans répondre, parce que je sais qu'il a raison et ça m'énerve qu'il fasse semblant de se préoccuper de moi.

— Comment ça se passe avec Chris ?

Je me retourne et je pense que j'ai la bouche ouverte. Le type se tire de chez moi — où il vivait —, sans prévenir, ne me donne aucune nouvelle pendant des semaines, et le premier truc qu'il me demande, c'est comment ça se passe avec celui qu'il s'imagine être mon petit copain ? Je vais opter pour le plan de son boss et me concentrer sur ses problèmes. Car il a en effet l'air bien à l'ouest, quelque chose ne va pas… Et bien malgré moi, je m'implique car je m'inquiète pour lui et demande :

— Et toi, comment ça se passe au travail ? Pas très bien d'après les retours que j'ai eus.

— Ça veut dire quoi, ça ?

— Il paraît que tu fais fuir les clientes ?

Je regarde à nouveau devant moi, j'ai trop de mal à supporter son regard froid et indifférent sur moi. Je suis vraiment lamentable. J'aimerais réussir à m'émanciper totalement de lui, j'aimerais tellement en être capable.

— Je ne crois pas que ça te concerne. C'est ce que mon patron te disait tout à l'heure ?

— Il s'inquiète pour toi.

— Et donc, je répète : je ne crois pas que ça te concerne.

— Je pensais qu'on était amis.

— Tu pensais mal.

Ah oui. Quand même. C'est douloureux. Mais, je ne pleurerai pas. J'ai déjà versé trop de larmes pour lui.

— Eh bien puisque je me suis trompée, je vais te demander de sortir de ma voiture.

Il ne réagit pas. Je commence à avoir du mal à retenir les grandes eaux, donc ce serait vraiment clément de sa part de me laisser dans ma misère, maintenant.

— Tu n'as pas répondu à ma question. Tu es heureuse avec ce type ?

Je serre les dents. Je pourrais lui mentir et lui faire croire que je file le parfait amour avec Chris. Mais pourquoi ferais-je ça ? Qu'est-ce que ça apporterait à la situation ? Je suis fatiguée de mentir.

— Chris est mon meilleur ami. Et si tu veux tout savoir, il est plus intéressé par ton patron, en ce moment, que par moi.

— Quoi ?

— Chris est bisexuel, je t'en ai déjà parlé. Lui et moi, nous sommes amis, c'est tout.

À nouveau le silence. S'il ne sort pas, c'est moi qui vais m'enfuir de ma propre voiture et rentrer chez moi à pied s'il le faut.

— Tu m'emmerdes, Lola.

— Pardon ? ! Tu es quand même sacrément gonflé !

— Sérieusement, je ne sais pas comment tu te débrouilles mais tu… Tu m'emmerdes.

Je le regarde en attendant qu'il s'explique, s'excuse, n'importe quoi. Mais non, il sort et claque la portière. Comme ça. Il m'insulte et s'en va ? Je l'imite et le rattrape avant qu'il n'atteigne le bar. Je le pousse dans le dos et il trébuche. Je pense que j'ai bénéficié de l'effet de surprise ; pourtant avec mes nouvelles chaussures, question discrétion, ça se pose là. Il se retourne et fait un pas vers moi. Je me fais violence, mais je suis fière de constater que je ne cille même pas. Je tiens ma position et je n'ai pas trop à pencher la tête en arrière pour le voir, presque pas, même… Je lève le menton et attends.

Il ne dit rien, il m'observe. Ses yeux courent sur moi comme une caresse dont je rêve mais que je m'interdis aussitôt. Je ne suis pas là pour qu'il passe ses nerfs sur moi.

— « Tu m'emmerdes, Lola » ? C'est tout ce que tu as à me dire ? Tu te casses sans prévenir, sans laisser un mot, ton patron me dit que tu picoles et que tu fais n'importe quoi en soirée, et quand enfin on se revoit, c'est la seule chose que tu as à me dire ?

Je ne lui laisse pas le temps de répliquer, j'enchaîne :

— Eh bien je vais te dire, moi, ce qui se passe. C'est *toi* qui m'emmerdes. Alors à partir de maintenant, si jamais tu me croises dans la rue, change de trottoir, parce que je n'ai plus envie de te voir, ni de te parler. Tu n'as aucun savoir-vivre, et cette excuse que tu trimballes, ça ne te va plus, plus du tout. Il est temps d'assumer le fait que tu es devenu le connard dont tu jouais le rôle, Dante, et que ni Sandro ni Carmen n'en sont responsables. *Tu* es responsable de tes choix, personne d'autre. Deviens alcoolique, perds ton job, couche avec la Terre entière : sache qu'à partir de maintenant ça n'a plus aucune importance pour moi, parce que tu n'existes plus !

Je retourne à ma voiture, je pense qu'il est choqué, car le temps qu'il réagisse et tente de me rejoindre, j'ai démarré et je suis fière de ne même pas regarder dans le rétro.

Je l'emmerde ? Je n'en reviens pas, mais quel abruti !

∞ ∞ ∞

— Lola, je t'assure que ce n'était pas pour te piéger !

— Rends-moi ma clé.

Nous sommes dans mon salon, Chris est penaud et il peut l'être.

— Yoan se fait du souci et moi aussi.

— Tu ne connais même pas Dante, pourquoi te ferais-tu du souci pour lui ?

— Pour toi, pas pour lui !

— J'allais très bien jusqu'à ce que tu décides d'organiser cette petite rencontre innocente et fortuite.

— Non, tu fais semblant d'aller bien, et c'est tout à ton honneur. Mais je te connais et tu déprimes.

— Ma clé.

Il la retire de son trousseau et me la tend.

— Dehors.

— Lola…

— Dehors, Chris. Laisse-moi seule. Je ne dis pas que je ne finirai pas par te pardonner, mais là, j'ai envie d'être seule.

— Ce n'était pas ma meilleure idée et…

— Je suis en train de te dire que je ne souhaite pas que tu restes chez moi. Aie un peu d'amour-propre et va-t'en.

Je tourne les talons et vais m'enfermer dans ma chambre. J'entends la porte d'entrée et je me laisse enfin aller à mon désespoir. Il est 1 heure du matin et j'ai eu une soirée éprouvante. Sans compter le fait que Chris a raison sur au moins un point — et c'est sûrement ça qui me contrarie le plus : je ne vais pas bien du tout.

∞ ∞ ∞

— Je suis ravie que tout le monde soit réuni aujourd'hui et que Lola nous fasse enfin l'honneur de sa présence.

Qu'est-ce que Simon fait ici ? Il l'avait quittée, je n'y comprends plus rien. Non pas que ça m'intéresse particulièrement…

— Donc, Simon et moi souhaitons vous annoncer la nouvelle à tous… Je suis enceinte.

Hoquet de stupeur puis de joie de ma mère.

Toussotement de mon père.

Indifférence de ma part.

Après avoir embrassé mes parents et m'avoir ignorée comme il se doit, Simon se lève.

— Monsieur Domingo, j'aimerais beaucoup vous demander la main de votre fille.

Là, je crois que si personne ne m'arrête je vais avoir un fou rire nerveux. Et, honnêtement, je ne prête absolument pas attention à ce qui suit. Je suis concentrée sur ma tourte aux champignons et je trouve les stries sur la pâte absolument passionnantes.

Plus tard, alors que je remplis le lave-vaisselle, mon père me rejoint.

— Ta sœur et ta mère sont déjà en train de faire les préparatifs du mariage.

— Elles pourraient tout simplement recycler les idées du premier mariage, finalement, elles n'ont pas été utilisées.

— J'ai failli leur dire ça…

Je ne suis pas étonnée que mon père prenne assez mal l'annonce. Il doit être heureux pour elle et, en même temps, je ne suis pas certaine qu'il approuve le comportement de ma sœur depuis cette histoire avec Dante. Il a la délicatesse de ne pas le laisser paraître.

— Et toi ?

— Moi quoi ? Si tu espères l'annonce d'un autre mariage dans la famille, sache que Carmen en a épuisé le quota.

— Dante ?

— Il a décidé de vivre ailleurs, c'était plus simple pour lui.

Je continue de rincer les assiettes avant de les ranger dans le lave-vaisselle, absorbée dans ma tâche comme si c'était ce qu'il y avait de plus important en ce moment. Entre le nouveau mariage de Carmen et faire la vaisselle, j'ai vite choisi !

— Tu sais, Dolorès, je ne dis pas grand-chose, mais j'observe.

Je m'immobilise. J'ignore où il va avec cette annonce, nous n'avons pour ainsi dire jamais de discussion à cœur ouvert. C'est un peu inquiétant.

— Dante a pris soin de toi après ta blessure, il a insisté pour être celui qui viendrait te récupérer à l'hôpital, aussi.

— C'était une corvée, il culpabilisait parce qu'il était présent quand je suis tombée.

— Si tu le dis.

— Je le dis.

— Je me fais un café, tu veux un chocolat ?

Pourquoi il me regarde d'un air entendu ? Je connais cette expression, elle signifie qu'il sait quelque chose que j'ignore, mais quoi ?

27

∞

Elle

Forte de ma bonne résolution de ne plus prêter attention à ces treize dernières années, je continue mon challenge de regarder les films cultes que propose le site IMDB. Ce soir, c'est *Citizen Kane*, un pot de Ben & Jerry's vanille-cookie, mon pyjama le plus moche mais le plus confortable… et Elmo, bien sûr — j'ai dit que je me soignais, pas que j'étais déjà guérie. Je lance le film, blottie sur mon canapé et, seulement dix minutes après le début, on tambourine à la porte. On ne sonne pas, on ne toque pas : on essaie de défoncer la porte.

— Lola !

La cuillère à mi-chemin entre le pot et ma bouche, je m'immobilise et attends. Les coups reprennent, les cris avec.

— Je sais que tu es là, ouvre !

Je repose ma cuillère et m'approche de la porte sur la pointe des pieds. Quand je disais qu'installer un judas serait une judicieuse idée ! Enfin là, ça m'aurait été utile pour espionner, mais j'ai déjà deviné l'identité de mon doux et délicat visiteur. De grands coups me font sursauter. Et je décide de ne pas être impressionnée. J'ouvre.

Dante me tombe dessus et nous nous écrasons sur le sol. Moi en dessous. Par chance, mon poignet est resté en l'air, sûrement un pauvre réflexe de survie. Pauvre parce que le reste de mon corps est compressé entre le sol et un type baraqué et bien plus grand que moi. Dans toute autre circonstance, j'aurais probablement pu apprécier la position. Pas là.

— Dante, tu m'écrases.

Il se redresse un peu et je respire à nouveau.

— Tu m'emmerdes, Lola, tu m'emmerdes à un point…

— Tu l'as déjà dit. Et tu pues la bière !

— Je me suis fait virer de la soirée où on dansait, alors j'ai bu et je suis venu te dire que tu as foutu ma vie en l'air.

Une fois de plus, il met à rude épreuve ma capacité à me retenir de pleurer. Je sens déjà mes yeux piquer et je déteste l'uppercut que je me prends dans le cœur uniquement en le voyant. Je déteste sentir ma gorge se serrer et ma respiration devenir laborieuse. J'ignore ce qu'il me reproche. Je veux dire… c'est lui qui a voulu partir ! C'est lui qui préfère coucher de tous les côtés ! S'il assumait un peu ses décisions au lieu de toujours tenir la Terre entière responsable à sa place, je ne serais pas là à tenter de contrôler les larmes qui menacent de couler d'une seconde à l'autre. Je ne serais pas là à tenter de contrôler la colère qui monte en même temps qu'elles. Je ne comprends pas du tout pourquoi il me balance ces horreurs à la figure dès qu'on se croise. Et puis mince ! Il est là, chez moi, je ne lui ai rien demandé ! J'en ai marre de tendre l'autre joue !

J'essaie de le repousser, mais bien sûr, il est déterminé à rester où il se trouve et, avec la force de limace nouveau-née que j'ai dans les bras, je n'arrive pas à le faire bouger d'un millimètre.

Et son haleine commence à me monter au cerveau, je crois que je vais lui vomir dessus.

— Tu m'as ruiné, Lola… Je suis incapable de bander sans penser à toi. La moindre des choses serait que tu couches avec moi ce soir.

Pardon ?

— Pousse-toi et laisse-moi me relever. Et puis la porte grande ouverte pour permettre à tout le voisinage de profiter de ta déchéance, je m'en passerais.

Il tourne la tête, met un coup de pied et me regarde.

— Porte fermée, problème résolu.

— Non, parce que tu es toujours en train de m'écraser.

Il plonge dans mon cou et commence à m'embrasser. Je vais le frapper ; le souci c'est qu'il ne sentira rien. Je le frappe quand même.

— Lola, tu sais que tu en as envie ; tu es amoureuse de moi depuis quoi… toujours ?

Je me fige.

— Qu'est-ce que tu as dit ?

Il recule un peu pour pouvoir me regarder et je ne lis même pas la moindre trace de remords dans ses yeux. Il se sert de mes sentiments pour me séduire ? Il est vraiment tombé si bas ? Quel sale type ! Je le hais. On dit souvent que la limite entre l'amour et la haine est fine et facilement franchissable… je confirme.

— Lola…

Il bouge les hanches contre moi et, si j'avais encore un doute sur ses intentions, je n'en ai plus aucun étant donné l'érection proéminente que je sens contre ma cuisse.

— Je ne vais pas coucher avec toi, je ne sais pas pour qui tu me prends, mais je ne suis pas ta pute.

— Je n'ai pas l'intention de payer.

Je le gifle. Avec ma main droite. Et si sa tête bouge un peu, c'est surtout mon poignet qui morfle. Je crie et le tiens serré contre moi, les larmes aux yeux.

— Laisse-toi faire, je sais exactement comment te faire jouir et tu le sais.

Cette fois, je ne cherche plus à retenir mes larmes. Je suis tellement déçue par son attitude, tellement déçue par cette personne que je ne reconnais pas et dont je suis amoureuse. Il semble réaliser ce qui est en train de se produire, je vois passer un éclair de lucidité dans son expression. Il recule d'un coup et s'éloigne de moi pour s'allonger sur le dos juste à côté. Il plaque les mains sur son visage.

— Putain… putain…

Il répète ça en boucle et moi je pleure sans parvenir à me calmer. Je ne sais pas combien de temps nous restons ainsi, mais j'en arrive au stade où je sanglote et où il donne de temps en temps un coup de poing sur le sol en jurant un peu plus fort. Il finit par se tourner vers moi, sans toutefois me toucher.

— Je suis désolé, tu sais que je ne te ferais jamais aucun mal, je ne sais pas ce qui m'a pris. Je ne t'aurais jamais forcée, Lola… écoute-moi…

Je ferme les yeux et essaie de contrôler le flot de larmes et le hoquet qui ne me lâche pas depuis plusieurs minutes. Lorsque je sens sa main sur ma joue, je m'éloigne et me relève, loin de lui. Je vois qu'il est blessé, mais je suis en colère contre lui. Peut-être bien que cette décennie passée est en train de m'exploser à la figure et ce soir… ce soir c'est trop. J'ai mal à la tête à force de pleurer et le cœur en miettes, une fois de plus ; tout ça pour lui. Tout ça pour ce type qui tient mes sentiments dans ses mains et décide de les piétiner. Il sait que je pourrais tout lui donner. C'est ça surtout qui me rend dingue. Savoir que, quoi qu'il arrive, je resterai cette fille amoureuse prête à tellement encaisser… Je ne veux plus être cette personne qui aime à sens unique, j'ai besoin de plus.

— Je te déteste, Dante. Vraiment. Je n'ai jamais rien fait pour mériter ton attitude, jamais. Comment oses-tu te pointer chez moi pour m'insulter, tenter de coucher avec moi et après jouer au type inquiet ?

Il s'assoit par terre, contre le dossier du canapé et me regarde en silence un moment.

— Je pense à toi tout le temps, murmure-t-il.

Je ne réponds pas, je suis encore trop remontée et j'ai surtout trop d'objets à portée de main que je lui balancerais volontiers dessus si je savais viser.

— J'ai essayé de coucher avec d'autres filles, comme avant, mais je n'y arrive pas.

Bien fait pour lui !

— Lola… Aide-moi…

Je prends le temps de le regarder. Il est pathétique. Je ne l'ai jamais vu aussi misérable. Il mériterait que je le mette à la porte et que je le sorte définitivement de ma vie. Mais quand je le vois là perdu, abaissant le mur d'arrogance qu'il place toujours entre les autres et lui, je revois l'homme dont je suis tombée amoureuse. Et peut-être… peut-être qu'on a eu besoin de se détruire pour mieux se reconstruire. Alors je me promets que cette chance que je lui accorde, là, sera la dernière.

— D'accord. Viens.

Je tourne les talons et l'entends me suivre, j'entre dans la salle de bains. Je lui fais signe de me rejoindre, il avance, incertain… Je m'agrippe à son T-shirt, le fais entrer dans la douche à reculons… et ouvre l'eau avant de m'écarter. Il pousse un cri de surprise, mais le temps qu'il réagisse, il est déjà trempé.

— J'espère que ça t'aura un peu remis les idées en place. Quand une fille te dit non, c'est non.

Je le plante là et vais récupérer ma glace pour la ranger au congélateur ; j'attrape Elmo qui n'y est pour rien et vais dans ma chambre. Un moment après, je l'entends sortir de la salle de bains et taper doucement à ma porte.

— Lola… il faut qu'on parle…

Il n'est pas encore sobre, mais déjà bien plus alerte que lors de sa première entrée. Alors je vais lui ouvrir et lui fais signe d'entrer en ignorant le fait qu'il n'a qu'une serviette autour de la taille. En même temps, c'est ma faute — et, non, ce n'était pas prémédité mais je prends note de l'astuce. Il s'appuie sur le bureau et je retourne sur mon lit. Je ne dis rien. Après tout, c'est lui qui souhaite discuter.

— Je ne suis pas complètement bourré.

Je le regarde en silence et je m'offre le luxe de hausser un sourcil.

— Tu sais que tu ne le faisais pas, avant ?

— De quoi ?

— Lever un sourcil, c'est moi qui fais ça, habituellement.

La vérité est que je me suis entraînée devant un miroir parce que j'étais jalouse. Mais je vais conserver cette information pour moi.

— Tu n'es vraiment pas avec ce type ?

— Qui donc ?

— Chris…

— Encore une fois, je ne vois pas en quoi ça te concerne, mais non.

— Je t'ai imaginée avec lui, ça m'a rendu fou.

Quoi ? !

— Et puis j'ai essayé de passer à autre chose. Et *tu* m'as rendu fou.

Il est vraiment en train de me dire ce que je crois qu'il est en train de me dire ? Mon cœur manque un battement, je crois… Ou alors c'est ma respiration qui se bloque dans ma gorge. Les deux ? Oui, les deux.

— À chaque fois que j'ai essayé avec une autre, rien.

— Rien ?

— Rien.

J'ai peur de comprendre.

— Tu es en train de m'accuser de te rendre impuissant ?

— Je ne suis pas impuissant.

— Je ne comprends pas, alors.

— C'est juste toi, Lola. Personne d'autre.

Il me regarde, sans aucun embarras. Il est là, à moitié nu, en train de m'avouer que je suis la seule à l'exciter, et il ne détourne pas les yeux une seule seconde. Il continue :

— Et je sais ce que tu ressens.

— Je ne…

— Tu m'as tout avoué, alors je veux bien faire comme si tu n'avais rien dit pour ménager ta sensibilité… Mais je pense que ce serait bien qu'on commence à être honnêtes l'un envers l'autre.

Je ne sais pas quoi dire. Il se redresse et vient lentement, très lentement s'asseoir à côté de moi. J'ai l'occasion de lui dire d'arrêter, de sortir de ma chambre, de mon appartement, de ma vie, et je ne dis rien. Il ne s'installe pas trop près, assez pour que je sente encore son haleine alcoolisée qui me rappelle qu'il n'est pas dans son état normal.

— D'accord. Soyons honnêtes. Je n'ai pas l'intention de coucher avec toi juste pour te soulager parce que tu n'arrives pas à… tu sais… bander.

Je suis fière de moi, je n'ai presque pas baissé la voix au mot « bander ». Presque pas.

— Qu'est-ce que tu essaies de me dire ? demande-t-il.

— Non, toi, qu'essaies-tu de me dire ? Tu débarques chez moi sans prévenir, bourré, avec une pseudo-déclaration : tu attends quoi ?

— Que tu me reprennes.

— Pour te reprendre, il aurait fallu que toi et moi…

— Donne-moi une chance, Lola. J'ai déconné, je le sais. Donne-moi une chance. Je pense à toi tout le temps et je ne suis pas heureux. Pas sans toi.

— Va te coucher dans ton ancienne chambre, cuve, on en reparlera demain. Si tu n'es pas encore parti sans prévenir.

— Je serai là.

— On verra…

Je m'allonge et garde les yeux ouverts. Je contemple le noir en guettant le bruit de sa porte qui se referme sur lui. Il est là, il est enfin là. Une partie de moi a envie d'y croire, l'autre est trop abîmée pour ne pas douter. Se souviendra-t-il de tout, demain ? Assumera-t-il cet aveu ? Je l'attends depuis treize ans, cette déclaration, mais lui… il vient à peine de me regarder différemment. Ne vais-je pas encore être celle qui va souffrir ?

∞ ∞ ∞

Ce n'est pas un bruit, ni le réveil, ni mon horloge interne, non, c'est une merveilleuse odeur qui me réveille. Une odeur de chocolat chaud préparé de manière traditionnelle. Je reconnaîtrais ce fumet n'importe où et dans n'importe quelle situation. Le temps que mon cerveau remette en ordre les événements de la veille, je réalise que c'est Dante qui est dans la cuisine. En tout cas je l'espère, sinon j'ai du souci à me faire. Quoique… un inconnu préparant du chocolat à l'ancienne, ça ne doit pas être bien dangereux.

Je passe à la salle de bains avant de me rendre à la cuisine où l'appel du chocolat est trop fort pour y résister. Dante est installé à la table de petit déjeuner, à « sa » place, comme lorsqu'il vivait ici. Et, contre toute attente, il n'a pas l'air si victime que ça d'une gueule de bois. Quand je pense que je ressens encore les effets secondaires de la cuite que je me suis prise avec Chris le mois dernier…

Je ne dis rien, lui non plus. Je m'assois en face de lui et il me sert un bol de chocolat chaud. Le silence ne me dérange pas, alors je le savoure, ainsi que mon breuvage sucré. Je pourrais ne m'alimenter que de cette boisson jusqu'à la fin de mes jours : si j'avais un bunker, je n'y stockerais que de quoi en préparer, ça me suffirait.

Je me concentre sur les volutes de chaleur qui me chatouillent les narines et nous restons ainsi un moment. Je ne suis même pas perdue dans mes pensées, je suis juste là, dans cette parenthèse partagée avant d'entamer un nouveau chapitre. Une petite voix me dit « commun, le chapitre », mais le fait est que je ne suis plus cette adolescente qui fantasmait sur le mec de sa sœur en s'imaginant vivre un conte de fées avec lui. Parce qu'avec Dante c'est loin d'être idéal. Je le sais, et pourtant je suis là à me dire que malgré ses défauts, malgré ses moments minables, malgré le fait que je commençais à peine à apprendre à m'éloigner de lui… malgré tout ça, je me dis que c'est peut-être possible. Que ce nous a une chance d'exister. Sauf que rien n'est encore résolu… Alors envisager le futur quand j'ai du mal à assumer le passé, ça me semble un peu compliqué.

— Je suis désolé. Je te présente mes excuses pour mon comportement d'hier soir. C'était… Bref, je suis désolé. Tu sais que jamais, Lola, jamais je ne te forcerais, ni toi ni aucune femme. Je me serais repris à temps, je…

Je le laisse s'empêtrer dans ses excuses, ça ne lui fait pas de mal. Le concept est aussi simple que je le lui ai expliqué hier soir : non, c'est non. Je relève finalement la tête et croise ses yeux. Je me perds quelques secondes entre le bleu et le vert de ses iris. J'ai tellement voulu qu'il me regarde comme ça, avant. Si seulement c'était pour les bonnes raisons, j'aurais de quoi me réjouir. Je crains que ce ne soit malheureusement pas le cas.

— Tu es là uniquement parce que ta vie sexuelle est devenue problématique ?

Ce n'est pas tout à fait comme ça que j'avais envisagé d'aborder le sujet. On va faire avec. On ne pourra pas me reprocher mon abus de subtilité, pour une fois.

— C'est une des raisons à ma présence, oui.

Ça a le mérite d'être aussi honnête et direct.

— Mais ce n'est pas la seule, ajoute-t-il sans me quitter des yeux.

Je soutiens son regard, alors que je voudrais aller me jeter sous mes couvertures avec Elmo et hiberner pendant… disons… treize ans, histoire d'équilibrer.

— Lola…

Il a l'air mal à l'aise, ça me rassure. Et il fixe un point derrière moi. Il n'y a que le mur, derrière moi, il est vraiment embarrassé. C'est le minimum, ce n'est que justice. J'ai tellement été focalisée sur mon objectif, lui montrer que j'existe, que j'ai oublié de me considérer. J'ai toujours su que dans la vie on ne pouvait compter que sur soi, et pourtant, je me suis laissée tomber. Il est temps que je me porte à nouveau ce que j'attends de lui : du respect.

— Tu sais visiblement tout ce qu'il y a à savoir sur moi. Alors dis-moi une chose, Dante, quand nous sommes rentrés de l'hôpital, que tu savais ce que je ressentais pour toi, que tu as couché avec moi en étant au courant du fait que je n'avais couché qu'avec un autre homme en dehors de toi, et que tu ne m'as plus touchée après ça… C'était quel genre de message que tu pensais faire passer ? Parce que, de mon point de vue, je te garantis que c'est moche.

— Je sais, je n'ai aucune excuse. Je ne savais pas vraiment comment m'y prendre avec toi.

— Et maintenant ?

— Maintenant quoi ?

— Maintenant tu sais ? Parce que tu es là, j'imagine que tu sais plus ou moins ce que tu veux ?

— Pas du tout.

Je soupire, agacée de tourner en rond. Il doit comprendre que j'arrive au bout de ma patience, car il reprend aussitôt :

— Mais j'ai envie d'essayer. Tu en as envie ?

— Essayer quoi ? Être ton vide-couilles ?

Il recrache une partie du café dont il vient de boire une gorgée. C'est une petite satisfaction, mais c'en est une malgré tout.

— Ce n'est pas ce que je dis ! Et ne parle pas comme ça, Lola !

Il s'essuie et j'attends.

— Essayer d'être, tu sais… un couple.

J'essaie de me réjouir de ce qu'il me propose enfin, mais il doit y avoir un truc qui cloche chez moi, parce que je ne ressens rien. Je devrais être impatiente, excitée, soulagée… Mais non. Je crois que je suis en train de réaliser tout ce par quoi je suis passée pour en arriver là et ça me laisse vidée. Vidée des émotions dont je manque depuis treize ans. Comment lui faire confiance, à présent ? En suis-je réellement capable ? Après tout ce temps passé à rêver de lui, il m'offre ce que je voulais tant et je reste là à le regarder et à me demander où ça va nous mener. À quelle autre déception Dante va me conduire ? Ou plutôt, pour être tout à fait honnête : à quelle autre déception vais-je me conduire ? Toute seule, comme une grande, comme je l'ai toujours fait. M'accrocher à mes illusions et mes fantasmes de gamine me semble tout à coup ridicule. J'ai déjà trop souffert et je ne suis pas certaine d'avoir en moi de quoi croire à ce qu'il me dit. Peut-être bien que j'ai épuisé mes réserves, finalement… J'ai besoin de comprendre d'où viennent ses motivations, de savoir pourquoi maintenant… Alors je lui lance :

— Un couple ? Je croyais que ce n'était pas ton truc. Que Carmen t'avait foutu en l'air et que tu baisais sans t'attacher.

— Arrête. Ce n'est pas toi.

— C'est ta façon de parler, Dante. Je me contente d'employer un langage qui t'est familier.

— Je ne me souviens pas t'avoir dit tout ça.

— Je suis une excellente déductrice.

— C'est un mot qui existe, ça ?

— Tu peux baisser ton sourcil, ça ne me fait plus aucun effet.

— Je comprends que tu sois réticente, mais tu ne peux pas me balancer que tu es amoureuse de moi depuis tout ce temps et refuser d'essayer.

Refuser d'essayer… Essayer quoi ? De souffrir un peu plus ? De me faire passer après tout le reste ? Je suis tellement usée, en réalité, que j'ai du mal à conserver mon sang-froid :

— Je ne peux pas ?

— Enfin si, tu peux, mais ce serait stupide.

— Oh ! des insultes, maintenant ?

— Lola…

— Dante.

— S'il te plaît.

— Quoi ?

Il soupire.

Il ne pensait tout de même pas débarquer ici et que je lui tombe toute cuite dans le bec ? Il aurait fait ça il y a un mois oui, c'est ce qui se serait passé. Mais plus depuis qu'Elmo est entré dans ma vie. Elmo m'a aidée à… D'accord, c'est juste une peluche déguisée en pompier, mais je me rappelle le moment où je l'ai presque broyée dans mes bras, quand c'était la seule chose à laquelle je pouvais me raccrocher parce que Dante m'avait plantée sans un mot. Sans un regret. Pendant que je dépérissais d'aimer Dante, c'est ce ridicule personnage qui m'a aidée à me souvenir de l'instant précis où mon cœur a été broyé. Alors oui, il va falloir qu'il m'offre plus que quelques excuses.

— Laisse-moi revenir ici, déjà. Commençons doucement.

Ce n'est pas bête. Pourquoi pas, ce serait un compromis qui m'aiderait à… Qui j'essaie de tromper ? J'en meurs d'envie, mais je dois me préserver !

— J'ai besoin d'avoir à nouveau confiance en toi. Car là, ce n'est plus le cas.

Je suis si fière de moi.

— Je sais. Laisse-moi te le prouver.

J'ai déjà tant donné de moi pour une relation qui n'existait que dans ma tête, suis-je vraiment prête à l'accueillir et à nous donner cette chance ? À *lui* donner cette chance ?

— Quelle différence ça fera ? Qu'est-ce qui a changé en toi ?

— En moi, rien, je suis le même mec que tu connais depuis toujours, Lola. Mais maintenant je sais.

Je le fixe sans répondre, il a l'air tellement déterminé… et sincère, surtout.

— Maintenant tu sais quoi ?

— Tout, miss, tout.

Je ne me souviens pas avoir déjà eu une conversation aussi intense avec lui, en tout cas une où il participait. Il m'a plus habituée à m'écouter. Il se tient là, devant moi, de l'espoir dans la voix et du doute dans les yeux. J'ai ce pouvoir sur lui ? Je suis capable de chambouler ses convictions et le faire revenir sur huit années durant lesquelles il a totalement fermé son cœur ? Il est prêt à se lancer sans filet dans une relation avec moi ? Parce que, tel que je le connais, c'est exactement ce que cette proposition représente pour lui. Non seulement il prend le risque d'être à nouveau trahi, mais en plus il prend ce risque avec moi. Pour moi. Pour la sœur de celle qui a craché sur l'amour qu'il lui portait. C'est énorme, en fait, ce qu'il m'offre. Je dois me protéger, c'est certain, mais je dois reconnaître que nous méritons de vraiment essayer. L'homme qui me fait face aujourd'hui le mérite.

— D'accord, reviens.

Le sourire qui illumine alors son visage me convainc que je viens de prendre la meilleure décision de toute ma vie. J'espère seulement que je ne regretterai pas de moi aussi avoir pris un risque…

28

∞

Elle

Une semaine.

J'ai l'impression de réapprendre à le connaître. Je le trouve à la fois différent et… le même. Je ne sais pas. Il y a quelque chose de nouveau, mais j'ai du mal à mettre le doigt sur ce détail qui me le rend un peu étranger. Ça apporte un soupçon d'inédit contre lequel je ne suis pas, tout en me déstabilisant.

Je profite que Dante soit sûrement en train de dormir — il avait un show avec les Golden Boys hier soir — et je mets mes écouteurs pour faire le ménage en musique, en mode motivation, sans le réveiller. J'aime l'avoir ici, à la maison. Savoir qu'il est là pour moi, pour tenter quelque chose avec moi. Cette fois, nous sommes tous les deux embarqués dans la même aventure. Et ça n'a rien à voir avec notre précédente cohabitation.

La seule chose qui n'ait pas changé, c'est la répartition équitable du ménage. En dehors de ça, tout est différent. Lui qui a des attentions pour moi sans avoir vraiment l'air d'y penser, comme s'il les avait contenues jusqu'à présent et se laissait enfin aller sans trop se poser de questions… Moi qui suis un peu plus sur mes gardes, car je me connais, je pourrais trop facilement m'installer dans cette vie avant d'avoir eu le temps de vraiment la tester. Mais c'est tellement naturel d'évoluer à deux, ici, chez nous ! J'essaie de rester prudente, je sais que c'est nécessaire pour ne pas retomber dans mes anciens travers et me faire passer au second plan. Malgré cela, je savoure enfin d'avoir Dante pour moi, en tout cas avec moi. On y va doucement, mais quelque chose me dit qu'on y va sûrement.

Une heure plus tard, je me suis occupée de la cuisine et du salon et je me dirige vers la salle de bains, décidée à en finir avec le ménage. *Self-Esteem* dans les oreilles, un message subliminal de ma playlist, je suppose, comme toujours. J'ouvre la porte. Et m'arrête net.

Dante est sous la douche, il me tourne le dos, le rideau mal tiré me permet d'avoir une vue imprenable sur ses fesses… Parfaites bien sûr. Selon moi. Après, je doute d'être totalement objective.

Il a dû m'entendre car il se retourne et… Il était en train de se masturber.

— Putain ! Lola ! Dehors !

— Euh…

Il ferme le rideau et je reste plantée là.

— Je croyais qu'il y avait des règles de vie à suivre pour la colocation !

— Non, mais…

— De-hors !

— Je…

Il passe la tête par le rideau et il a vraiment l'air contrarié.

— Je ne savais pas que tu étais réveillé.

— Maintenant tu le sais.

— Je vais donc te laisser… finir ?

Il hausse son sourcil. Je continue :

— Voilà, je vais sortir, tu vas pouvoir terminer ta petite affaire et…

— Ma petite affaire ? C'est comme ça que tu appelles ce que je faisais ?

— Je sors, je ne suis plus là !

Je file m'enfermer dans ma chambre. Je ne l'avouerais pour rien au monde, mais le voir dans cette posture… J'ai soudain très chaud et des images indécentes viennent parasiter mon esprit. Je suis interrompue dans mes fantasmes par ma porte qui s'ouvre ; je ne me retourne pas, je m'immobilise. Il vient se placer derrière moi, glisse les bras autour de ma taille. Ils sont encore humides, des petites gouttes d'eau tombent de ses cheveux sur ma tête, dans mon cou… Il m'attire contre lui, et nous restons comme ça, sans rien dire, sans bouger. Juste là. Ses mains sur mon ventre, les miennes par-dessus, j'appuie un peu la tête en arrière et je ferme les yeux. Je pourrais m'habituer à ça, à cette sensation de sécurité qu'il provoque par sa simple présence, à l'impression d'être enfin à ma place après tout ce temps à l'attendre. La chaleur de son corps m'enveloppe et m'apaise alors que mon souffle se calque progressivement sur le rythme du sien. Posé. Sûr. Évident. Je n'ose pas esquisser le moindre mouvement de peur que tout m'échappe, de peur que cette sérénité me file entre les doigts. Alors je profite de chaque seconde contre lui…

Il finit par déposer un tout petit bisou sur ma tempe puis il s'écarte et sort de ma chambre. Le manque que je ressens à la perte de son contact me rappelle que, quoi que je dise, quoi que je fasse, quoi que je pense, Dante fera toujours partie de ma vie. D'une manière ou d'une autre. Et je préfère largement l'avoir près de moi, que loin.

∞ ∞ ∞

— Et il était en train de…

— Voilà, ça.

Chris sourit d'un air rêveur tout en montant les dernières marches menant à mon pallier puis il demande :

— Et ?

— Et quoi ?

— Tu es sortie ?

— Tu voulais que je fasse quoi ? ! Que je me déshabille et le rejoigne sous la douche ?

— Par exemple. C'est ce que j'aurais fait à ta place.

— Je n'en doute pas une seconde. Par contre, je visualise actuellement la scène et je suis un peu mal à l'aise…

— Je ne vois pas pourquoi. Il est bien foutu, moi aussi…

— Chris, stop, s'il te plaît.

Le Slam était assez calme, ce soir, et j'en ai profité pour faire l'état des lieux de ces deux dernières semaines en invitant mon ami. Oui, je lui ai pardonné, c'est ce qu'on fait entre amis, justement. Cela étant, j'ai le beau rôle pour ne plus lui en vouloir et il est aux petits soins avec moi. Je sors mes clés et il s'appuie contre le chambranle de mon appart dans une pose très *Vanity Fair Magazine*. Je lève les yeux au ciel et il se défend aussitôt :

— Quoi ? Imagine s'il est juste derrière la porte !

— Tu espères draguer Dante ? Tu veux repasser tout de suite au statut d'ancien meilleur ami ?

— Non, pas le draguer ! Lui faire bonne impression.

— Déjà, je ne suis pas sûre de la façon dont il va réagir en te voyant arriver avec moi, alors estimons-nous heureux s'il ne fait pas à nouveau ses valises dans la foulée.

— Promis, cette fois je ne ferai pas semblant d'être ton mec.

— Je t'en remercie, maintenant, tais-toi et entre.

J'ouvre la porte et lui fais signe de passer en premier. Ce qu'il fait avant de s'arrêter net et je me cogne contre son dos.

— Hé ! Préviens !

Il se retourne vers moi, pose ses mains sur mes épaules et murmure :

— Je croyais que les partouzes dans ton salon, ce n'était pas ton truc !

— De quoi tu parles ?

— Il y a quatre beaux mâles installés sur ton canapé et l'un de tes fauteuils. C'est un cadeau de réconciliation ?

Je le pousse et découvre en effet tous les Golden Boys, l'équipe au grand complet qui nous observe faire nos messes basses. Je me remets en face de Chris et chuchote :

— Je n'ai pas invité de beaux mâles, comme tu dis, pour te récompenser de quoi que ce soit. Je ne sais pas ce qu'ils font ici, mais je peux te garantir à presque cent pour cent qu'ils ne sont pas là pour tes beaux yeux, ni les miens.

— On fait quoi ?

— Vous pouvez nous rejoindre parce qu'on entend tout ce que vous dites, d'ici, en fait, nous interrompt une voix masculine.

— C'était lequel ? me demande Chris sans se retourner.

— Aucune idée, je reconnais Yoan et Dante, mais j'ai du mal à différencier les deux autres. Le blond c'est…

Mais impossible de me souvenir : j'ai un trou de mémoire. Je prenais trop de calmants encore quand ils m'ont donné cette astuce pour savoir qui est qui.

— Lola, ils ne se ressemblent absolument pas, comment peux-tu les confondre ? s'insurge Chris. Tu ne m'es d'aucune utilité !

— C'était Benj, et je trouve qu'on ne se ressemble pas du tout, lui et moi, merci ! Donc si tu pouvais ne plus nous comparer, Lola, ce serait super, lance celui qui doit être, par déduction, Matt.

Je me décale à nouveau et tente un sourire. Ils nous observent toujours. Je frappe Chris sur le bras afin qu'il se remette de son choc post-fantasme. Les quatre gogo-dancers se lèvent et Dante soupire avant de s'approcher de moi pour me prendre la main et m'entraîner avec lui.

— Lola, tu connais déjà Yoan… Et Benj et Mathias aussi, mais le blond, c'est Matt, voilà à quoi on voit la différence, entre autres.

— Salut… Lui, c'est Chris.

Je montre mon ami qui nous a enfin rejoints et a retrouvé toute son assurance. Il serre la main à tout le monde et me regarde. En fait, l'attention est sur moi. Alors je dis la seule chose qui me passe par la tête :

— Quoi ?

Oui, mon éloquence n'a d'égale que ma perspicacité.

— Ça t'ennuie si on reste un peu au salon ? demande Dante. On discute boulot et stratégie.

— Ben non…

Essaie encore, Lola, avec un petit effort tu pourras avoir l'air encore plus demeurée que c'est le cas actuellement !

— Je veux dire, c'est chez toi, aussi. On allait juste se faire un chocolat, avec Chris.

Au moment où je le dis, je réalise à quel point ma réplique

est ringarde. Qui se fait un chocolat chaud pour terminer la soirée, à part une grand-mère qui vit seule avec ses canaris ?

Tout le monde reprend sa place, je commence à contourner Dante, mais il me barre le passage.

— Assieds-toi, je vais te le faire.

Il s'en va sans attendre ma réponse et je remarque que tout le monde fixe la bouche ouverte, les yeux grands ouverts, l'entrée de la cuisine où Dante a disparu.

— Il fait quoi ? demande Matt.

— Je crois qu'il a dit qu'il allait préparer du chocolat chaud…, tente Benj qui n'a pas l'air très sûr de ce qu'il dit.

— Pour Lola, ajoute Chris.

— Je savais que j'avais raison, déclare Yoan.

— Oui, mais un chocolat chaud, ce n'est pas non plus…, démarre Matt.

— Il le fait à l'ancienne, dans la casserole avec le fouet et tout…, je trouve utile de préciser.

— Hein ?

Là, je crois qu'ils ont tous parlé en même temps. J'en remets une couche :

— Il le fait bien…

— J'en veux un ! annonce Mathias avant de se lever et de rejoindre Dante à la cuisine.

Et d'en sortir quelques secondes après en ayant l'air contrarié.

— Il refuse, il dit que c'est juste pour Lola.

— Je vais lui demander, bouge pas !

Je me lève et laisse ce concentré de testostérone dans mon salon en espérant que Chris ne fasse pas trop de bêtises durant mon absence. Dante m'entend arriver et parle sans se retourner :

— J'ai dit non.

— Mais…

— Si je lui en fais un maintenant, il va me harceler pour en avoir d'autres et ça va devenir une habitude.

— Mais…

— Tu ne le connais pas, Lola, c'est un vrai gosse. Il vit encore chez ses parents et est totalement assisté.

— Mais…

— Voilà, le tien est fait, ça ira bien !

Il verse le chocolat dans une tasse, ajoute des mini marshmallows, un nuage de cacao en poudre sur la crème formée par le lait et pose la casserole dans l'évier.

— Mais…

— Lola, je le connais et toi, non et…

Je l'embrasse histoire de pouvoir en placer une, car c'est le seul moyen qui me vient à l'esprit pour le faire taire. Et parce que j'en ai très envie.

Ma plus grande satisfaction est de l'avoir pris de court. Il se ressaisit rapidement, cependant, et ses mains attrapent ma taille pour m'attirer contre lui. Je le sens sourire contre mes lèvres et j'entrouvre les miennes lorsque sa langue me caresse. Je mets fin à ce baiser imprévu en faisant un pas en arrière.

— Je disais donc… mais j'avais dit à Chris que je lui en faisais un. Je vais donc en préparer pour tout le monde. Par contre, je ne fais pas comme toi : je mets tout au micro-ondes.

— C'était pour quoi, ça ?

— Ça quoi ?

Il lève son sourcil auquel je ne résiste pas.

— J'ai besoin d'une raison ?

— Non, tu peux m'embrasser à chaque fois que tu en as envie. J'essaie juste de savoir où ça nous situe.

— Je ne sais pas.

— Et si moi, j'ai envie de t'embrasser : je peux ?

Ce serait hypocrite de lui dire que je suis la seule à avoir le droit de l'embrasser spontanément. Alors je hoche la tête. Et il use aussitôt de son droit en me rejoignant et reprenant là où je nous ai interrompus. Il pose les mains sur ma nuque et fait légèrement basculer ma tête en arrière. Je suis sur la pointe des pieds, il est penché en avant, je m'agrippe à son T-shirt et il prend son temps… C'est langoureux, comme si personne ne nous attendait au salon. Comme si nous avions toute la nuit devant nous pour nous embrasser. Comme si nous nous redécouvrions…

— Ton chocolat va être froid, finit-il par murmurer contre ma bouche.

— OK.

— OK « laissons-le refroidir » ou OK « tu as raison, soyons raisonnables » ?

— C'est un très bon chocolat…

— Oh ! je vois… Meilleur que mes baisers ?

Je fais semblant de réfléchir, et un rire à quelques mètres de nous, dans le salon, nous fait revenir dans le moment présent. Nous nous séparons, j'attrape ma tasse et y trempe les lèvres. Humm… Je ne sais pas où il a appris à faire du chocolat chaud aussi délicieux, mais je n'en ai jamais bu d'aussi bon. Il pose le pouce au-dessus de ma lèvre, le fait traîner tout le long… et le porte à sa bouche… avant de sortir de la cuisine.

— Lola ! Viens ici, on a besoin de l'avis d'une femme ! hurle Chris avec sa délicatesse légendaire.

Je sors de ma léthargie et retrouve tous ces mâles. Dans mon salon. C'est moi ou mon canapé a rétréci ? Ça doit être moi.

Je regarde où je vais bien pouvoir m'asseoir lorsque Chris se lève, me laisse sa place, et s'installe devant moi, le dos contre mes jambes. Je fais comme si je n'avais pas remarqué le regard outré de Dante.

— Tu lui as fait un chocolat chaud à l'ancienne et…

— Ta gueule, Mathias, lui répond Dante. Bon, on continue ?

— Lola, nous sommes en plein débat « string », m'annonce Yoan comme si de rien n'était.

Je m'étouffe un peu avec mon chocolat. Ce serait du gâchis, alors j'évite de tout recracher dans les cheveux de Chris.

— D'accord.

— Benjamin et Dante sont contre. Mathias et moi sommes pour. En tant que potentielle cliente, quel est ton avis ?

Toute cette pression sur mes épaules, je ne suis pas certaine d'avoir envie d'assumer.

— Lola est de mon avis, déclare Dante, très sûr de lui.

— Je ne suis pas d'accord avec toi par défaut !

— Mais si.

— Non.

— Si tu veux continuer à bénéficier de mes délicieux chocolats chauds à l'ancienne, tu seras d'accord avec moi par défaut.

— Suis-je le seul à voir un double sens dans cette phrase ? demande Chris.

— Je suis de l'avis de Dante…, je marmonne en reprenant une gorgée.

Je veux dire… Dans la vie, il y a des priorités. Entre ma conscience de femme libérée et indépendante et un breuvage aussi doux et goûteux et… Bref, je suis de l'avis de Dante.

— Si tu me faisais un chocolat chaud, je serais sûrement aussi de ton avis et tu aurais la majorité, glisse Matt.

Un majeur bien tendu pour toute réponse, Dante attrape ma tasse vide et la pose sur la table basse. Il se rassoit dans le fauteuil à côté du mien et pose la main sur ma nuque tout en continuant à discuter :

— Je trouve que le slip brillant c'est déjà assez ridicule, on n'a pas besoin en plus de se trimballer avec une ficelle dans le cul.

— Amen ! s'écrie Benjamin.

La discussion se poursuit mais je n'écoute plus rien : du bout des doigts, Dante dessine de petits cercles sur la peau de mon cou et je suis complètement hypnotisée par ses caresses.

Ici, entourée de l'homme que j'aime, de mon meilleur ami et de trois beaux gosses, je me sens bien et enfin aimée. Si bien qu'un sourire vient s'installer sur mes lèvres à l'idée que ma vie à présent ça pourrait être ça…

∞ ∞ ∞

— Lola…

J'ignore pourquoi, mais je souris. Je n'ai pas envie d'ouvrir les yeux, mais je souris.

— Tu vas mal dormir, je vais te porter dans ton lit.

Hein ?

Je n'ai pas le temps de réagir, je suis soulevée de mon cocon bien chaud… mais c'est pour me retrouver dans les bras de Dante, alors bon… je ne vais pas protester. Surtout que je suis encore à moitié endormie et je suis capable de dire n'importe quoi, il vaut mieux que je me taise. Je me blottis dans ses bras, il me maintient contre son torse… jusqu'à ce qu'il me dépose dans mon lit. Il me borde, comme une petite fille. Je tends la main, il la saisit et je profite de sa position précaire pour l'attirer à moi. Il perd l'équilibre et tombe en avant sur le lit.

— Dors avec moi, Dante…

Je commence déjà à sombrer à nouveau et, lorsque je l'entends se lever, je suis persuadée qu'il va décliner ma proposition. Mais il revient quelques instants après et se glisse sous les couvertures. Au moment où il se colle contre mon dos, je réalise que c'est la première fois, la toute première fois, que nous allons passer une nuit ensemble et mon cœur se serre de joie à cette idée. Avant de plonger dans le sommeil, je sens une larme dévaler ma joue.

29

∞

Elle

— Je vois que vous n'avez pas perdu de temps à passer de colocataires à… hum… comment appeler ça ? Potes de baise ?

J'ouvre les yeux et mon pire cauchemar est à la porte de ma chambre. J'aimerais bien être encore en train de dormir, mais je doute que mon imagination puisse concevoir une tenue plus tarte que celle que Carmen porte aujourd'hui. Dante resserre ses bras autour de ma taille ; visiblement, il n'a pas encore compris que nous avons de la visite.

— Comment es-tu rentrée ?

— J'ai une clé.

— Pardon ?

J'essaie de me redresser, mais il serre un peu plus à chaque mouvement, et si ça continue, je vais y perdre un poumon ou deux.

— Papa et maman ont un double, c'est normal en tant que propriétaires.

— Sors de chez moi avant que je te balance le premier truc que j'ai sous la main ! Et d'après ce que je vois, ce serait la lampe de chevet !

Dante me serre un peu plus contre lui et me demande d'une voix ensommeillée :

— Pourquoi tu cries ? Recouche-toi…

Comment peut-il ne pas se rendre compte de ce qui se passe ? Je lui mets un coup de coude, il jure et se réveille enfin.

— Carmen ?

— Dante… Je constate que tu as revu ton standing à la baisse.

Il me regarde, puis elle, puis moi à nouveau.

— Il se passe quoi ?

— J'aimerais bien le savoir.

Je me lève pour faire face à ma sœur ; j'ai enlevé mon jean durant la nuit, tant pis pour ma visiteuse, elle n'avait qu'à pas débarquer sans prévenir.

— Aurais-tu l'obligeance de te couvrir ?

— Je rêve. Je ne vois que ça comme explication. Parce que tu entres chez moi sans autorisation, tu m'insultes, tu me critiques, tu…

Dante passe devant moi, il pousse Carmen pour sortir de la chambre et… que fait-il ? Elle le suit, moi aussi. Il ouvre la porte d'entrée et se poste à côté.

— Dehors.

Carmen affiche un air triomphant en me toisant. Je ricane malgré moi en comprenant qu'elle se méprend sur la situation et je lui dis :

— Pas moi, Carmen. Toi.

Elle fixe Dante avec son regard de petite fille perdue. Je l'observe à mon tour. Contrairement à ce que je craignais, il est calme et ne semble pas affecté plus que ça par la présence de Carmen. Simplement contrarié comme n'importe qui le serait dans ces circonstances.

— Tu ne peux pas me mettre à la porte de mon propre appartement, Dante.

— Bien sûr qu'il le peut, il est chez lui ici, je te rappelle. Et ce n'est pas du tout ton appartement.

— Je suis plus chez moi que lui !

Je prends une profonde inspiration et demande :

— Carmen, qu'est-ce que tu fais ici ?

— Je suis venue…

Elle hésite.

— Eh bien ?

— Lola, tu ne devrais même pas écouter ce qu'elle a à dire. Nous savons tous les deux qu'elle est incapable de parler sans mentir.

— Je peux parler à ma sœur ?

Je sais ce qu'elle est venue faire, et c'est moi qui fournis les explications qu'elle n'osera jamais donner :

— Tu es venue parce que tu voulais voir Dante. Tu es tellement pathétique que tu en es réduite au point de t'incruster chez moi pour revoir ton ex et vérifier si tu ne peux pas le récupérer, alors que tu es enceinte et que tu vas te marier, car tu ne supportes pas qu'il puisse s'intéresser à quelqu'un d'autre que toi ! Le bousiller ne t'a posé aucun souci, mais qu'il se soit remis de ta trahison te rend malade !

Au moment où je fais un pas en avant, hors de moi, Dante me rejoint en deux enjambées, m'attire contre lui et m'embrasse. À la manière de cette photo à Time Square où une infirmière et un marin sont enlacés et fêtent la fin de la guerre. En plein milieu du baiser, j'entends vaguement la porte claquer et je n'en ai absolument rien à faire. Quand Dante me relâche et m'aide à me redresser, je suis presque sûre de sentir des ailes me pousser dans le dos. À moins que mes endorphines se fassent une ola dans mon corps…

— Tu as dit que je pouvais t'embrasser dès que j'en ai envie, se justifie-t-il, comme s'il en avait besoin.

Je me contente de lui sourire avant de froncer les sourcils.

— Il faut qu'on déménage.

— Absolument pas. Et la prochaine fois qu'elle s'invite dans ta chambre et que nous sommes dans ton lit, faisons en sorte de ne pas dormir.

— D'accord, mais là, il faudrait que je me brosse les dents.

— Oui, il faudrait.

— Toi aussi, je te signale.

Il se marre en allant à la salle de bains et je me demande s'il réalise vraiment ce qui vient de se produire. A-t-il conscience de m'avoir apporté la preuve finale de son engagement ? J'avais toujours pensé que le jour où il reverrait Carmen sa réaction serait spectaculaire ; je craignais même qu'il ne résiste pas à ma sœur et essaye de la reconquérir. Mais ç'a été tout le contraire ; il a été calme, indifférent et détaché, comme si tout cela ne le perturbait pas le moins du monde. Il est enfin passé à autre chose. Non… pas à autre chose : à moi. Et désormais, j'ai la certitude d'être la seule qui compte pour lui.

∞ ∞ ∞

— Viens avec nous.

— Dante, je ne suis pas sûre que…

— J'ai envie de passer la soirée avec toi.

— Oui mais…

— Sinon j'annule, tant pis.

— Je croyais que vous deviez continuer la discussion sur les changements dans vos shows et…

— C'est le cas.

— Oh… Ce serait du chantage ? « Viens avec moi ou sois responsable de mon manque de professionnalisme » ?

— C'est ça.

— Tu pourrais nier, ou avoir honte.

Il me fixe en silence.

— Je vais venir, d'accord, mais…

— Quoi ?

— Eh bien… Nous n'avons toujours pas clairement établi ce que… Tu vois… Nous…

— Non, je ne vois pas.

Il le fait exprès ?

— Tu sais, toi et moi…

— Non, je ne vois toujours pas. Si tu as quelque chose à dire, dis-le. La subtilité a tendance à m'agacer.

Ce qui est rassurant, c'est que quoi qu'il arrive Dante restera toujours Dante.

Je pose ma liseuse numérique à côté de moi sur le canapé, et ramène Elmo dans mes bras. J'ai beau avoir avancé avec Dante, Elmo a pris une place dans ma vie que personne ne pourra jamais combler. Suis-je un peu excessive ? Oui, certainement. Est-ce que ça me pose un souci ? Non, absolument pas.

— Sommes-nous un couple ?

Il vient s'accroupir devant moi et pose ses mains sur mes genoux.

— As-tu envie que nous en soyons un ?

— As-tu vu d'autres filles depuis que tu es revenu ici ?

— Je n'ai pas vu d'autres filles depuis que je suis parti. Je n'ai pas vu d'autres filles depuis l'hôpital.

— L'hôpital ? Tu voyais quelqu'un à ce moment ?

Je vois sur son visage qu'il est contrarié par ma question. Mais il répond tout de même assez rapidement :

— Oui, mais vite fait, dans un placard, en pensant à toi. Ça ne compte pas.

Comme je le disais, Dante restera toujours Dante. La délicatesse, épargner la sensibilité de l'autre, tout ça, c'est surfait. Lui c'est plutôt en mode missile scud et tant pis pour les dommages collatéraux.

— D'accord. Je vois…

— Ça ne compte pas, répète-t-il.

— Non, enfin si. Mais ce n'est pas pour ça que je dis « je vois ». Alors, nous sommes un couple… exclusif ? Désolée d'insister, mais j'aimerais vraiment qu'on mette ça au clair. Comme ça, on n'en parle plus, et hop.

— Hop ?

— Oui, hop, on passe à la suite.

— Qui est ?

— Toi et moi, un couple.

— J'aime cette idée.

— Moi aussi.

Je souris sûrement un peu trop, mais j'ai passé tellement de temps à faire semblant que tout allait bien dans ma vie, alors que ce n'était pas le cas, que je ne vais pas bouder mon plaisir maintenant que Dante est avec moi. Vraiment avec moi. Même si je me doute qu'il ne va pas se contenter de m'embrasser, d'autant que, d'après un rapide calcul, il doit en être à plusieurs semaines d'abstinence. Il m'observe d'un air suspicieux puis demande :

— Quoi ?

— Dans la douche, l'autre matin…

— Oui ?

— Tu fais souvent ça ?

— Tous les jours.

— Ah oui, quand même.

— Pas toi ?

— Non, pas tous les jours. C'est trop.

— Mais tu le fais ?

Je me tortille un peu et finis par murmurer :

— J'apprécierais qu'on ne parle pas de ça devant Elmo, il est jeune et…

— Cette peluche est à ma place.

Il l'attrape et la balance dans son dos sous mon regard outré. Mais je lui pardonne aussitôt qu'il me rejoint sur le canapé et m'installe sur ses genoux. Depuis que nous sommes tombés d'accord sur le fait de nous embrasser, il n'a rien tenté. Rien du tout. Et même là, alors que nous venons de parler de notre façon de nous soulager en solitaire, il me tient simplement contre lui ; aucune main baladeuse, aucun sourire coquin, c'est comme s'il faisait bien attention à ce que son entrejambe ne soit surtout pas en contact avec moi.

— Alors, pour ce soir ? Tu viens avec nous ?

— D'accord.

— On part dans vingt minutes.

— Quoi ?

Je bondis sur mes pieds et cours vers la salle de bains en râlant. C'est bien un mec, ça. J'étais déjà en pyjama pilou, démaquillée, prête à aller au lit ou presque, et il m'accorde moins d'une demi-heure pour me redonner forme humaine ?

— Et ne traîne pas ! Il va te falloir du boulot pour…

Je n'écoute pas la fin de son compliment et me concentre sur le « vite fait bien fait » que je suis obligée de mettre en œuvre.

∞ ∞ ∞

— Pas de string.

Benjamin pose son verre un peu trop sèchement sur la table et plusieurs gouttes débordent et éclaboussent Mathias. Lui, il n'a pas l'air spécialement dérangé. Ni par le string, ni par la bière sur sa main qu'il lèche comme si c'était le geste le plus naturel au monde.

— Benj, à un moment il va falloir qu'on accepte de faire ce qui plaît aux filles. Et pour conserver la clientèle actuelle, il faut apporter des nouveautés au spectacle, leur donner envie de nous rappeler.

— On n'a qu'à faire l'intégrale.

Tous les regards convergent sur Dante, le mien y compris. L'intégrale comme… *The Full Monty* ?

— À poil ? demande Benj qui traduit mes pensées.

— Si je peux me permettre, je tente d'intervenir tout en pesant chacun des mots qui vont suivre, ce qui est dans le string, ou le slip, n'est pas ce qu'il y a de plus esthétique chez un homme.

Voilà, c'était assez diplomate ça, non ?

— Sérieux ? Alors vous voulez bien voir notre cul, mais l'autre côté, non ? s'étonne Dante.

Je veux dire, il est sincèrement étonné. Est-il aussi imbu de sa personne ? Oui, il l'est, sans aucun doute.

— Oui, soyons honnêtes, ça pendouille, pour commencer. Ensuite, c'est fripé.

— Les couilles seulement, fait remarquer Benj.

Je suis hyper mal à l'aise dans cette conversation, tout à coup. Jusqu'à présent, on ne parlait que de vêtements, là on aborde ce qu'il s'y trouve. Ce n'est pas que je sois chaste et prude et tout ça… Mais quand même. Bon, OK, c'est moi qui ai abordé le sujet.

— Oui, mais tu peux difficilement les laisser à la maison pour ne pas gâcher le tableau, glisse Mathias qui m'évite d'avoir à répondre.

— Je suis d'accord, et puis en ce qui me concerne, je ne ferais pas l'intégrale, réplique Yoan.

— Tu ne fais presque pas de soirées.

— Je vais en faire un peu plus.

— Si tu veux me remplacer aux contrats mémés, lui propose Benj avec trop d'espoir dans la voix, fais-toi plaisir.

— Je ne remplace pas, je m'ajoute. Selon des statistiques, nous aurions plus de soirées bookées si nous étions quatre.

— Quelles statistiques ? Tu veux dire que quelqu'un s'est amusé à interroger un panel de citoyennes en leur demandant si elles préféraient mater trois ou quatre gogo-dancers ? demande Dante qui a l'air de trouver la situation très amusante.

— J'ai simplement lu les résultats, je ne me suis pas intéressé à la procédure.

— Vous devriez faire des vampires.

Cette fois, c'est vers moi que tous les regards se tournent. J'ai déjà mentionné à quel point cette soirée était embarrassante ?

— Des vampires ? ricane Benj.

Dante lui lance un regard que je traduis par « n'y prête pas attention, c'est juste une meuf ».

— Eh bien, je sais que la bit-lit est…

— Attends, la *quoi* ? Lola, tu me fais peur des fois… La bite quoi ?

— Non, mais rien à voir avec ton… Bref, c'est un genre littéraire qui met en scène des vampires, entre autres, et qui plaît beaucoup. Enfin, ça plaisait beaucoup, je ne sais pas trop où ça en est. Toujours est-il que je suis sûre que ça cartonnerait.

— Il faudrait mordre les clientes ? Parce que là, sans moi, hein…, se marre Mathias.

— Hé, moi je dis ça parce que vous cherchez à vous renouveler. Et une fois sortis des uniformes classiques, il ne reste pas grand-chose. Au moins vous proposeriez un show unique.

— Mais toi, tu aimerais ça ?

Dante me regarde bizarrement, maintenant, comme s'il découvrait une facette de ma personnalité dont il ne sait pas bien quoi faire.

— Je ne suis pas une super référence, ne le prenez pas mal, mais les gogo-dancers, ça ne m'a jamais attirée plus que ça.

Le silence religieux qui suit ma déclaration m'indique que je suis sûrement allée trop loin.

— Il me semble que tu en as déjà engagé un pour l'enterrement de vie de jeune fille de ta sœur, non ?

Je me tourne vers Dante. C'est quoi cette excellente mémoire ?

— J'ai menti, je lui avoue en haussant les épaules.

— Mais tu couches avec un gogo-dancer, me signale Matt.

— Dante ne danse pas pour moi.

Nouveau silence. Et le boss se décide à intervenir :

— Tu ne testes pas la nouvelle chorégraphie sur elle comme nous l'avions convenu ?

— La quoi ? !

— Plus tard, Lola. Et non, Yo, tel que tu me vois là, je n'en suis pas encore à lui demander de jouer le cobaye. J'allais y venir, mais tu m'as un peu pourri mon plan…

— Pardon.

— Non, mais les gars… je vous assure que…

— Miss, me coupe Dante, quand je t'aurai offert une lap dance, *je* t'assure que tu changeras d'avis sur les gogo-dancers.

La détermination et l'assurance avec lesquelles il me balance ça me donnent chaud et mon corps est parcouru de frissons en imaginant Dante danser pour moi. C'est peut-être aussi dû au fait que je suis personnellement en mode abstinence depuis trop longtemps.

— Tu vois ça comment, pour les vampires ? me demande Yoan, toujours très professionnel et axé sur le boulot.

— Ben… Personne n'a vu le *Dracula* de Coppola ?

— Tu ne veux pas qu'on porte des perruques ? s'inquiète Benj avant d'ajouter : parce que perruque ou string, même combat, je refuse.

— Non, mais une cape, un joli costume, tout ça…

— J'ai besoin de toi, le coupe Yoan. Dante, je peux te l'emprunter ?

— Je te la loue.

— Combien ?

— Hé ! Je suis là, hein ! Et je ne suis pas à louer ! Et je n'appartiens pas à Dante !

Je suis contente de voir que ça les fait rire. C'est important, le rire, dans la vie. Même si je proteste pour la forme, j'apprécie d'être ici, avec Dante et avec ses amis. Le fait qu'il m'intègre ainsi à cette partie de sa vie qui compte autant pour lui me prouve que ses intentions sont sérieuses. Nous sommes vraiment en train d'essayer…

∞ ∞ ∞

— Je plaisantais sur le fait de te louer, murmure Dante tout en conduisant.

— Je sais.

— Non, je dis ça parce qu'un moment j'ai cru que tu allais m'émasculer et…

— Pas loin.

— C'est ce que je pensais.

— Je sais que je passe du coq à l'âne, mais je voudrais t'avouer quelque chose.

Le silence qui suit ne me rassure pas, j'enchaîne quand même :

— Je ne suis pas… Comment te dire ça… J'ai fait semblant d'être une Marie-couche-toi-là.

J'observe son sourire alors qu'il est concentré sur la route.

— Quoi, c'est tout ? Je t'avoue t'avoir menti sur ma personnalité et mon mode de vie et tu souris ?

— Je l'avais plus ou moins deviné seul en vivant avec toi. Ce que je ne comprends pas bien, c'est pourquoi tu as fait ça.

— Oh. Eh bien… ça a l'air d'être ce que tu préfères… chez les femmes…

— Ce que je préfère chez les femmes, c'est toi. Telle que tu es. Chiante. Casse-couilles. Capricieuse. Apocalyptique.

— Apocalyptique ?

— Oui, ça te résume bien, je trouve.

— Chiante et casse-couilles, si je peux me permettre, c'est un peu la même chose.

— Non, tu donnes un nouveau sens à ces mots, crois-moi. Tout en nuances. Le matin, quand tu te mets à parler avant que j'aie bu mon café, tu es chiante. Et quand tu insistes lourdement pour que je t'aide à changer de fringue dix-huit fois dans la soirée, tu es casse-couilles. Tu saisis la subtilité ? Mais ça me plaît, c'est toi.

Je ne suis pas sûre de savoir comment prendre ça, est-ce un compliment ? Je n'ai pas le temps de trop y réfléchir car il continue :

— Je voulais te demander quelque chose, aussi. Puisqu'on en est aux confidences, tout ça… On n'en a pas parlé, mais…

Intéressant. Dante Novelli mal à l'aise, je crois que j'aime ça. Ça me donne une sensation de pouvoir dont je suis tout à fait capable d'abuser. À moins que ce soit les trois cocktails bus ce soir au Topaze qui me donnent cette impression d'invincibilité.

— Mon taf ne te pose pas de problème ?

— Je suppose que tu parles des Golden Boys et pas de ton travail d'aide-soignant ?

— Tu supposes bien.

— Si ça me dérangeait, tu arrêterais ?

— Non.

— Tu me quitterais ?

— Non.

— Tu ferais quoi ?

— J'arriverais à te convaincre que tu n'as rien à craindre. Que je ne ressens rien quand une autre femme que toi me touche.

Que ce qui me plaît c'est danser, et oui, me désaper… et le regard des femmes sur moi.

Je m'éloigne le plus possible vers ma portière.

— Tu fais quoi ?

— De la place pour ton égo, j'ai peur qu'il n'y ait pas assez d'oxygène pour nous tous dans l'habitacle.

— Hilarant. Je te donne les raisons pour lesquelles je fais ce travail, en plus du fric bien sûr. J'essaie de te rassurer.

— En me disant que d'autres femmes te touchent ?

— J'ai précisé que ça ne me faisait rien.

— Je sais, je te fais marcher.

— Alors, ça ne te dérange pas ?

— Pas du tout. J'aime l'idée que d'autres femmes te matent mais que ce soit dans mes bras que tu finisses la soirée.

— Je vais finir la soirée dans tes bras, là ?

— Tu en as envie ?

Il rit. Je lui demande s'il a envie de moi et ça le fait rire ? Je sens qu'on progresse, ça fait chaud au cœur. Et puis il se gare dans notre parking souterrain, se tourne vers moi, m'attaque avec son sourcil levé et son sourire en coin avant de me lancer :

— Lola, j'ai envie de toi comme j'ai besoin de respirer. Et en ce moment, je suffoque.

30

∞

Elle

Pourquoi est-il dans sa chambre, et moi dans la mienne ? Je veux dire… Il suffoque, non ? Alors, je ne comprends plus rien. Depuis qu'il m'a balancé ça puis est sorti de la voiture, il n'a pas prononcé un mot. Il ne m'a même pas regardée une seule fois. Je n'entends aucun bruit à côté, et Dieu sait que les murs sont fins, j'en ai fait les frais. Il dort déjà ?

Je regarde Elmo et j'attends. Cet animal est absolument inutile.

— Tu ne me sers à rien, tu le sais ? Je devrais t'amener chez Emmaüs !

Toujours aucune réaction. Je sais ce que je devrais faire, mais s'il me repoussait pour je ne sais quelle étrange raison ? C'est quand même bizarre de me faire ce genre de déclaration et de s'enfermer dans sa chambre dans la foulée. Dante n'est pas bizarre, il dit ce qu'il a à dire, bien souvent sans mettre les formes, et derrière il fait ce qu'il a à faire. Donc, pourquoi suis-je seule dans mon lit ?

L'unique moyen de le savoir, c'est de me lever et d'aller le lui demander, parce que cette stupide peluche ne m'apprendra rien sur la situation dans laquelle je me trouve. Comment ai-je pu y trouver un quelconque réconfort durant des semaines ? Je devais vraiment être désespérée !

Je me lève sans trop réfléchir, sinon je vais passer la nuit à tergiverser et me faire un tas de films. Je me plante devant sa chambre et j'attends un peu, histoire de prendre mon courage à deux mains. Je peux le faire.

Je tape.

Pas de réponse.

Et s'il dormait déjà ? Je ne peux quand même pas le réveiller pour lui demander pourquoi il n'a pas donné suite à la discussion que nous avons eue dans la voiture.

— Tu me cherches ?

Je pousse un hurlement avant de me retourner. Il a l'air content de lui. Il y en a au moins un de nous deux qui s'amuse.

— Tu étais où ?

— En train de pisser, il faut que je te prévienne, la prochaine fois ?

Je ne suis pas sûre que mon cœur se remette de cette trouille bleue que je viens de me payer. Je commence à retourner vers ma chambre et me ravise. Je ne suis pas venue lui parler pour m'enfuir. Alors je reviens de suite sur mes pas et le pousse de l'index. Il ne bouge pas, bien sûr, mais c'est l'intention qui compte.

— Pourquoi m'as-tu ignorée depuis que nous sommes revenus ?

— Je ne t'ignore pas.

Il redevient sérieux et regarde partout sauf vers moi. Il s'est passé quelque chose entre son aveu et maintenant qui m'aurait échappé ? J'en doute, étant donné que nous ne nous sommes pas adressé la parole.

— J'ai dit quelque chose ? Je n'ai pas réagi comme tu le voulais ?

— Non, ce n'est pas toi, c'est…

— Dante, si tu continues cette phrase, je sens que nous allons avoir un gros souci, tous les deux.

Je croise les bras et attends. Il est mal à l'aise. Il met les mains dans ses poches et baisse la tête.

— C'est ce que je t'ai fait l'autre soir.

Alors… j'essaie de me souvenir, parce que « l'autre soir » c'est quand même assez vague vu qu'on vit à nouveau ensemble depuis plusieurs semaines.

— Je ne comprends pas.

— Quand je suis revenu. Je t'ai sauté dessus et… tu sais… J'allais te…

— Non, tu ne l'aurais pas fait. On en a déjà parlé.

— Tu n'en sais rien.

— Quoi ? Tu veux dire que tu l'aurais fait ?

— Non, enfin… je n'étais pas dans mon état normal. Je ne sais pas. Peut-être ?

— Tu t'es arrêté seul. Tu ne l'aurais pas fait.

— Comment peux-tu en être si sûre ?

Je hausse les épaules. Je ne peux pas vraiment lui répondre que je le sais parce que je lui fais une confiance aveugle : j'ai tout à fait conscience que ce n'est pas une réponse rationnelle. J'ai peur de le faire fuir s'il réalise à quel point je m'en remettrais à lui sans hésiter, pour tout.

— Cette lap dance… fais-la.

— Maintenant ?

— Maintenant.

Je tourne les talons et vais au salon où j'allume mon iPod. Je sélectionne *American Woman* et m'installe sur le canapé.

— Je n'ai pas l'habitude de danser sur ce morceau.

— Je te connais beaucoup de défauts, Dante. La lâcheté n'en faisait pas partie jusqu'à ce soir.

— Beaucoup de défauts ?

— Danse.

— Je n'ai même pas les bonnes fringues et…

— Danse.

Je n'ai pas menti tout à l'heure, je ne suis pas spécialement fan des gogo-dancers. Ce que je n'ai pas précisé, c'est que je ne suis pas contre l'idée d'avoir le mien, privé, qui ne danse que pour moi. Et c'est ce qu'il fait. Dès qu'il se met à bouger, il reprend son assurance, son sourire, ses regards dégoulinants d'autosatisfaction… Peut-être bien que je suis masochiste, ou juste amoureuse et que ce sont en réalité des synonymes. Et ce mélange de ce qu'il était et ce qu'il est devenu est parfait à mes yeux : je ne changerais rien chez lui.

Il retire son T-shirt et me le jette dessus. Je regrette de ne pas avoir quelques billets, je suis sûre que dans le feu de l'action j'aurais aimé lui en glisser dans la ceinture. Il enlève ses chaussures, pas du tout maladroitement comme j'aurais pu le faire si j'avais été à sa place. On sent l'expérience derrière ce geste qui est pourtant tellement périlleux pour le commun des mortels. Et il commence à déboutonner son jean. Tout en ondulant des hanches en rythme avec la musique. Je suis désolée, mais malgré sa plainte, il s'accorde parfaitement au titre que j'ai choisi. Je suis convaincue qu'il réussirait à danser sur *L'Île aux enfants*…

Il fait glisser son pantalon le long de ses cuisses, et manque tomber en essayant de s'en extraire totalement. J'éclate de rire, jusqu'à ce qu'il se ramasse en plein sur moi. Je tente de le pousser, il m'écrase contre les coussins du canapé et se marre tout autant sans manifester le moindre signe de vouloir me libérer. Je le sens gigoter et je devine qu'il a enfin réussi à se déshabiller.

— Est-ce que tu danses comme ça avec les clientes ? Parce que je vais retirer ce que j'ai dit sur le fait que ça ne me dérange pas !

— Il me semble que c'est toi qui as réclamé une lap dance…

Il bouge un peu sur moi, c'est incertain et hésitant… Effectivement, sa gêne par rapport au soir où il était bourré est encore bien présente malgré son apparente bonne humeur. Alors je me faufile sur le côté et il me laisse l'allonger sur le dos avant de m'asseoir sur lui à califourchon.

— Il me semble que c'est toi qui m'as proposé cette lap dance.

Il pose les mains sur ma taille et me fait basculer en avant. Je plaque les miennes de chaque côté de son visage et avance mon bassin contre son érection à peine masquée par son boxer.

— Je croyais que la tenue réglementaire était ce sympathique petit slip doré que j'ai déniché sous ta table basse… jusqu'à ce que tu sois obligé de mettre un string, bien sûr.

Je me retiens de rire, mais sûrement pas assez, car il hausse un sourcil. Il se rapproche de moi et, au lieu de m'embrasser comme je m'y attendais, il bifurque et murmure à mon oreille :

— Si tu arrives à convaincre Yoan d'oublier cette histoire de string, je ferai tout ce que tu veux.

— Tout ?

— Presque tout…

— Oh ! je vois… Donc je vais tenter de *presque* le convaincre…

— D'accord, tout.

Je saurai m'en souvenir. Mais pour l'instant, j'ai besoin de le rassurer parce que la situation est ridicule.

— L'autre soir, tu avais bu, j'étais émotive, ce n'était pas le bon moment et tu l'as compris. Maintenant, c'est le bon moment.

— Tu es sûre ?

— Certaine.

— Et si…

— Dante, et si tu la bouclais et que tu m'offrais un extra à cette lap dance complètement loupée ?

— C'était loupé à cause de ton choix musical et parce que je n'avais pas les bons vêtements.

— La mauvaise foi te va si bien.

Il s'assoit et m'embrasse enfin. J'ai tout à fait conscience que c'est sa façon de mettre un terme à la discussion qui ne tournait pas en sa faveur, mais ça m'est égal. Là, sincèrement, il peut faire tout ce qu'il veut, je suis partante. Je voulais y aller doucement, à pas de bébé, petit à petit… Et je pense que c'est ce que nous avons fait ces dernières semaines. Désormais, ce serait stupide de continuer à repousser ce dont nous mourrons tous les deux d'envie.

Sa langue joue avec la mienne alors que ses mains enserrent ma taille en me maintenant contre lui. Je glisse les doigts dans ses cheveux et ne parviens pas à retenir les mouvements de mes hanches sur les siennes. Il sourit, je mordille sa lèvre, il gémit. Je ne l'ai jamais entendu réagir à aucune des filles qu'il ramenait dans sa chambre, jamais. Dante est silencieux au lit. Alors je capture à nouveau sa lèvre entre mes dents, tire un peu dessus, m'appuie sur son entrejambe et savoure le petit gémissement qui fait vibrer ma bouche avec la sienne.

Il attrape mes jambes et les cale autour de sa taille, puis positionne ses mains sous mes fesses et se lève sans cesser de m'embrasser. La musique résonne toujours au salon, je n'y prête pas vraiment attention… Il nous conduit dans ma chambre, il me semble que la porte tape contre le mur. Il nous allonge sur le lit.

— Trop habillée…, marmonne-t-il entre deux baisers.

Il détache mes mains de son cou, mes jambes de sa taille, et dépose une pluie de petits baisers sur ma gorge, puis plus bas. Il défait un bouton de mon pyjama, comble ma peau de ses lèvres, un autre bouton, un autre baiser… et puis il écarte les pans de mon haut et frôle mes seins du bout des doigts. Pas tout à fait une caresse… Je me cambre pour accentuer le contact, il enlève ses mains et les glisse dans la ceinture de mon pantalon et de ma culotte qu'il retire rapidement. Je me débarrasse complètement de mon pyjama pendant qu'il lèche de la pointe de la langue le tour de mon nombril. Il prend son temps, comme s'il savourait chaque contact, chaque caresse humide au moins autant que moi. Il remonte jusqu'à faire courir ses lèvres sur mon sein, ses doigts sur l'autre, son érection entre mes cuisses…

— Stop…

Il s'immobilise immédiatement et s'appuie des deux bras sur le lit, autour de moi, pour revenir au niveau de mon visage. Le sien affiche une expression inquiète, je lui souris pour le rassurer.

— Allonge-toi…

Il fait ce que je lui dis, en totale confiance. Pas une seconde d'hésitation. Presque… comme moi. J'essaye de ne pas trop m'emballer à cette idée. Je m'agenouille entre ses jambes que j'écarte un peu pour mieux m'y installer. Il m'observe sans rien dire, attentif à chacun de mes mouvements.

J'ai toujours été pudique, de nature discrète sur mon physique que je trouve bien trop enfantin pour une femme. Mais avec Dante, jamais. Dès le premier soir où nous avons couché ensemble, je me suis sentie totalement à l'aise, dans mon élément… Enfin moi-même. Ce soir, c'est pareil. Je n'envisagerais pas une seconde de me dissimuler à ses yeux. J'aime les sentir glisser sur moi, j'ai l'impression qu'il me trouve désirable, je sais qu'il a envie de moi. Son regard me rend belle… Le reste n'a pas d'importance.

Je me penche en avant et le lèche de la base de son sexe jusqu'à l'extrémité, lentement, très lentement. Avec une langueur proche de la torture. Il soulève les hanches, j'y appuie les mains avant de lui jeter un regard d'avertissement : c'est moi qui décide. Il me fixe toujours. Ça m'excite encore plus. Alors je recommence tout en entourant son sexe d'une main. Un son rauque remonte dans sa gorge… et je gémis autour de lui. Je continue ainsi, juste pour le plaisir de l'entendre, lui qui se contrôle tellement habituellement ; je sais que ce soir, avec moi, il fait tomber quelques barrières. Je veux saisir ces instants et ne jamais les oublier. Ce moment où il me laisse faire partie de lui…

— Lola…

— Humm ?

— Arrête de tourner autour du pot…

Je me redresse complètement en le délaissant et penche un peu la tête sur le côté, avec l'expression la plus innocente que j'ai en stock. Et j'ai des années d'entraînement.

— Arrête de me regarder avec ton air de petite fille, ça fait des lustres que ça ne prend plus avec moi.

Ah oui… tant pis…

— Qu'est-ce que tu veux, Dante ?

— Tu sais parfaitement ce que je veux. Que tu termines ce que tu as commencé.

— Je ne comprends pas.

Il sourit, s'assoit face à moi et embrasse mes seins, l'un après l'autre, tout en posant la main entre mes cuisses. Et la retirant aussitôt.

— Tu es sûre de vouloir jouer à ça ?

Je secoue la tête. Je sais qu'il gagnerait sans même faire le moindre effort, mais c'était sympa durant une seconde d'avoir l'impression de posséder une petite ascendance…

— Dolorès, aurais-tu l'obligeance de me sucer avant que je n'explose, s'il te plaît ?

— C'est si romantique, comment refuser ?

Il se rallonge en me ramenant entre ses jambes, d'une main sur ma tête. Il reprend les commandes et je dois avouer que je préfère ça. Je ne le fais plus attendre et le prends entre mes lèvres en ajoutant ma main. Sa réaction vaut bien toutes les soumissions du monde… Je le prends aussi loin que je le peux, je le lèche, le mordille un peu, il sursaute, je l'embrasse tout au bout, il soupire et, finalement, il agrippe mes cheveux dans son poing et m'oblige à relever la tête.

— Si tu continues, tu vas foutre en l'air mon plan pour la suite.

— Qui est ?

— Ne sois pas impatiente…

Il m'attrape par la taille et m'allonge sur le côté, devant lui, son torse collé contre mon dos. Ses mains parcourent mon corps comme s'il ne voulait pas en laisser une seule parcelle inexplorée. Je me tortille et remonte un bras pour l'attraper par la nuque. Enfin il revient entre mes jambes et ses doigts s'insèrent en moi sans aucune hésitation. Il les replie à l'intérieur et touche un point sensible que j'ignorais posséder. Je crie, il recommence, j'ai peur de jouir en trois mouvements tellement c'est bon. Et nouveau. Et inattendu. Il m'embrasse l'épaule tout en continuant ses va-et-vient en moi que j'accompagne de petits gémissements.

— Arrête de te contrôler…, murmure-t-il à mon oreille.

Il me connaît si bien que ça me fait presque peur. Presque. Parce qu'en réalité rien ne me plaît plus que de constater à quel point il sait qui je suis, vraiment. Alors je me laisse aller et, une fois qu'il a posé son pouce un peu plus haut, l'orgasme déferle en moi avec une violence incroyable. Je le sens dans tout mon corps, je le sens même contre lui, il aime m'entendre jouir et ça intensifie encore ma réaction.

Je suis encore à des années-lumière de la Terre lorsque je le sens écarter mes jambes et se glisser en moi. Allongée comme ça, je ne l'ai jamais fait. De toute façon, à part un missionnaire avec le type qui m'a dépucelée, tout ce que j'ai pu faire, c'est avec Dante. Et la sensation est tellement différente que je suis d'abord surprise. Il pose une main sur mon ventre, serre ma hanche de l'autre et me demande dans un souffle :

— Tu veux ça comment, Lola ?

— Comme toi tu le veux.

Et je sais ce qu'il aime. Il préfère lorsque c'est brutal et fort, et pourtant, il se retire lentement pour revenir sans plus de hâte. Mon souffle reste bloqué dans ma poitrine. Il me déstabilise et je scrute son visage. Ses traits sont tendus, comme s'il se contenait et… Un coup de reins plus fort m'arrache un cri de plaisir et j'ancre mes mains au bord du matelas. Il remonte une main sur mon épaule et m'incite à éloigner mon dos de lui, l'angle est nouveau, perturbant pendant une seconde, parfait celle d'après. J'écoute chacun de ses soupirs, chacun de ses gémissements… Il me ramène à lui à chaque fois qu'il revient en moi. Et d'un coup, il serre mes cheveux entre ses doigts et les tire pour m'obliger à tourner la tête et m'embrasser pendant qu'il intensifie le rythme. Nos respirations sont saccadées et résonnent dans la pièce. Je sens les muscles de ses biceps se contracter autour de moi et, alors que je le perçois au bord de l'extase, il étouffe un cri en mordant mon épaule et me provoque ainsi un nouvel orgasme. Le plaisir explose en nous et je ne sais plus où s'arrête le mien et démarre le sien. Je crois que je pourrais pleurer tellement je suis comblée, à tellement de niveaux qu'il me serait impossible de poser des mots sur les émotions qui affluent, alors que mon cœur retrouve peu à peu une course posée.

Un battement.

Deux battements.

Ses bras m'enserrent et il embrasse ma peau à l'endroit de sa morsure. De petits baisers apaisants qui m'aident à reprendre pied après ce tourbillon dans lequel mon corps vient d'être entraîné.

— Ça va ?

— Oui…

Il se retire doucement et se lève.

— Euh… Quand as-tu…

Il enlève le préservatif que je ne l'ai pas vu mettre, me fait un clin d'œil et sort de la chambre.

Je reste allongée sur le dos à fixer le plafond tout en réalisant ce que je viens de vivre. Je ne jure pas souvent, mais je pense pouvoir m'octroyer un « putain de bordel de merde » !

— Tiens.

Il se rallonge à côté de moi et me tend…

— Oh ! c'est le cadeau que…

— Ouvre-le.

Je défais le papier pendant qu'il rabat la couverture sur nous et se colle contre moi. Il m'embrasse sur l'épaule au moment où je découvre la petite boîte bleue. Je soulève le joli couvercle et laisse mes larmes couler lorsque je découvre le pendentif assorti au bracelet qu'il m'a offert il y a treize ans.

— J'ai vu que tu portais toujours ton bracelet, j'ai pensé que ça te plairait.

Je n'arrive pas vraiment à parler tellement je suis émue. Dante peut être parfois tellement attentionné… Je pose religieusement la boîte sur ma table de chevet et l'embrasse.

Ce cadeau est parfait.

31

∞

Elle

— Alors, que pensez-vous de l'offre ?

Je regarde mon patron sans rien dire. Je travaille dans ce fast-food depuis plusieurs années et c'est seulement la deuxième fois que je me retrouve dans son bureau, la première ayant été lors de mon entretien d'embauche. En dehors de ça, nous ne le voyons que très peu. Ce n'est pas une chaîne traditionnelle, il ne possède que cet endroit et, même s'il essaie de copier les habitudes des franchises qui fonctionnent bien, je ne pensais pas que ça marchait aussi bien, au point de me proposer une augmentation et un poste à responsabilités.

— J'accepte, bien sûr.

Il m'a expliqué en quoi consistait ma nouvelle fonction. En gros, je ferai la même chose que maintenant, excepté qu'il me faudra aussi établir les plannings, veiller à ce que tout se passe bien, être l'intermédiaire entre les employés et lui… Il m'a dit avoir été impressionné par ma dévotion pour mon emploi ces derniers mois. Inutile de lui préciser que j'étais surtout désespérée et que j'avais besoin d'un maximum d'occupations pour ne pas penser à Dante !

Je retourne à mon poste derrière la caisse et quelqu'un toussote. Je vérifie que personne ne crache de microbes sur la nourriture, c'est le genre de responsabilité qui m'incombe à présent. Ma collègue me sourit, un peu trop, peut-être.

— Il y a un type qui a commandé des boissons et a demandé si tu étais là. Et quand je dis « un type », je devrais plutôt dire « une bombe accompagnée de deux autres bombes ».

— Dante est là ?

Je sais, c'est une hypothèse facile, mais je ne vois pas qui d'autre correspondrait à la description de Stéphanie.

— Oh merde… C'est lui *ton* Dante ? Je comprends mieux ! Même si je trouve le grand brun plus à mon goût…

Je scanne la salle du regard et, effectivement, les Golden Boys sont installés à une table, leurs gobelets devant eux, en train de discuter de je ne sais quoi.

— Je m'absente une minute…

Je fais le tour du comptoir et les rejoins en me demandant ce qu'ils font là. Je comprends qu'ils sont venus me voir, mais pourquoi ?

— Salut…

— Ah, Lola ! Parfait timing ! déclare Benj en me souriant.

Tout le monde me sourit un peu trop, ça commence à me faire peur pour être tout à fait honnête. Dante se lève et se penche vers moi :

— J'ai le droit de te dire bonjour, ici, ou tu vas avoir des problèmes ?

— Tout dépend de comment tu veux me dire bonjour.

— La façon dont j'aimerais vraiment te dire bonjour serait censurée à peu près partout.

— Sauf dans les cinémas porno ! intervient Matt, lui aussi en me souriant.

Je vérifie que mon patron n'est pas dans le coin et vole un baiser ultra-rapide à Dante.

— Quoi, c'est tout ?

— Qu'est-ce que tu fais là ? Je travaille.

— Je n'ai pas le droit de venir te voir au boulot ?

— Tu me vois débarquer en pleine soirée des Golden Boys ?

— Elle a bon, se moque Benjamin.

— Nous avons besoin de toi.

— C'est-à-dire ?

— Yoan, pour une raison qui nous échappe, trouve ton opinion pertinente.

— « Pour une raison qui vous échappe » ?

Je croise les bras et lève un sourcil. Dante en lève un. Je ne peux pas gagner… Tant pis, j'ai tenté.

— Ce que Matt essaie de te dire, c'est que nous aimerions faire de toi notre alliée. Tu serais une sorte de manager, l'intermédiaire entre lui et nous.

— Ah tiens, c'est marrant parce que je viens justement de… OK, sans importance. Mais vous essayez de me dire que ce serait bien pour vous que je parle en votre nom, alors que c'est *mon* opinion qui semble intéresser Yoan, non ?

Silence. C'est bien ce qui me semblait.

— Dante, c'était ton idée ? je demande.

— Absolument pas.

— Tu as proposé Lola pour résoudre le souci, intervient Mathias.

— Parce qu'elle est douée pour gérer des conflits.

— La flatterie ne te mènera nulle part. Et depuis quand je suis douée pour gérer les conflits ?

— Tu l'as dissuadé de nous obliger à porter des strings, annonce Benj comme si c'était la preuve de ma toute-puissance.

— J'ai simplement donné mon avis, enfin j'ai surtout détourné la conversation, si je me souviens bien.

— C'est parfait, tout ce que tu auras à faire, c'est de détourner la conversation à chaque fois qu'il évoquera des idées de ce genre.

— Rien ne garantit que Yoan va vraiment me demander ce que je pense de ses idées.

— Alors, en fait…

Matt et Benj se retiennent de rire et Dante a l'air de vouloir m'annoncer quelque chose.

— Tu ne m'as pas louée ?

— De suite, les grands mots !

— Dante…

— Si ça peut te consoler, j'ai dit que tu le conseillerais gratuitement.

Je lui balance une tape derrière la tête et Mathias éclate de rire alors que Benjamin regarde ailleurs. Sûrement pour éviter de se marrer et se mettre Dante à dos. Personne n'aime avoir Dante contre son équipe…

— Pour la peine, lorsque Yoan me contactera, sachez que je vais lui reparler des strings. Et je pensais même à ces nouveaux maillots de bain, vous avez vu ? Il y a juste un petit triangle de tissu devant pour ranger votre matériel et une ficelle sur un seul côté et…

— Je crois que je vais vomir…

Benj a en effet un teint verdâtre qui ne lui sied guère. Matt me regarde avec les yeux grands ouverts et ne rigole plus du tout. Dante a plaqué une main sur sa bouche en réaction à ma description. Je n'invente rien, j'ai vu cet horrible maillot sur Facebook tout l'été. Je ne sais pas s'il est déjà arrivé en France, mais je sens que je tiens là un bon moyen de pression.

— Sur ce, je vais devoir vous laisser, j'ai du travail. Autre chose ?

— Tu n'oserais pas…, marmonne Dante.

Je me penche et prends appui sur la table de manière à avoir mon visage au même niveau que le sien, et murmure :

— Essaie encore une fois de me manipuler, Dante Giuseppe Novelli, et tu verras par toi-même si j'oserai ou pas.

Je tourne les talons et ai juste le temps d'entendre « Giuseppe, vraiment ? » avant que Matt reparte dans un grand éclat de rire, accompagné cette fois de Benj. Je suis derrière le comptoir en train de remplir le bac à serviettes en papier lorsque Dante se ramène.

— Je pensais que nous étions alliés.

— Tu essaies de te servir de moi.

— Balancer mon deuxième prénom était un coup bas.

— Offrir mes services à ma place était un peu trop « mâle dominant des années quarante » à mon goût.

— Je voulais te parler d'autre chose.

— Oui ?

Je ne le regarde pas, je continue de m'activer et il me suit sans masquer son agacement. Ça lui fera les pieds, non mais !

— Je vais aller à la villa tout à l'heure. Est-ce que c'est OK pour toi si je ramène le reste de mes affaires à l'appartement ?

J'interromps mes gestes et me tourne vers lui, rayonnante.

— Ton sourire veut dire oui ?

— Bien sûr ! Tu as besoin d'aide ?

— Tu termines quand ?

— Dans trois heures.

— J'y serai encore, j'ai pas mal de tri à faire. Tu m'y retrouves ?

Je regarde à droite, à gauche… personne… Je prends appui sur le comptoir et me hisse à la bonne hauteur pour l'embrasser, pour de vrai cette fois. Ses lèvres s'étirent contre les miennes et je recule, au cas où le boss se pointe et décide que finalement ce poste de manager ne me revient pas.

— Je suis pardonné ?

— Certainement pas. Mais je ne vais pas me punir à cause de tes bêtises. Maintenant va-t'en, j'ai vraiment du travail !

∞ ∞ ∞

Je me gare devant la maison de famille des Novelli. Comment s'est-elle retrouvée aux mains des deux frères ? Je ne sais plus très bien. Je reconnais que ces détails ne m'intéressaient pas des masses lorsque je fantasmais sur Dante, il y a treize ans. Mais je sais qu'ils y vivaient déjà à l'époque, tous les deux. Je suppose que l'épisode « Carmen » a changé pas mal de choses.

Au moment où je sors de la voiture, une autre se gare dans l'allée. Je m'arrête et commence à paniquer lorsque je vois que Sandro en ouvre la portière côté conducteur. Quelqu'un d'autre sort côté passager, mais je reste bloquée sur Sandro. Je ne l'ai plus revu depuis ce fameux jour et beaucoup de choses ont changé chez lui. Déjà, il est devenu un homme alors qu'il avait encore les traits de la fin de son adolescence la dernière fois que je l'ai croisé. Ensuite, il a laissé ses cheveux pousser, ils lui arrivent un peu en dessous des épaules. Et enfin, il a l'air assez contrarié de me voir ici.

— Lola.

— Sandro, j'ai failli ne pas te reconnaître, tu sais, sans Carmen à quatre pattes devant toi… tout ça…

— Hé !

Je me tourne et découvre une petite blonde, châtain… impossible à dire, ses cheveux n'ont pas vraiment choisi de camp. Mais ils sont immensément longs, le genre de chevelure que j'ai pu admirer chez les conquêtes de Dante ; immédiatement, cette fille m'est antipathique. Ce n'est pas sa faute, je ne contrôle pas.

— Nous ne sommes pas venus pour ressasser le passé, ajoute-t-elle en venant se placer à côté de Sandro.

— Dante est à l'intérieur, il récupère ses affaires. Je vous suggère d'aller faire un tour et de revenir d'ici à quelques heures, voire demain.

— Ça me paraît être une excellente idée, marmonne Sandro qui tente de repartir vers la voiture.

Sa copine le retient par le bras sans toutefois me lâcher des yeux.

— Lola, c'est bien ça ? Je suis Sarah.

Elle s'approche de moi et me tend la main. Je la serre machinalement, parce que j'ai été bien élevée.

— Sandro aimerait beaucoup discuter avec son frère. Je suis venue faire du rangement il y a une heure, et quand j'ai vu la voiture de Dante, j'ai pensé que c'était le bon moment.

— Le bon moment pour quoi ?

— Exactement…, continue de marmonner Sandro qui a l'air de vouloir être partout sauf ici.

— Pour que les deux frères puissent avoir une discussion à cœur ouvert et tourner la page.

Je ricane. C'est plus fort que moi, cette nana est d'une naïveté surréaliste.

— Tu vois, Lola est aussi de mon avis.

— Ne t'imagine pas une seconde que toi et moi pourrons être un jour du même avis, Sandro. Ça n'arrivera jamais.

— Que ça te plaise ou non, *Dolorès*, nous sommes dans le même camp, pour le coup.

— Dolorès ? Depuis quand tu m'appelles comme ça ? Ah, oui pardon, d'avoir pris ma sœur en levrette, tu t'es dit que ça créait des liens, je comprends.

— Lola, tu n'aides pas beaucoup, là, me fait remarquer Sarah.

Je lui lance mon sourire « petite fille innocente et pure » et elle me répond par le même sourire. C'est presque flippant. J'ai trouvé mon double maléfique.

— Quelques minutes de discussion et on repart, continue-t-elle en poussant Sandro vers l'entrée. Va voir ton frère, je vais faire connaissance avec Lola, pendant ce temps.

Je suis impressionnée par l'emprise que cette fille semble avoir sur le cadet Novelli, car même s'il traîne des pieds et murmure je ne sais quelles injures, il y va. Je le regarde entrer et refermer la porte avant de me tourner vers Sarah.

— C'est une très mauvaise idée. Si tu les connaissais comme je les connais, tu saurais que c'est voué à l'échec.

— Sandro a besoin que son frère lui pardonne.

— Ça n'arrivera pas.

— Tu as l'air bien sûre de toi.

— Je n'ai pas pardonné à ma sœur. Je ne vois pas comment Dante pourrait pardonner à son frère.

— Ta sœur ? Carmen est ta sœur ?

— Ça te pose un problème ?

— Pas du tout, je trouve juste ça un peu tordu que… Tu es bien avec Dante ?

— Je le suis, et ce qui est tordu, c'est que le témoin du marié, qui se trouve aussi être son frère, se tape la future mariée le matin des noces. Pas qu'une autre femme puisse aimer Dante et veuille passer sa vie avec lui.

Pourquoi je lui raconte tout ça, moi ? En tout cas, elle reste silencieuse un moment avant de déclarer :

— Dante est devenu un connard à cause de tout ça et je suppose qu'il a mérité aussi de passer à autre chose.

— C'était déjà un connard avant, un peu moins, mais ça fait partie de son caractère.

— Il en faut pour tous les goûts, hein…

— Ton mec ressemble à un ado de trente ans, si je peux me permettre.

— Comme je disais, il en faut pour tous les goûts.

Je lui souris, sincèrement cette fois, parce qu'elle n'a pas nié mon affirmation. Et je constate que je n'ai pas essayé de faire croire que Dante n'était pas celui qu'elle pense qu'il est.

— Tu connais Sandro depuis longtemps ?

— Pas loin d'un an.

— Et ça ne te dérange pas qu'il ait le passé qu'il a ?

— Je ne l'ai appris que très récemment. Et puis, il a beaucoup changé. Il aimerait vraiment laisser cette histoire derrière lui.

— Encore une fois, je trouve ça très utopiste de ta part de tenter le coup, et ça n'arrivera pas. Mais peut-être que…

Je suis interrompue par un énorme fracas. Nous nous retournons toutes les deux. Dante et Sandro sont en train de se battre, bien sûr, et de dévaler l'escalier du porche. Si nous restons où nous sommes, nous allons nous retrouver sur leur trajectoire et devenir des dommages collatéraux. J'attrape Sarah et l'entraîne avec moi derrière le muret bas qui sépare l'allée du potager, qui n'a de toute façon plus rien d'un potager.

— Ce que je disais, je continue en surveillant le combat, c'est que ça leur permettrait peut-être d'évacuer.

— Ah oui, je vois… d'ailleurs… ouch… ça doit faire mal, ça…

— Mince, je ne savais pas que les coups sous la ceinture étaient autorisés… À mon avis ça va être abstinence pour vous, ce soir… Oh ! purée !

— Et pour vous aussi… Dis donc, ce n'est pas un peu trop…

— Violent ? Aïe… ça c'était un coup bas, même de la part de Dante !

— Ah oui, mais la réplique de Sandro était aussi fourbe, non ?

— Complètement. Bon… Il faudrait peut-être les séparer, non ?

— Je pense aussi qu'ils ont dû évacuer un peu de tension… Par contre, je n'y vais pas, merci. Une balle perdue est trop vite arrivée.

Je regarde autour de moi à la recherche d'un bâton, n'importe quoi qui pourrait m'être utile, et je trouve exactement ce qu'il me faut.

Je ramasse le tuyau, y fixe le pistolet qui traînait juste à côté, et vais ouvrir le robinet. Lorsque je sens la pression s'accumuler, j'appuie sur la gâchette du pistolet que je dirige pile sur les deux abrutis en train de se hurler et frapper dessus. Pour le coup, ils ont désormais une bonne raison de crier. Et j'applaudis intérieurement l'efficacité de mon intervention, puisque les deux hommes se séparent aussitôt et cessent ce ridicule spectacle.

— T'es pas bien ? Il doit faire quatre degrés et l'eau est presque congelée !

— Presque, mais pas tout à fait. Maintenant, messieurs, si vous vouliez bien vous tenir correctement, vous m'éviteriez d'avoir à utiliser à nouveau ceci, je dis en agitant le pistolet.

C'est marrant, ils font tous les deux quelques pas en arrière. Sarah s'approche de Sandro en levant la main et me suppliant des yeux de ne pas l'arroser. Elle récupère son mec et l'entraîne à l'intérieur. Je ne repose pas le tuyau, je trouve que Dante serait un concurrent de choix pour une compétition de T-shirts mouillés. Et puis, surtout, je ne suis pas certaine de sa réaction suite à mon intervention, je préfère rester armée.

— Pose ce tuyau, Lola…

Il fait un pas vers moi, je l'arrose un peu, il jure et, sans me laisser le temps de réagir, il me fonce dessus et me plaque ! Bon, il amortit la chute en se plaçant dessous, mais mince ! Il m'a taclée !

— Lâche-moi, tu es trempé !

Il nous fait rouler et me maintient sous lui.

— Est-ce que tu m'as déjà entendu me plaindre de ça à ton sujet, miss ?

— Petit…

— Oui, mais c'est comme ça que tu m'aimes…

Mon cœur s'emballe un peu trop. Des gouttes d'eau glacée tombent de ses cheveux sur mon visage. Il en recueille quelques-unes du bout de la langue avant de murmurer :

— Petite peste… Si j'attrape une pneumo…

— Oui, mais c'est comme ça que tu m'aimes…

Je retiens ma respiration, c'est une sorte de quitte ou double que je tente là.

— Et tu as de la chance que je t'aime, sinon je serais sûrement en train de te mettre une bonne fessée !

— Des promesses…

Il éclate de rire et m'embrasse.

Épilogue

Lui

— Lola ! C'est quoi ce truc sur notre lit ? On dirait une couverture de petit chien ! je hurle depuis la chambre.

Sérieusement, chaque jour elle m'en sort une nouvelle. J'étais loin d'imaginer à quel point c'était sport de vivre avec elle. Enfin si, je le savais, mais l'amour rend con… et inconscient.

— C'est un kilt ! me répond-elle en criant depuis le salon.

J'attrape le truc en laine et la rejoins en le tenant à bout de bras.

— Tu peux la refaire ?

— C'est un kilt. Yoan et moi…

— Non, stop, pas de « Yoan et toi », je n'en peux plus de vos idées à la con que je suis obligé de tester. Pourquoi tu ne fais pas d'essais avec Benjamin, ou Mathias ?

— Tu voudrais que Benj et Matt fassent un show juste pour moi ?

Très mauvaise idée.

— D'accord, tu gagnes. Mais…

— C'est hyper tendance, crois-moi. Il y a une nouvelle vague à la mode en ce moment : des romances historiques qui se déroulent dans les Highlands… Des genres de *Braveheart* avec moins de détails gore dans les scènes de combat.

— Et donc ?

— Et donc, avec Yo, nous pensons que ça plairait beaucoup.

— Non mais… c'est une jupe.

— Pas du tout, c'est un kilt et les guerriers n'étaient pas moins virils dans leurs kilts qu'en armure. Au contraire, même.

— J'ai la tronche d'un guerrier ?

— Ça fait partie du jeu, Dante, arrête de râler et viens ici…

Elle se lève et se met à me déshabiller. En même temps, moi, si elle veut qu'on fête cette nouvelle idée sur le canapé… Je déchante quand elle enroule son tissu autour de moi.

— Euh… tu fous quoi ?

— Je te mets le kilt.

— Et tu avais besoin de me mettre totalement à poil pour ça ?

— C'est une insulte à la tradition écossaise de porter quoi que ce soit sous son kilt.

— Je ne vois pas le rapport, je suis italien.

— Cesse de faire l'enfant et danse.

— Comment veux-tu que je fasse un strip-tease alors que j'ai juste des chaussettes et une jupe ?

— Un kilt. Et c'est simplement un essai pour voir comment rend le kilt en dansant. Si ça le fait, on complétera la tenue. Tu m'as promis…

Voilà, donc, je paye chaque jour le fait de lui avoir dit que je ferais tout ce qu'elle voudrait si elle arrivait à convaincre Yoan d'oublier cette histoire de string. Et elle a réussi, bien sûr qu'elle l'a fait. Cette petite nana parvient toujours à ses fins. Elle a attendu treize ans pour m'avoir. Je sais donc que tôt ou tard il faudra que je porte son espèce de jupe. Et quand je vois son regard glisser sur moi, là, tout de suite, honnêtement… je me fous pas mal de porter une jupe.

Elle allume la musique et…

— Tu veux que je danse sur de la cornemuse ? C'est sérieux ? !

— Je teste aussi pour trouver la bonne musique. Danse.

— Non, je ne peux pas.

— C'est la BO de *Braveheart*, bien sûr que tu peux. Montre-moi le Mel qui sommeille en toi.

— Tu vas me le payer…

— Je sais. Danse.

Et je danse. Parce que Lola peut me demander ce qu'elle veut, non seulement je le fais, mais en plus j'aime ça. Tornade de force 5.

Oui, elle m'a rendu complètement con, inconscient… et masochiste. Cette fille m'a retourné le cerveau et le cœur et je ne voudrais pour rien au monde qu'elle arrête.

Playlist ♫

Cyndi Lauper — *Girls Just Wanna Have Fun*
Def Leppard - *Pour Some Sugar On Me*
Kiss — *I Was Made For Loving You*
The Police — *Every Breath You Take*
Hozier — *Take Me To Church*
4 non blondes — *What's Up ?*
Guns N' Roses — *Live and Let Die*
Bob Marley and The Wailers — *Redemption Song*
The Clash — *Should I Stay or Should I Go*
Indochine — *J'ai demandé à la Lune*
Right Said Fred — *I'm Too Sexy*
Roy Orbison — *Oh ! Pretty Woman*
The Offspring — *Self Esteem*
Joe Cocker — *You Can Leave Your Hat On*
Lenny Kravitz — *American Woman*
Braveheart — *The Legend Spreads*

Remerciements

Que serait un roman sans sa page de remerciements à la fin ? Faisons comme si je n'y avais pas pensé à la dernière minute, comme toujours !

Merci à Lily, pour commencer, qui n'hésite pas à me motiver tous les jours lorsque je suis en mode « Je ne vais jamais y arriver, tout ce que j'écris est nul ! » La meilleure PA du monde, c'est toi ! And… Lily ? You rock, Baybay !

Merci à Lucie/Oren pour avoir versé tant de larmes avec moi lors de l'écriture, la relecture, les corrections, la relecture, les corrections, la relecture et enfin la relecture de nos romans. L'Univers n'a qu'à bien se tenir, les Fantastic Two débarquent !

Merci à Aurélia et Vanessa, aux mojitos chargés, aux bouteilles descendues, aux crêpes party et bien sûr… à Lucas, qui, par chance, n'est pas fiancé, lui ! Mais sans filet, par contre…

Merci à ma petite Isa, ma poulette, toi-même tu sais que je te kiffe grave, comme disent les jeunes ! Tu relis, tu corriges, tu fournis les olives, tu organises les surprises, tu remontes le moral et en plus tu es canon, j'ai envie de dire : what else ?

Merci au #RBC de Grasse, en particulier à Lolo, Ouhibi-Baby, Nellyana, Queen C, Pachabsolument ! En espérant percer le mystère du ballon de basket, un jour…

Merci à toutes les filles du groupe BBCF : vous m'avez offert un pré-anniversaire démentiel, en 2017, pour mes vingt-six ans (ahem), et un soutien sans faille depuis bien plus longtemps ! Sans vous, je me sens comme Tic sans Tac… déprimée !

Merci à Isa, Peggy, Audrey et Sabine pour avoir été les bêta-lectrices de la toute première version retravaillée de Dante et Lola ! Je vous embauche pour le prochain ?

Merci à ma petite famille qui sait s'adapter à mes moments d'écriture : Élanor, Alexis et Chewbacca. Ce livre n'est pas pour vous (vous êtes trop jeunes / vous ne lisez pas de romance) mais les heures passées à me supporter en mode « autrice névrosée », c'est cadeau !

Merci à Sophie, éditrice de chic et de choc qui me soudoie avec des photos mignonnes pour éviter que je mette un contrat sur sa tête lors des corrections. Je te pardonne… jusqu'au prochain !

Merci à l'équipe Harper Collins France de tenter cette nouvelle aventure avec moi, d'avoir réalisé la couverture parfaite pour ce roman, et d'avoir accepté mes conditions d'autrice diva, à savoir me fournir à volonté des Maltesers et des Starbucks macchiato caramel qui sont le fuel de mon inspiration. Comment ? Ah, on me dit dans mon oreillette que, visiblement, vous n'avez pas lu les petites lignes que j'ai ajoutées sur le contrat… Ceci explique qu'aucun colis ne soit encore arrivé chez moi !

Merci à Magic Mike pour l'inspiration visuelle. Parfois, les recherches imputables à mon métier sont tellement, mais tellement difficiles…

Et enfin, le traditionnel « merci à toi, lecteur », ô combien cliché et bateau, mais surtout ô combien vrai et essentiel. Sans vous, votre soutien inconditionnel, vos messages privés, vos commentaires de lecture, votre enthousiasme… je serais juste une jeune femme de vingt-six ans (ahem bis) qui regarde Supernatural avec son chat en mangeant du Fluff à la cuillère ! Rendez-vous au prochain roman, je l'espère !

Pour avoir le bonheur de me lire raconter ma vie et (surtout) n'importe quoi au quotidien, rendez-vous sur fleurhana.com où vous trouverez tous les liens vers mes réseaux sociaux ! Des fois, je fais même parler mon chat qui est depuis devenu aussi névrosé que moi.

Composé et édité par HarperCollins France.

Achevé d'imprimer en février 2018.

CPI
BRODARD & TAUPIN

La Flèche
Dépôt légal : mars 2018.

Pour limiter l'empreinte environnementale de ses livres, HarperCollins France s'engage à n'utiliser que du papier fabriqué à partir de bois provenant de forêts gérées durablement et de manière responsable.

Imprimé en France